Yo serví al rey de Inglaterra

BOHUMIL HRABAL

Yo serví al rey de Inglaterra

Traducción de
Monika Zgustova

Galaxia Gutenberg

La traducción de esta obra ha recibido una subvención
del Ministerio de Cultura de la República Checa.

Título de la edición original: *Obsluhoval jsem anglického krále*
Traducción del checo: Monika Zgustova

Publicado por
Galaxia Gutenberg, S.L.
Av. Diagonal, 361, 2.º 1.ª
08037-Barcelona
info@galaxiagutenberg.com
www.galaxiagutenberg.com

Primera edición en este formato: mayo de 2015
Segunda edición: septiembre de 2018
Tercera edición (Primera en este formato): marzo de 2021

Preimpresión: Maria Garcia
Impresión y encuadernación: Romanyà-Valls
Pl. Verdaguer, 1 Capellades-Barcelona
Depósito legal: B 153-2021
ISBN: 978-84-18526-56-5

I

Un vaso de granadina

Escuchad bien lo que voy a contaros.

Apenas había llegado al hostal Praga Ciudad Dorada, cuando el patrón me tiró de la oreja izquierda y me dijo: Serás el mozo del restaurante, ¿de acuerdo? ¡Recuerda, no has visto nada, no has oído nada! ¡Repítelo! Así pues repetí que en aquel restaurante no debía ver ni oír nada. Entonces el patrón me tiró de la oreja derecha: Pero grábate en la memoria que tienes que verlo y oírlo todo. ¡Repítelo! Sorprendido, repetí que lo vería y oiría todo. Así fue como empecé. Cada día a las seis nos reunían en el comedor del restaurante, como si fueran a pasar revista a la tropa: a un lado de la alfombra estábamos el maître, los camareros y yo, en el extremo, insignificante como corresponde a un botones; al otro lado se colocaban los cocineros, las camareras, los mujeres de la limpieza y la mujer que friega los platos; el patrón pasaba entre unos y otros y comprobaba si las camisas, los cuellos y el frac estaban inmaculados, que no les faltase ningún botón, que lleváramos los zapatos enlustrados, se inclinaba para olfatear si nos habíamos lavado los pies y al fin decía: Buenos días señoras, buenos días señores... Y desde aquel momento no debíamos hablar con nadie; los camareros me enseñaron a envolver los cubiertos con una servilleta, yo me dedicaba a limpiar los ceniceros y a mi obligación de cada mañana: lavar el recipiente metálico con el que llevaba las salchichas calientes para venderlas en la estación del tren; me lo había enseñado el que ejercía de mozo antes que yo y que lo dejó para convertirse en camarero; cuántas veces rogó que le permitieran continuar vendiendo salchichas en la estación, a mí me parecía extraño, pero después lo comprendí y también empecé a preocuparme para poder reco-

9

rrer todo el tren con las salchichas calientes. Y es que cada día me sucedía la historia siguiente: servía a un viajero un bocadillo de salchichas que costaba una corona con ochenta, pero el viajero tenía sólo un billete de veinte o cincuenta coronas, entonces yo fingía no disponer de cambio, aunque tenía los bolsillos repletos de monedas, continuaba vendiendo hasta que el viajero subía al tren y con los codos se abría camino hasta la ventanilla para sacar el brazo, mientras yo poco a poco me libraba del bote de salchichas y removía las monedas en el bolsillo; el viajero gritaba que me podía quedar con la calderilla, pero que procurara sobre todo devolverle los billetes, y yo, con toda la calma del mundo, buscaba los billetes en el bolsillo, el ferroviario silbaba mientras yo los sacaba pausadamente; así que el tren arrancaba, me ponía a correr y cuando el convoy ya iba a toda marcha, yo levantaba el brazo, de forma que el viajero asomado por la ventanilla casi podía tocar los billetes con la punta de los dedos; algunos se abalanzaban de tal manera que los demás viajeros tenían que sujetarles por las piernas; en una ocasión, uno se golpeó la cabeza con un poste, pero entonces sus dedos ya se alejaban y yo me quedaba allí, resoplando igual que una locomotora y con el brazo extendido, con el dinero en la mano, dinero mío porque los viajeros no volvían casi nunca a reclamar el cambio; de esta forma yo iba ahorrando, cada fin de mes contaba con unos cuantos cientos de coronas, un día llegué a reunir mil, pero ya que cada mañana a las seis y cada noche antes de acostarme el patrón venía a comprobar si me había lavado los pies y si a las doce ya estaba en la cama, me vi obligado a desplegar la táctica de no oír nada pero oírlo todo a mi alrededor, y de no ver nada pero verlo todo, principalmente veía el orden y la disciplina que el patrón había establecido, y su satisfacción al vernos atemorizados por su rigidez; imaginad que la cajera fuera al cine con uno de los camareros: ¡eso le hubiera valido un despido seguro! También empezaba a conocer a los clientes fijos que tenían mesa reservada, cada día debía limpiar sus vasos, cada uno tenía su número y su signo, uno con un ciervo, otro con violetas o con un pueblecillo, había vasos cuadrados y redondos, una jarra de barro con las letras HB, que provenía de lejos, de Múnich; la clientela fija venía cada tarde: el notario, el jefe de estación, el juez, el veterinario, el director de la escuela de música y el industrial Jína; yo les ayudaba a sacarse y ponerse el abrigo, cuando repartía la cerveza debía servir cada vaso a su dueño, y me quedaba maravillado al ver cómo aquellos ricos perdían una tarde tras otra discutiendo si en las afueras de la ciudad había una pasarela, al lado de la cual, hacía treinta años, hubo un chopo: uno decía que antes no había ninguna pasarela, en cambio el chopo, sí, otro decía que nunca hubo ni un chopo ni una pasarela, sólo un tablón con una barandilla... y con esta animada conversación se divertían toda la tarde, los de un lado de la mesa gritaban que había una pasarela, pero no un chopo, los del otro les devolvían la pelota afirmando que hubo un chopo, pero nunca una pasarela, y al final todo el mundo estaba más contento que unas pascuas: gritando y discutiendo la cerveza entraba mejor, otra tarde batallaban para aclarar cuál era la mejor cerveza de Bohemia, uno decía que la de Protivín, otro que la de Vodňany, un tercero que la de Pilsen, un cuarto que la de Nymburk; se peleaban y gritaban, pero en el fondo se querían, y si vociferaban era para hacer algo, para matar el tiempo, para pasar la tarde de algún modo... Un día, mientras yo les servía sus jarras de cerveza, el jefe de estación se inclinó y dijo en voz baja que habían visto al veterinario con las chicas de El Paraíso, que se quedó con Jaruška, entonces el director del instituto murmuró que el veterinario sí había estado, pero no el jueves, sino el miércoles y no con Jaruška, sino con Vlasta, y pasaron la tarde hablando de las chicas de El Paraíso y de los que iban y de los que no habían ido nunca; yo oía todo lo que hablaban, pero me daba igual, no me preocupaba por tonterías como si en las cercanías de la ciudad hubo un chopo o una pasarela, o un chopo sin pasarela, o una pasarela sin chopo, o si era mejor la cerveza de Bráník o la de Protivín, yo no quería ver ni oír nada, lo único que me habría gustado era visitar aquella casa de El Paraíso. A partir de entonces ahorraba más que nunca, vendía salchichas calientes con el claro objetivo de poder ir un día a El Paraíso, por eso aprendí a dar pena en el andén, y pequeño como era los viajeros indicaban con un gesto la intención de dejarlo y me decían que me quedara con el cambio; creían que era un huérfano. Ideé un plan de batalla: un día, después de que el patrón comprobara que yo tenía los pies limpios, saltaría por la ventana de mi habitación e iría a El Paraíso. En el Praga Ciudad Dorada, aquella jornada empezó de una forma muy alterada. Un poco antes de la hora de comer entró un grupo de gitanos, iban bien vestidos y ya que eran caldereros, tenían dinero y pedían los mejores platos; siempre que pedían más platos enseñaban el dinero. El director de la escuela de música estaba sentado cerca de la ventana y leía un libro, pero como los gitanos hablaban a gritos, se cambió a una mesa en el centro del restaurante y continuó leyendo, el libro debía de ser muy interesante porque el director no paraba de leer ni mientras iba de una mesa a otra, leía cuando se inclinaba para sentarse, leía y con la mano buscaba la silla. Entretanto yo lavaba los vasos de los clientes fijos, los miraba a contraluz, tenía poco trabajo porque era última hora de la mañana y había pocos clientes, que además pidieron platos sencillos: una sopa y un estofado; los camareros siempre debíamos simular que estábamos atareados, por eso yo limpiaba una y otra vez y los camareros ponían orden en los cubiertos ya ordenados… Cuando miraba a contraluz un vaso en el que ponía Praga Ciudad Dorada, vi por la ventana un grupo de gitanos con mala pinta que corrían hacia nuestro restaurante, hacia el Praga Ciudad Dorada; en el pasillo debieron de sacar los puñales y lo que pasó después fue horrible: se pusieron frente a los gitanos que estaban en la mesa, y éstos, como si ya los estuvieran esperando, dieron un salto y cogieron las mesas del restaurante para ponérselas de coraza, pero aun así dos de ellos no tardaron en caer boca abajo con un puñal clavado en la espalda, y los del clan de los puñales venga pinchar y llenar de cortes manos, mesas y lo que se les ponía por delante. Las mesas estaban llenas de sangre, pero el director de la escuela de música continuaba leyendo su libro con una sonrisa en los labios, los rayos de la tormenta gitana no caían a su alrededor sino sobre él, tenía la cabeza y el libro ensangrentados, clavaron dos veces un cuchillo en su mesa, pero el señor director continuaba leyendo como si nada; yo mismo me había escondido bajo el mostrador y a cuatro patas me arrastraba hacia la cocina, los gitanos gritaban, los puñales centelleaban, parecían moscas de color metálico que volaban a través del Praga Ciudad Dorada; finalmente los gitanos retrocedieron hacia la puerta y en un momento desaparecieron, se entiende que sin pagar, dejando tras de sí las mesas ensangrentadas, dos hombres en el suelo, dos dedos, una oreja y un trozo de carne cortados de un golpe; alguien llamó al médico para que ayudara a los apuñalados e identificase los trozos: una vez allí comprobó que el trozo de carne lo habían cortado del músculo de un brazo; durante este tiempo, el director continuó leyendo su libro con la cabeza entre las manos y los codos apoyados sobre la mesa, el resto estaban arrimadas a la pared cerca de la puerta de salida, aquellas mesas formaban una barricada que ayudó a la huida de los gitanos; al patrón, vestido con su chaleco blanco, aquel del dibujo de abejas, no se le ocurrió hacer nada mejor que plantarse delante del restaurante, levantar las manos y lamentarse a los clientes que venían, ¡cuánto lo siento!, hemos tenido un incidente y no volveremos a abrir hasta mañana. Yo me encargué de los manteles llenos de sangre, debía llevarlos al patio y encender el fuego de la caldera grande, la mujer de la limpieza y la de fregar platos tenían que hacer el baldeo semanal, poner los manteles en remojo con agua hirviendo, yo debía tenderlos, pero no llegaba a la cuerda, así que los tendía la mujer de fregar platos, yo le alcanzaba los manteles escurridos mientras ella se hartaba de reír porque yo le llegaba sólo hasta la altura del pecho, me tomaba el pelo: me ponía los pechos en la cara, fingiendo que era sin querer, primero un pecho y luego el otro; cuando me los colocaba en los ojos, el mundo se oscurecía y desprendía un olor que sabía a gloria, después la mujer se inclinaba para coger otro mantel del cesto y yo veía el canalillo entre los pechos que se balanceaban; cuando se incorporaba, volvían a ponerse firmes y las mujeres me decían, ¿qué, hijo, cuántos años tienes? ¿Ya has cumplido los catorce? ¡Caramba! Al anochecer soplaba un poco de brisa y los manteles se hincharon formando una especie de biombo, como los que ponemos en el restaurante cuando queremos aislar una boda o un banquete; yo ya lo tenía todo ordenado y el restaurante volvía a estar limpio, reluciente y lleno de claveles, cada día teníamos una cesta llena de flores del tiempo; simulé acostarme, pero después, cuando todo estuvo sumergido en el silencio, solamente se oía el borboteo de los manteles que parecía que hablaban entre sí y el aire estaba impregnado de conversaciones de muselina, abrí la ventana y resbalé hacia abajo; abriéndome camino entre los manteles llegué hasta la puerta y salté el muro. Tomé un callejón y avanzando por las sombras entre los faroles, evitando los transeúntes nocturnos, al final llegué a la esquina desde donde se veía el rótulo verde que decía «El Paraíso»; me quedé un rato para recuperar el aliento, de las entrañas del edificio llegaba el rumor del piano mecánico, me armé de valor para entrar: en el pasillo había una ventanilla, tan alta que tuve que ponerme de puntillas, dentro estaba sentada la señora Paraíso y me preguntó, ¿qué desea, señorito?, yo contesté, me gustaría divertirme, cuando me abrió la puerta, dentro estaba sentada, fumando, una chica joven con los cabellos color de noche, peinados hacia arriba, y me hizo la misma pregunta: ¿qué desea? Le dije, querría cenar, ella me preguntó si deseaba pasar al restaurante, yo me ruboricé y le dije, no, no, querría cenar en un reservado; ella me miró largamente, soltó un silbido y me preguntó, su pregunta sobraba porque conocía la respuesta de antemano, ¿y con quién? La señalé mientras decía: con usted. Moviendo la cabeza, me cogió de la mano y me llevó a través del oscuro pasillo con luces rojas; después abrió la puerta de una habitación con un sofá, una mesa y dos sillas tapizadas de terciopelo; la luz brillaba tras la cortina y caía desde el techo como las ramas del sauce llorón; una vez sentado acaricié el dinero con la mano para coger fuerzas y dije, ¿verdad que cenará conmigo? ¿Qué quiere beber?, ella dijo que champán, asentí con la cabeza y ella dio unas palmadas, compareció un camarero con una botella, la descorchó, después se la llevó tras la cortina para llenar las copas; yo bebía champán, las burbujas cosquilleaban en mi nariz provocándome ruidosos estornudos, la chica bebía un vaso tras otro, después me dijo su nombre y me confesó que tenía hambre, yo dije, vamos, que traigan lo mejor de la casa, ella dijo que le encantaban las ostras, que las tenían frescas, así pues comimos ostras, acompañadas de otra botella de champán; la chica empezó a acariciarme el pelo y me preguntó de dónde era, yo dije que de un pueblo tan pequeño que hasta hace un año no había visto el carbón, eso le hizo gracia y me dijo que me pusiera cómodo, yo tenía calor, pero sólo me quité la americana, ella también tenía calor y me preguntó si me importaría que se quitase el vestido, yo la ayudé y dejé su vestido bien colocado sobre la silla, ella me desabrochó la bragueta; en aquel momento yo estaba convencido que El Paraíso era un lugar no bueno ni fantástico sino paradisíaco, me cogió la cabeza y me la apretujó entre sus pechos perfumados, cerré los ojos y me habría gustado dormirme entre aquel aroma y aquella piel suave, ella me ponía la cabeza más abajo y yo le olfateaba la barriguita mientras ella respiraba, era muy bonito, y con más razón aún porque estaba prohibido, yo ya no deseaba nada más que eso, sí, cada semana ahorraría ochocientas coronas vendiendo salchichas calientes porque ahora tenía una meta bella y noble; mi padre acostumbraba a decirme que mientras tuviera un objetivo, viviría bien, porque tendría un motivo para ir tirando. Y vi que aún no se había terminado; en silencio, Jaruška, ése era su nombre, me sacó los pantalones y los calzoncillos y de pronto sentí sus labios en el bajo vientre; pensé en todas las cosas que podrían pasar en El Paraíso, empezó a temblarme todo el cuerpo y bruscamente me encogí como un gusano diciendo: ¿qué es esto, Jaruška, qué hace? Pero lo que ella quería es que yo perdiera el control: me acarició con su boca, yo quería apartarla, pero ella pareció enloquecer, movía la cabeza cada vez más rápido, yo ya no quería evitarla, me tumbé y la cogí de las orejas, sentía que todo fluía de mí, qué diferencia, ahora que una chica con el pelo bonito y los ojos cerrados me bebía hasta la última gota, a cuando me lo hacía yo solo, en el subterráneo, y tiraba con asco la porquería entre el carbón, o en la cama recogiéndolo con un pañuelo… Jaruška se levantó y dijo con voz lánguida, ahora haremos el amor… pero yo estaba demasiado sobreexcitado y cansado, así que me resistí diciendo: tengo hambre, ¿usted no? Y ya que tenía sed, cogí el vaso de Jaruška, ella me lo quería impedir, pero rápidamente tomé un sorbo y desencantado aparté la copa: no era champán sino limonada, que yo pagaba a precio de champán, así descubrí cómo se hacían las cosas; a mí que no me tomen el pelo: riendo pedí otra botella de champán como debe ser, y cuando me subió, me arrodillé para apoyar la cabeza en el regazo de la chica mientras con la lengua le enredaba aquel pelo bonito; como yo pesaba poco, me cogió por las axilas y me subió encima de ella, se abrió de piernas y yo, por primera vez, entré dentro de una mujer: fue una maravilla, ella me aprisionaba contra su cuerpo y me decía al oído que aguantara al máximo, pero yo me moví sólo un par de veces y a la tercera salpiqué en la carne tibia; ella arqueó la espalda haciendo el puente, tocando el sofá con el pelo y con los pies hasta el último momento; cuando quedé lacio, yacía sobre el arco de su cuerpo y entonces me aparté para ponerme a su lado. Ella respiraba

16

profundamente, se tendió también y sin mirarme paseó su mano por mi vientre y por todo mi cuerpo... Y ya era hora de vestirme, de decir adiós y de pagar, el camarero hizo números y me alargó la cuenta de setecientas veinte coronas, cuando me iba le di doscientas a Jaruška; una vez en la calle, me alejé un poco para apoyarme en una pared y así me quedé, soñando con las cosas que acababa de ver por primera vez en una de aquellas casas mágicas llenas de chicas, y me dije, bien, que esto te sirva de lección, volverás mañana mismo como un señor, y es que los había dejado a todos boquiabiertos entrando como un miserable vendedor de salchichas de la estación y saliendo mejor que cualquiera de los notables de la ciudad que se acomodan cada tarde en el Praga Ciudad Dorada...

Al día siguiente veía el mundo de otra forma; poderoso caballero es don dinero: el dinero me abrió no solamente la puerta de El Paraíso, sino también del respeto; más tarde recordé que la señora Paraíso, cuando vio que yo tiraba alegremente al aire dos billetes de cien coronas, quiso cogerme la mano para besarla, supuse que quería saber la hora y que buscaba un reloj que yo aún no tenía; pero el beso no iba dirigido a mí, un pequeño botones del Praga Ciudad Dorada, sino a las doscientas coronas, a mi dinero en general, a las mil coronas que tengo escondidas bajo el colchón, al dinero que gano cada día vendiendo salchichas calientes en la estación. Por la mañana me mandaron por flores; cuando volvía con la cesta vi a un anciano que se arrastraba por el suelo buscando una moneda que se le había caído, con las manos revolvía el polvo y como seguramente no veía muy bien, le dije, ¿qué busca, abuelo? Me contestó que había perdido una moneda de veinte céntimos y yo esperé a que pasara más gente por allí, cogí un puñado de monedas y lo lancé al aire; a toda prisa cogí las asas de la cesta para irme y cuando al llegar a la esquina me volví, observé a varias personas que se arrastraban por el suelo simulando que las monedas eran suyas, y las querían recuperar ante las narices de los demás, gritando, escupiendo y sacando las uñas como gatos rabiosos; ante aquel espectáculo me harté de reír porque vi claramente qué es lo que mueve a la humanidad, qué desespera a la gente y de lo que es capaz el género humano para conseguir unas monedas. De vuelta con las flores, vi a un grupo de gente delante del restaurante, subí a una habitación del primer piso y tras asomarme, lancé un puñado de monedas de tal forma que no cayeran directamente al lado de la gente sino un poco más lejos. Entonces bajé y mientras cortaba los claveles que acababa de traer, los colocaba uno en cada jarrón y los adornaba con dos ramitas de esparraguera, contemplaba a la gente que se arrastraba por el suelo entre el polvo recogiendo mis monedas, arrancándoselas a arañazos, insultándose y gritando... Aquella noche y todas las siguientes soñaba con lo mismo, también durante el día; mientras limpiaba una y otra vez, simulando que trabajaba, miraba a través de los vasos la plaza, la maltrecha columna de la peste, el cielo y las nubes; el ensueño me perseguía: volaba por encima de las ciudades y pueblos, tenía un bolsillo enorme, infinito, del cual sacaba puñados de monedas que esparcía por las aceras, como si sembrara trigo; nadie podía resistirse, se agachaban a recoger las monedas golpeándose con la cabeza e insultándose, entonces yo continuaba mi vuelo, sacaba más dinero del bolsillo y las monedas sonaban y caían por la espalda de los viandantes; tenía el poder de entrar volando al interior de los trenes y tranvías, y allí lanzaba el dinero por el suelo: el vagón se convertía en una olla de grillos, todos se inclinaban, se agachaban y venga codazos, fingiendo que era a él a quien había caído el dinero... Esta especie de sueños me animaban: puesto que era bajito, tenía el pescuezo corto y el cuello de celuloide de la camisa que nos obligaban a llevar en el trabajo me dolía, para evitar aquel martirio iba siempre con la cabeza erguida, había aprendido además a mirar desde lo alto, puesto que no podía agachar la cabeza sin que el cuello de la camisa me segara la carne, me inclinaba con todo el cuerpo y así iba por el mundo, con la cabeza echada hacia atrás, los ojos semicerrados y mirando con cara de desprecio, como si me burlara, como si nada fuera digno de mi atención; todo el mundo, hasta los clientes, creían que yo era una criatura engreída; las plantas de los pies me ardían siempre como dos planchas: me extrañaba que los zapatos no se convirtieran en ceniza, de tanto que me ardían las plantas de los pies; a veces, sobre todo en el andén de la estación, estaba tan desesperado que me echaba agua helada dentro de los zapatos, pero únicamente me sentía aliviado un ratito, me carcomía el deseo de quitármelos, correr hacia el torrente y sumergir los pies en el agua, pero me limitaba a echarme sifón, algunas veces me ponía un poco de helado, y empezaba a entender porque en el trabajo los camareros llevaban los zapatos más viejos, más miserables y más roñosos, los que llevaría un trapero, porque sólo con unos zapatos así podía aguantarse estar de pie y andar todo el día; de hecho, todos, las mujeres de la limpieza y la cajera, padecían de las piernas y con razón, cada noche cuando me sacaba los zapatos tenía las piernas sucias hasta las rodillas, como si en vez de rondar durante el día entre purqué y al fombras, lo hiciera entre hollín; ésta era la otra cara de la moneda de los mozos, camareros y maîtres del mundo entero: por un lado hecho un petimetre, elegante, camisa almidonada con cuello blanco como la nieve, y por el otro, piernas negras como el carbón, igual que las de un apestado... pero a pesar de estos males no dejaba nunca de ahorrar para poder tener una chica distinta cada semana; la segunda chica de mi vida fue una rubia: cuando me preguntaron qué deseaba, dije que quería cenar, pero enseguida añadí que debía ser en un reservado, y cuando me preguntaron con quién, señalé a una rubia, así que aquella vez fue de una chica con el pelo claro de la que me enamoré; la velada que pasé con ella fue aún mejor que la primera, aunque la primera vez fue inolvidable. No dejaba de sentir el poder del dinero, pedía champán, pero lo probaba antes, la chica debía tomarlo conmigo, ya no permitía que me sirvieran champán a mí y a ella, limonada. Tumbado y desnudo con la rubia al lado se me ocurrió una idea: me levanté para coger una peonía del jarrón y tras arrancarle los pétalos adorné el vientre de la chica, lo mismo hice con las demás peonías, era tan bonito que me quedé maravillado, la chica se levantó apoyándose en los codos para mirarse el vientre, pero los pétalos caían; dulcemente la volví a tumbar y descolgué el espejo de la pared para que también ella pudiese admirar la belleza de su barriguita tapizada con pétalos de peonías; me dije, cada vez que venga le adornaré la barriguita con flores, será fantástico, ella dijo que por culpa de las flores se había enamorado de mí, que nunca nadie había pensado en rendir un homenaje como aquél a su belleza, yo le dije, por Navidad arrancaré ramas de abeto y la adornaré, ¡qué bonito será!, ella opinó que el rusco sería aún más bello y que tendría que poner un espejo sobre el sofá para vernos tumbados juntos, y sobre todo para poder admirar su belleza desnuda, coronada con un ramo de flores alrededor del vello, con un ramo que cambiaría de aspecto de acuerdo con las estaciones y los meses, siempre hecho con flores de temporada, suspiró, qué delicia, estar adornada de margaritas, de campanillas, de crisantemos, de dalias y de hojas caducas multicolores… cuando me levanté me abracé y me sentía grande; en el momento de salir quise darle doscientas coronas, pero ella me las devolvió, así que las dejé encima de la mesa y me marché, por la ventanilla tendí un billete de cien coronas a la señora Paraíso, ella se inclinó para cogerlo y me atisbó a través de sus gafas… y me sumergí en la noche, en la oscuridad de las callejuelas, el cielo estaba cubierto de estrellas, pero yo no veía otra cosa que lirios de los valles, violetas, pensamientos y narcisos alrededor del vientre de la chica rubia, mi éxtasis aumentaba cada vez más al contemplar la idea de adornar con flores una bonita barriguita femenina con una colinita de vello en el centro, como si decorara un plato de jamón con hojas de lechuga; andaba despacio vistiendo mentalmente el cuerpo desnudo de la rubia con pétalos de tulipanes y de lirios, sonreía pensando que con dinero se puede comprar no sólo una chica hermosa sino también la poesía. Al día siguiente por la mañana, mientras estábamos todos reunidos en la alfombra, el patrón controló si llevábamos las camisas limpias, que no nos faltara ningún botón y acabó la revista con su habitual: Buenos días señoras, buenos días señores, yo no sacaba la vista de los delantales blancos de la mujer de la limpieza y de la que friega los platos, hasta que la de la limpieza me tiró de la oreja por haberla mirado tan fijamente, y comprobé que ninguna de ellas se dejaría adornar la barriguita ni con margaritas ni con peonías, ni con ramitas de abeto (¡como si se tratara de un ciervo asado!), y aún menos con rusco... como siempre, me puse a lavar los vasos y a través de ellos miraba por la ventana la mitad de cintura para arriba de las personas que avanzaban mientras repasaba mentalmente todas las flores veraniegas, las sacaba de la cesta y las colocaba, o bien enteras o bien sólo los pétalos, sobre la barriguita de la magnífica rubia de El Paraíso, ella estaba tumbada boca arriba y se abría de piernas, le adornaba también los muslos y cuando las flores resbalaban, se las pegaba con cola y las clavaba con un clavo o con una chincheta, eso me lo imaginaba mientras lavaba los vasos; nadie quería hacer aquel trabajo, en cambio yo me lo pasaba en grande, chapoteaba en el agua con el vaso, después me lo llevaba al ojo como para ver si estaba limpio, pero de hecho miraba a través del vaso y pensaba en las cosas que haría en El Paraíso; cuando se me terminaron las flores de los prados y los bosques, me entristecí: ¿qué haré en invierno? Pero enseguida solté una carcajada, porque las flores en invierno aún son más bonitas, compraría azaleas, begonias y si fuera necesario iría a Praga a buscar orquídeas o me quedaría a vivir en Praga; también encontraría trabajo en un restaurante y durante el invierno tendría todas las flores que quisiera... se acercaba la hora de comer y yo ponía las mesas, servía limonada, granadina y cerveza, el restaurante estaba lleno a tope y todos íbamos locos, entonces se abrió la puerta y entró la rubia preciosa de El Paraíso, cerró la puerta y se sentó; sacó un sobre del bolso y se quedó mirando a su alrededor; yo me agaché como para abrocharme un zapato, el corazón me latía sobre la rodilla, a continuación el maître se me plantó delante para ordenarme que regresara enseguida al comedor, yo asentí con la cabeza, tenía la sensación de que la rodilla y el corazón se me habían intercambiado de sitio, sentía los latidos, pero al final me armé de valor y me levanté, estirando al máximo la cabeza y con una servilleta sobre el brazo fui hacia la chica a pedirle qué deseaba. Verle a usted y una granadina, dijo, y yo la imaginaba con un vestido de pétalos de peonías, las peonías la ceñían entera y me sonrojé, como una peonía; eso sí que no lo habría pensado nunca, mi dinero no tenía nada que ver, eso era gratis; fui por una bandeja llena de vasos de granadina y con la bandeja en la mano vi que en el sobre había las doscientas coronas y entonces la rubia me miró de tal forma que me temblaron las rodillas, la bandeja se inclinó y uno de los vasos resbaló, se cayó y se vertió sobre el regazo de la chica; en un santiamén vinieron el patrón y el maître para presentar excusas, el patrón me tiró de la oreja y me la retorció, pero no debería haberlo hecho porque la rubia gritó en medio del restaurante: ¿Con qué derecho hace esto? Y el patrón: Le acaba de ensuciar el vestido y yo tendré que pagar la tintorería... Y ella: ¿Por qué se mete donde no le llaman? Yo no le he reclamado nada, ¿con qué derecho humilla a este hombre ante todo el mundo? Y el patrón dulcemente: Le ha estropeado el vestido... los clientes habían dejado de comer y escuchaban con atención, y ella exclamó: ¿Y a usted qué le importa?, ¡le prohíbo hacer estas cosas! ¡Mire! Y cogió una jarra de granadina y se la vertió entera encima de la cabeza y el pelo, luego otra y otra hasta que quedó completamente empapada de granadina y cubierta de burbujas de gas, cogió la última jarra y se la echó en el escote mientras decía: ¡La cuenta!... y se fue, dejando el perfume de granadina tras de sí como un velo, vestida de pétalos sedosos de peonías y rodeada de abejas; el patrón cogió el sobre de la mesa y me ordenó: Corre, dale esto, se lo ha dejado aquí... Cuando salí la vi en la plaza, parecía un puesto de golosinas de feria, llena de avispas y abejas, no oponía ninguna resistencia para que le chuparan el jugo dulce que formaba su segunda piel, igual que el barniz en los muebles o en los barcos, y yo no quitaba la vista de su vestido de peonías, le di las doscientas coronas, pero ella me las devolvió diciendo que la noche anterior las había olvidado... Y añadió que aquella noche no dejara de ir a verla a El Paraíso, porque había comprado un precioso ramo de amapolas... y yo veía que con el sol se le había secado la granadina en el pelo, que lo tenía aplastado y tieso como un pincel cuando el pintor se olvida de limpiarlo con aguarrás, no apartaba los ojos de su vestido pegado al cuerpo por la bebida azucarada y me imaginaba que se lo tendría que arrancar como un viejo cartel, o el papel de la pared... pero todo eso no era nada, lo que me dejó boquiabierto fue que la chica hablara conmigo de aquel modo, que yo no le daba miedo, que me conocía mejor que los del restaurante, que seguramente me conocía mejor que yo mismo... Aquella noche el patrón me dijo que necesitaba mi habitación de la planta baja para ampliar la lavandería, que debía trasladar mis cosas al primer piso. Dije, podemos esperar hasta mañana, ¿no? Pero el patrón me miró largamente y yo me di cuenta que sabía que había gato encerrado, por eso tenía que trasladarme enseguida, y me volvió a recordar que a las once debía estar en la cama, que respondía de mí tanto delante de mis padres como delante de la sociedad, que para poder trabajar durante el día, un mozo debía dormir toda la noche...

Los clientes que más me gustaban eran los viajantes. No todos, porque también los había que tenían algún negocio estúpido, como los comerciantes de baratijas. Mi predilecto era un viajante tan gordo, que cuando lo vi por primera vez corrí a buscar al patrón: ¿Qué pasa?, preguntó asustado. Y yo dije, señor patrón, hay un hombre de peso. El patrón fue a verle, y sí, sí, nunca en la vida había visto alguien tan gordo;

me llenó de alabanzas por ser listo y escogió para el hombre obeso una habitación especial, en la que se alojaba cada vez que venía, tenía una cama preparada en la que había dos listones, que el chico de los encargos reforzó con cuatro patas. Aquel hombre hizo en el hostal una entrada triunfal: su criado llevaba algo pesado a la espalda, tenía pinta de mozo de estación, lo que acarreaba parecía una máquina de escribir y debía de pesar como un muerto. Por la noche, aquel viajante cenó de la forma siguiente: leyó la carta como si no terminara de decidirse y después dijo: tráemelo todo, menos los riñones al vino blanco, un plato tras otro, siempre que esté a punto de terminar el último, tráeme el siguiente, y así hasta que diga basta; se zampó una comilona para diez personas... Después de cenar se quedó adormilado y al cabo de un rato dijo que le apetecía comer un poco, por ejemplo cien gramos de longaniza húngara. Cuando el patrón se la llevó, el viajante cogió un puñado de monedas, abrió la puerta y las lanzó a la calle; entonces comió unas rodajas de longaniza y vuelta a empezar, como si se hubiera enfadado, cogió un gran puñado de dinero y lo tiró afuera y se volvió a sentar indignado; los clientes habituales se miraban los unos a los otros y el patrón, que no entendía nada, se acercó al viajante y con una reverencia le preguntó, dispense, señor, ¿por qué tira este dinero? Y él contestó, por qué no tendría que tirar monedas a la calle si usted, el dueño de este establecimiento, cada día tira billetes de diez coronas a la basura... y el patrón volvió a la mesa de los habituales para comunicárselo, pero estos se extrañaron aún más, así que el patrón decidió hablar otra vez con el saco de grasa y le dijo, no se lo tome a mal, pero me preocupan mis bienes, usted puede tirar tantas monedas como quiera, pero ¿qué tienen que ver mis billetes de diez coronas?... El gordo se levantó y dijo, si me permite, se lo explicaré, ¿puedo entrar en la cocina? El patrón se inclinó y con un gesto le invitó a entrar; una vez dentro, oí cómo se presentaba, soy el representante de la casa Berkel, tenga la bondad de cortarme cien gramos de longaniza húngara, ¿de acuerdo? La mujer del patrón la cortó, la pesó y la colocó en un platito, todos estaban asustados pensando que había venido una inspección, pero el viajante dio unas palmas, el criado se levantó y llevó a la cocina aquel objeto cubierto con el trapo, que ahora sugería un torno de hilar, lo colocó sobre la mesa y el representante retiró el trapo: había un aparato muy bonito, de un rojo vivo, una sierra circular brillante que giraba sobre un eje, provisto de una manivela, de un mango y de un botón... y el hombre gordo sonreía feliz mirando su artefacto, y decía, la empresa más grande que existe es la Iglesia católica, que hace negocio con algo que nadie ha visto ni tocado, ni se ha podido encontrar en ninguna parte desde que el mundo es mundo y que se llama Dios; la segunda gran empresa del mundo es la casa International, veo que ya tenéis uno de sus muchos aparatos que funcionan en todo el mundo y que se llama caja, es suficiente con pulsar los botones correctamente y por la noche, en lugar de perder el tiempo haciendo números, la misma caja os da el balance; y la tercera empresa comercial más importante es la que tengo el honor de representar; se trata de la casa Berkel, fábrica de balanzas que dan el peso exacto en cualquier parte del mundo, tanto en el polo norte como en el ecuador; además fabricamos toda clase de aparatos para cortar carne y longaniza; el encanto de este aparato reside, señores míos, en esto... decía mientras pelaba un trozo de longaniza húngara con el permiso del patrón; dejó la piel sobre nuestra balanza, su gruesa mano daba vueltas a la manivela, la otra mano empujaba el trozo de longaniza contra la cuchilla circular: las rodajas se amontonaban sobre la bandeja, el montón crecía como si ya estuviera la longaniza entera cortada, pero todavía quedaba mucha... y el representante dejó la manivela y preguntó, ¿qué les parece, cuánta he cortado? El patrón dijo, ciento cincuenta gramos, el maître, ciento diez, y tú, pequeñín, ¿qué te parece?, me preguntó. Dije, ochenta gramos, y el patrón no tardó nada en tirarme de la oreja y retorcérmela, disculpándose ante el representante, es que el chico, cuando era un crío de pecho, se le cayó a su madre de cabeza al suelo, pero el representante me sonrió y dijo, el que más se ha acercado es el chico; puso la longaniza cortada en la balanza y marcó setenta gramos... Nos miramos con complicidad porque era obvio que aquella máquina nos haría ganar un buen dinero; cuando nos apartamos del aparato, el representante cogió un puñado de monedas y las tiró a la basura, dio unas palmas y su mozo trajo otro paquete, la forma del cual me hizo pensar en una campana de cristal bajo la que mi abuela guardaba una estatuilla de la Virgen, y cuando sacó el estuche apareció una balanza, parecía una de las que tienen en las farmacias, con una aguja muy sensible que señala sólo hasta un kilo, y el vendedor glotón dijo, señores míos, esta balanza es tan precisa que cuando soplo un poco sobre ella señala el peso de mi aliento... sopló y, efectivamente, la aguja se movió, entonces cogió la longaniza cortada de nuestra balanza y la colocó sobre la suya, que señaló que había exactamente sesenta y siete gramos... Quedaba claro que nuestra balanza cada día robaba tres gramos al patrón, y el representante se puso a hacer números, eso suma... después lo subrayó y dijo, si cada semana vende diez kilos de longaniza, nuestra balanza le ahorra cien veces tres gramos, es decir, casi la mitad de una longaniza... se apoyó en la mesa con el puño cerrado y se tocó la pierna de tal forma que la punta del pie le tocaba al suelo y el talón estaba vuelto hacia arriba, el representante sonrió triunfalmente, y el patrón dijo, fuera todo el mundo, aquí tenemos que hablar de negocios, quiero que me lo deje tal cual, ¡me lo quedo todo! Esto, señor, es para hacer demostraciones, dijo el representante, y señalando al mozo, añadió, durante una semana hemos recorrido las montañas y en casi cada hostal digno de este nombre hemos vendido cortadoras de jamón y balanzas, y es que con lo que la gente se ahorra puede pagar los impuestos, ¡he aquí mi fórmula mágica de venta! Supongo que aquel representante me tenía un poco de cariño, seguramente le recordaba su propia infancia, porque cada vez que me veía me acariciaba el pelo y me dirigía una sonrisa tan sincera que los ojos se le llenaban de lágrimas. A veces me pedía que le trajera agua mineral a la habitación; cada vez que se la subía, me lo encontraba con el pijama puesto, tumbado sobre la alfombra con su barriga enorme depositada a un lado, igual que un barril, me encantaba que no se avergonzara, al contrario, la llevaba delante de él como si fuera un objeto publicitario que sorprendiera a todo el mundo. Siempre me decía, siéntate, hijito, me sonreía de tal forma que tenía la sensación de que me había acariciado una madre y no un padre. Una vez me contó, sabes, yo empecé igual que tú, también de jovencito, en la casa Koreff, artículos de mercería; criatura mía, aún me acuerdo de mi primer patrón, que no paraba de repetirme, un buen hombre de negocios debe tener tres cosas: el patrimonio, la clientela y las existencias, si pierdes las existencias, te queda la clientela, si también pierdes la clientela, tienes el patrimonio y eso no te lo puede quitar nadie; un día mi patrón me mandó a buscar peines, unos peines muy bonitos de hueso, habían costado ocho cientos cincuenta y yo los llevaba en la cesta de la bicicleta, en dos bolsas enormes, vamos, coge un bombón, sí, éste, es de cereza bañada en chocolate; había una cuesta, así que tuve que bajar y empujar la bicicleta; ¿cuántos años tienes?, dije que quince, él asintió con la cabeza, cogió un bombón y se lo comió chasqueando la lengua y continuó su historia; bien pues, empujaba la bicicleta cuando de pronto vi que venía una campesina, también en bicicleta, que al entrar en el bosque se paró; cuando llegué hasta ella, me miró de tal forma y se me puso tan cerca que bajé los ojos, ella me acarició y dijo, ¿vamos a coger moras? Dejé la bicicleta con los peines en la cuneta y ella colocó la suya encima, me cogió de la mano y así atravesamos el primer matorral, me tiró de espaldas al suelo, me desabrochó y en un abrir y cerrar de ojos se lanzó sobre mí y su cuerpo me inundó, fue con aquella campesina que me estrené, pero de pronto me acordé de la bicicleta y de los peines, corrí hacia allí, su bicicleta reposaba sobre la mía, los peines todavía estaban y yo solté un profundo suspiro, la campesina vino y cuando vio que me costaba liberar el pedal de su rueda de atrás –y es que en aquellos tiempos las bicicletas de señora llevaban en la rueda trasera una especie de rejilla multicolor, parecida a las mosquiteras que cubrían la cabeza y el cuello de los caballos–, me dijo que ello era una señal divina que nos indicaba que aún no debíamos separarnos, pero yo estaba con el corazón en un puño, vamos, coge otro bombón, éste, relleno… nos adentramos aún más en el bosque, con las bicicletas, la campesina me metió la mano dentro de los pantalones, en aquella época yo era más joven que ahora, claro, entonces fui yo el que se puso sobre ella y las bicicletas las habíamos colocado también así, la mía sobre la suya; así hicimos el amor, nosotros y las bicis, era magnífico, recuerda, hijito, que la vida, si te sale un poco bien, es preciosa, preciosa… pero, venga ve a acostarte, mañana tendrás que madrugar, hijito, ¡vamos! Y cogió una botella y se la bebió entera, yo oía cómo el agua se le movía en el estómago, igual que el agua de la lluvia cuando cae del canal a la cisterna, y después, cuando se volvió de lado también el agua se puso de nuevo en su sitio con un chapoteo netamente perceptible… Los representantes de productos alimenticios, de margarina o de utensilios de cocina no me gustaban demasiado porque se traían su propia comida y se la zampaban en la habitación, los había que hasta llevaban un fogón de alcohol; en la habitación se preparaban una sopa de patatas, tiraban las pieles debajo de la cama y por si fuera poco reclamaban que les lustrara los zapatos de balde; cuando se iban me dejaban una insignia publicitaria como propina por el gran honor de haberles llevado al coche un baúl lleno de levadura que debían vender por el camino. Algunos viajantes llevaban tantas maletas que parecían transportar personalmente lo que debían vender en una semana, otros, en cambio, no llevaban absolutamente nada. Cada vez que un viajante llegaba sin maletas, yo me preguntaba qué artículos debía representar. Y siempre se trataba de algo sorprendente; había uno, por ejemplo, que vendía papel de embalar y bolsas de papel, llevaba las muestras bien dobladas en el bolsillo de la americana, otro no llevaba nada absolutamente, sólo un maletín donde guardaba las hojas de pedido y un yoyó o un diábolo, paseaba por las calles jugando con el yoyó o con el diábolo, jugando entraba en las tiendas, en todas y cada una el dueño plantaba a los clientes o representantes de otras mercancías e igual que un sonámbulo corría hacia el yoyó o cualquiera de esos juguetes que se ponen de moda hasta que la gente se harta: ¿cuántas docenas, cuántas gruesas me puede mandar? El representante se hacía de rogar, pero con magnanimidad le concedía veinte docenas y seguramente aún más; después, con la moda de las pelotas de goma, el representante jugaba en el tren, en la calle y en la tienda con una pelota, los dueños de las tiendas no le sacaban la vista de encima, mirando la pelota como hipnotizados, arriba y abajo y vuelve a la mano, y venga insistir, ¿cuántas docenas y cuántas gruesas me concederá? No, con aquel tipo de representantes que seguían la moda no congeniaba, el maître también los miraba con recelo, eran unos embaucadores, se veía de sobra que lo que querían era hartarse de comer y al fin largarse sin pagar; hay que decir que algunas veces llegaron a hacerlo… No, me gustaba mucho más el representante de la casa Primerose, al cual habían bautizado con el sobrenombre del Rey del Caucho porque suministraba artículos de higiene íntima a las droguerías; siempre que venía, los clientes habituales le invitaban a su mesa porque llevaba cosas nunca vistas con las que se divertía bromeando a costa de alguno de los clientes, o repartía preservativos de todos los colores y formas; a mí, aunque era un mozo, nuestros habituales me resultaban repelentes con sus groserías obscenas, su pedantería y su aire de superioridad; el Rey del Caucho, siempre disimuladamente, metía un preservativo en el plato de alguno de los clientes y cuando aquél descubría el objeto escondido entre la pasta, todo el mundo se reía a mandíbula batiente, aunque cada cual sabía que en la próxima ocasión le podía tocar a él, como le pasó una vez al señor Živnostek, dueño de una fábrica de prótesis, que a menudo ponía un par de dientes postizos en la taza de café de uno de los comensales, y que un día estuvo a punto de atragantarse con la dentadura que había colocado en la jarra de cerveza del vecino, porque éste las intercambió; y seguro que el señor Živnostek se habría ahogado si el veterinario no le hubiese dado un buen golpe en la espalda, tras el que las dentaduras salieron volando y cayeron bajo la mesa; allí el señor Živnostek las hizo añicos al pisarlas pensando que se trataba de dentaduras postizas de su fábrica, y demasiado tarde se dio cuenta que acababa de destrozar su propia prótesis hecha a medida... De manera que quien rió último fue el señor Šloser, que se dedicaba a confeccionar prótesis a medida... El Rey del Caucho acostumbraba a llevar cosas estrambóticas como una llamada el Consuelo de las Viudas, nunca pude descubrir de qué se trataba, porque lo llevaba en algo parecido a un estuche de clarinete que, cuando lo abría y antes de pasarlo al vecino, provocaba que los clientes se desternillasen de risa; un día el Rey del Caucho trajo una muñeca de goma, en aquella ocasión la camarilla estaba sentada en la cocina, era invierno –en verano acostumbraban a sentarse cerca del billar o de la ventana separados siempre por una mampara del resto de la sala– y el Rey del Caucho tenía un sermón preparado que hacía que todos se partieran de risa, pero a mí no me parecía nada cómico; la muñeca empezó a circular entre los comensales, que se ponían serios y se sonrojaban cuando la tenían en la mano, mientras el Rey del Caucho les sermoneaba como un maestro de escuela: Señores, he aquí la última novedad, un objeto sexual para llevarse a la cama, una muñeca de goma llamada Primavera con la que podréis hacer lo que os dé el gusto y la gana, porque Primavera parece viva, tiene las medidas de una chica adulta, la encontrareis excitante, cariñosa, bonita y llena de sexo, millones de hombres han esperado la aparición de una Primavera de goma que pudiesen hinchar con su propia boca; esta mujer, surgida de vuestro aliento, proporcionará a cada hombre la confianza en sí mismo y por tanto una nueva potencia viril, una desconocida erección y un placer fabuloso. Porque Primavera, señores, está hecha de una goma especial y entre las piernas tiene la abertura pertinente con las formas que decoran el cuerpo de una mujer de verdad. Un pequeño vibrador que funciona con pilas transmite al sexo femenino un dulce movimiento sensual, de modo que todo el mundo puede llegar a la cima de la voluptuosidad como más le plazca, teniendo siempre la sartén por el mango. Y para que no deban preocuparse por la cuestión de la limpieza, les aconsejamos que utilicen el preservativo Primerose, y para evitar un posible rasguño les recomendamos que utilicen una crema especial de glicerina… Y cada comensal hinchaba Primavera con todas sus fuerzas, entonces el Rey del Caucho sacaba el pequeño tapón y la muñeca se deshinchaba, preparada para que el próximo cliente la pudiera volver a hinchar con su propio aliento, verla crecer entre sus manos, acompañado de los vivos aplausos y las risas del resto de los señores que esperaban con impaciencia su turno; la alegría llegó hasta la cocina, la cajera se movía nerviosamente y cruzaba las piernas una sobre la otra, como si fuera a ella a la que hincharan; el jolgorio duró hasta medianoche…

Más tarde vino un corredor con un artículo parecido pero más bonito y más práctico: se trataba del representante de una sastrería de la ciudad de Pardubice, que nuestro maître había conocido a través de un teniente del ejército; este representante se alojaba en nuestro hostal dos veces al año y yo, al principio, no entendía el método de trabajo de aquel señor: después de tomarle las medidas al maître, que estaba delante de él con chaleco y en mangas de camisa, le ponía, por todas partes, en el pecho, en la espalda, alrededor de la cintura y cuello, tiras de pergamino en las que anotaba cifras; las tiras las recortaba sobre el mismo cuerpo del maître, igual que si quisiera coserle un frac pero no con tela porque no tenía; después las numeraba y con mucho cuidado las guardaba en una bolsa, donde, al cerrarla, inscribía los datos de nuestro maître; cobró la paga y señal y aseguró al maître que no tenía que preocuparse, que pronto le mandarían el frac sin que ni siquiera tuviera que probárselo; en el fondo el maître había encargado el frac a aquella casa porque iba tan atareado que no disponía de tiempo para nada; y entonces me enteré de lo que quería saber pero no me había atrevido a preguntar: ¿qué pasará después? El representante, mientras guardaba el dinero en el portamonedas lleno a reventar, explicaba con su voz baja, quizá no lo sabéis pero se trata de un invento revolucionario de mi patrón, que fue el primero en este país o quizás en toda Europa y en todo el mundo que pensó en la gente atareada como usted, los militares, los actores y tantos otros; yo les tomo las medidas, las envío al taller y allí, según las indicaciones de las tiras, fabrican una especie de maniquí hecho de tiras, bajo las cuales hay un saco de goma que se hincha hasta coger la forma del maniquí; entonces se sacan las tiras y su cuerpo, hinchado para siempre, se eleva hacia el techo, con una ficha atada al pie como la que se pone a los recién nacidos en el hospital y a los cadáveres en el depósito; cuando llega el momento de probar el vestido se baja el figurín del techo y se le prueban los fracs, los uniformes y las faldas tantas veces como sea necesario, tres o más, sin que el original tenga que molestarse, el doble hace el trabajo hasta que el vestido le queda que ni pintado; entonces usted paga el resto por correo y puede llevar el frac hasta que se engorde o adelgace; cuando esto ocurre, el representante toma las medidas de la parte del cliente que ha engordado o adelgazado y se hincha o deshincha el figurín y se reforma el frac o el uniforme o si hace falta se confecciona otro… y el maniquí se queda flotando en el techo hasta que el cliente muere; el almacén está lleno, hay centenares de figuras de todos los colores porque la casa lo tiene todo clasificado según la categoría respectiva de los clientes: hay secciones de generales, de coroneles, de comandantes, de capitanes, de maîtres y de algunos portadores de uniformes y fracs; hay suficiente con tirar de la cuerda para que el maniquí baje como un globo de feria e indique el aspecto físico del cliente en el momento de su último pedido... Todo esto me impresionó tan profundamente que decidí que cuando hubiese superado las oposiciones a camarero, encargaría la confección de mi primer frac para que mi cuerpo también flotara en el techo de aquella casa única en el mundo, porque dudo que alguien que no sea de este país pueda inventar algo parecido... A menudo soñaba que flotaba, no mi maniquí, sino yo mismo, en el taller de la sastrería de Pardubice, otras veces volaba en sueños hacia aquí, hacia el restaurante Praga Ciudad Dorada. ¡Y vaya lo que me ocurrió un día! Hacia la medianoche llevaba el agua mineral al representante de la casa Berkel, aquél de las balanzas casi de farmacia y de la máquina de cortar longaniza en rodajas finísimas; entré sin llamar y sorprendí al representante en pijama y en cuclillas, y es que después de cenar, como de costumbre, enseguida se retiró a su habitación; en un primer momento pensé que tiraba las cartas, que hacía solitarios o vete a saber qué otra cosa, pero de hecho lo que colocaba lentamente sobre la alfombra, con una sonrisa de satisfacción y contento como unas pascuas, eran billetes de cien coronas, bien puestos uno al lado del otro, ya había cubierto media alfombra y no debía de tener suficientes porque sacó otro paquete de la cartera para distribuir los billetes en fila, era lo mismo que si dibujara líneas en la alfombra, cada billete de cien coronas entraba en una casilla rectangular que parecía diseñada para aquel propósito, cada hilera estaba netamente trazada como las líneas de una colmena, y cada vez que el representante completaba una admiraba su obra con un entusiasmo infantil, se ponía las manos en las mejillas y así, más contento que unas castañuelas, se deleitaba con el espectáculo, después continuaba el trabajo de poner los billetes en el suelo, con mucho cuidado les daba la vuelta a los que estaban al revés, todos debían quedar en el mismo sentido; durante aquel rato yo permanecí allí de pie, me daba miedo toser o salir: aquella fortuna, aquellas baldosas todas iguales y sobre todo aquel gran entusiasmo y satisfacción me abrían nuevas perspectivas, porque a mí no me gustaban menos que a él, pero hasta entonces no se me había ocurrido nunca la idea de rendirles culto; en aquel momento me vi a mí mismo sentado en mi habitación, ordenando dinero, por ahora no serían billetes de cien sino de veinte coronas, la visión de aquel hombre gordo infantil con el pijama de rayas me producía un placer enorme, y en aquel momento vi claramente que aquél sería mi futuro trabajo, que haría lo imposible para llegar un día a encerrarme en mi habitación o mejor dicho a olvidarme de cerrarla y a desplegar por el suelo la imagen de mi poder y de mis capacidades, lo único por lo que valía la pena perder la cabeza… También un día sorprendí al poeta Toni, quiero decir al señor Jódl, que se alojaba en nuestro hostal y que también sabía pintar, lo que le servía para pagar las facturas con los cuadros que el patrón, de vez en cuando, se quedaba en lugar de dinero; este hombre publicó en nuestra ciudad un libro de poemas que se titulaba *Vida de Jesucristo*; él mismo se costeó la publicación y se llevó toda la tirada a su habitación, allí la esparció entera por el suelo, un ejemplar al lado del otro, mientras se sacaba y se volvía a poner la americana sin parar, tan nervioso le ponía su Jesucristo, adornó la habitación con aquellos cuadros blancos, y puesto que no cabían, continuó adornando el pasillo hasta llegar a la escalera, venga sacarse y ponerse la americana, porque cuando sudaba se la echaba sólo sobre los hombros y cuando hacía frío, rápidamente se la ponía para volvérsela a quitar al cabo de un rato, y siempre le caía un trozo de algodón de las orejas, también se lo ponía y se lo sacaba sin parar, según le acuciaba el capricho de oír el mundo a su alrededor o de no oírlo; este poeta que no dejaba de proclamar el retorno a las cabañas de pastor y nunca jamás pintaba otra cosa que cabañas de pastor al pie de la montaña no hablaba de nada más que de los poetas y de su misión de buscar al hombre nuevo; a su vez nuestros clientes no le apreciaban, o mejor dicho sí que le apreciaban pero le hacían mil perrerías, y es que el poeta no solamente se sacaba y se volvía a poner la americana, sino también las botas, según las veleidades que le asaltaban de buscar al hombre nuevo, y cuando se las quitaba, los comensales le echaban dentro cerveza o café y cuando se disponía a calzarse, no atinaban con el tenedor de tanto mirar de reojo, y entonces la voz del poeta atronaba por el restaurante: Raza malvada, loca y criminal, ¡cabañas!, ¡eso es lo qué os conviene!... y las lágrimas le saltaban de los ojos, pero no de rabia, sino de satisfacción porque consideraba la cerveza en las botas como una muestra de amabilidad, un signo de que la ciudad le tenía en cuenta, que no le demostraba precisamente respeto, no, eso de ninguna manera, pero sí que lo tomaba por uno de los suyos... O en aquella ocasión en que le clavaron una bota al suelo con un clavo, el joven poeta metió el pie y no había forma de moverla, él caía al suelo echando fuego por los ojos, raza malvada, loca y criminal, pero a continuación lo perdonaba todo y ofrecía a los comensales un dibujo o un libro de poemas que les cobraba para ganarse la vida... de hecho, era un buen hombre y yo me lo imaginaba a menudo flotando sobre la ciudad y agitando las alas, lo veía como el ángel que hay encima de la puerta de la droguería El Ángel Blanco, estaba seguro de que tenía alas, las vi cuando se sacaba y se volvía a poner la americana, pero me daba miedo consultar al señor párroco; también me fijé un día, mientras estaba inclinado sobre una hoja de papel porque le gustaba escribir poemas en el restaurante, que por encima de su bonita cara con perfil de serafín planeaba una aureola, un círculo de color lila, como el que aparece en la cocina de gas Primus, parecía que tuviera la cabeza llena de petróleo y sobre él resplandeciera aquella aureola, fulgurante, parecida a los faroles que iluminan los puestos de los feriantes... y cuando caminaba por la plaza, no había nadie con tanta prestancia, tanta gracia y tanta elegancia llevando el paraguas, el sombrero o la gabardina negligentemente tirada sobre el brazo como este cliente nuestro, este poeta, este artista, y no importaba que de las orejas le creciera una pelusilla blanca de algodón, ni que antes de cruzar la plaza se hubiera sacado y vuelto a poner la gabardina cinco veces y diez el sombrero, como para saludar a los viandantes... y he aquí que él no saludaba nunca a nadie, salvo a las viejas del mercado, delante de las cuales realizaba una profunda reverencia, buscando así al hombre nuevo; cuando el tiempo estaba encapotado o llovía, siempre pedía a la cocina que le pusieran un poco de sopa de tripas en una olla y un panecillo, y personalmente lo llevaba a aquellas viejas muertas de frío, pero por el modo de acarrearlo por la plaza, yo veía que no era sopa lo que llevaba en la olla, sino su propio corazón, un corazón humano en una sopa de tripas, su corazón de poeta sofrito con cebolla y pimentón, que llevaba como un cura lleva la custodia o los aceites para la extremaunción; el poeta acarreaba ollas, conmovido por su propio comportamiento, el de un pobrecillo que no tenía ni para pagar el alojamiento y en cambio compraba sopa para las viejas, no para que se calentaran, sino para que supiesen que él, Toni Jódl, pensaba en ellas, que a través de ellas vivía, que las consideraba parte de sí mismo; Toni consideraba su actuación como el amor activo al prójimo, ahora mismo y no después de la muerte... y aquel día cuando adornó el suelo con los ejemplares de su libro, la mujer de la limpieza que llevaba un cubo del lavabo pisó la cubierta blanca de Jesucristo, pero Toni no la reprendió, raza malvada, loca y criminal, sino que conservó aquellas pisadas casi masculinas con mucho cuidado, firmó debajo y después se puso a vender los Jesucristos con pisada a doce coronas el ejemplar, en vez de las diez coronas que cobraba por uno limpio... ya que hizo imprimir el libro pagándolo de su bolsillo, sólo tenía doscientos ejemplares, pero una editorial católica de

Praga le había prometido que le publicaría la obra con una tirada de diez mil, así pues Toni pasaba días enteros haciendo números, sacándose y volviéndose a poner la americana, cayendo más de una vez con las botas clavadas en el suelo, y olvidaba una cosa, cada cinco minutos se echaba medicamentos en polvo en la boca, parecía un molinero al que se le ha roto un saco de harina, lleno de polvo blanco, esparcido por el pecho y por las perneras de su traje negro, así como un medicamento que se llamaba Neurastenin, que se bebía directamente del frasco y le dejaba un círculo amarillento alrededor de la boca, como si hubiera masticado tabaco, y él venga beber y engullir sus medicamentos que le provocaban aquellos ataques de calor y frío, que sudaba durante cinco minutos y otros cinco temblaba tanto que se movía la mesa, pues bien, el carpintero midió los metros cuadrados de su habitación y del pasillo que cubrían doscientos ejemplares de la *Vida de Jesucristo*, y basándose en esto Toni calculó que los diez mil ejemplares de su libro cubrirían la carretera de Praga a Pilsen, o toda la plaza de nuestra ciudad con las calles del barrio antiguo, y yo mismo acabé tan obsesionado con aquellos libros que cuando caminaba por las calles no pisaba el pavimento sino libros, me imaginaba que tenía que ser fabuloso ver en cada adoquín tu nombre impreso y diez mil veces escrito *Vida de Jesucristo*; pero hubo un inconveniente: Toni no había pagado la edición del libro y un día se presentó la dueña de la imprenta, la señora Kadavá, y confiscó *Vida de Jesucristo*; dos mozos se la llevaron en capazos, y la señora Kadavá dijo, o mejor dicho gritó, su Jesucristo estará en la imprenta, cada vez que quiera uno, me paga ocho coronas y se lo lleva… y Toni se sacó la americana, dio un sorbo al frasco de Neurastenin y exclamó y gritó, raza malvada, loca y criminal…

Así que finalmente tosí, el señor Walden yacía en el suelo al lado de la alfombra cubierta de billetes verdes de cien coronas, que parecían formar un dibujo, paseaba la mirada por aquel campo verde, con su regordeta mano bajo la cabeza, haciéndole de cojín... Salí y una vez fuera llamé: ¿Quién es?, preguntó el señor Walden. Yo, el mozo, le traigo el agua mineral, contesté... Adelante, dijo, y yo entré, el señor Walden no se había movido, ahora percibí que el pelo rizado y lleno de brillantina le resplandecía como los anillos con diamantes que llevaba en los dedos, sonreía como de costumbre y me dijo, dame el agua y siéntate, yo destapé la botella con el abridor, el agua con gas borboteaba, el señor Walden bebía y en las pausas señalaba los billetes mientras decía en voz baja, tan dulcemente como el burbujeo del agua mineral, ya sé que has venido antes, he dejado que saborearas el espectáculo... recuerda que el dinero te abrirá todas las puertas, a mí me lo enseñó el viejo Koreff... esto que ves es lo que he ganado esta semana, he vendido diez balanzas, y ésta es mi comisión... ¿has visto nunca algo más maravilloso? Cuando vuelva a casa, con mi mujer, adornaremos todo el piso, cubriremos las mesas y el suelo, me compraré una longaniza, la cortaré a rodajas y me pasaré la noche comiéndomela, no dejaré nada para el día siguiente porque por la noche no podría soportarlo y me levantaría para terminármela entera, y es que yo vendo el alma al diablo por un poco de longaniza, soy capaz de devorar una cantidad que estremecería a la bondad divina, pero de esto ya te hablaré en la próxima ocasión... Entonces el señor Walden se levantó, me acarició la mejilla y con la mano bajo mi barbilla, me decía, tú llegarás lejos, chaval, acuérdate, lo llevas dentro, ¿sabes? Tienes madera, tú sólo has de ser decidido... ¿Y cómo sabe que soy así?, pregunté. Él dijo, he visto cómo vendes salchichas en la estación, yo soy uno de los que te dio un billete de veinte y tú tardaste tanto buscando cambio de una corona con ochenta, que es lo que valen las salchichas, que el tren se fue... y entonces el señor Walden abrió la ventana, cogió un buen puñado de monedas del bolsillo del pantalón y las lanzó a la plaza desierta, esperó un instante, haciéndome una señal con el dedo como diciendo, escucha, y entonces se oyó el ruido de las monedas sobre el pavimento... has de ser listo como el hambre, saber tirar las monedas por la ventana, para que los billetes te entren por la puerta, ¿de acuerdo? Sopló una ráfaga de viento y los billetes volaron, saltaron, bailaron para retirarse después a un extremo de la habitación, igual que las hojas en otoño. Y yo no me cansaba de mirar al señor Walden, de la misma forma que se me iban los ojos con todos los vendedores, preguntándome qué ropa interior llevaban e imaginándome sus calzoncillos manchados, amarillentos en la ingle, las camisas con cuellos gastados y los calcetines roñosos que, si se hubieran alojado en otro sitio, seguramente habrían tirado por la ventana, igual que antes hacían los clientes de los baños Carlos, donde viví tres años con mi abuela, que me crió. Mi abuela vivía frente a los baños, en una pequeña habitación de los viejos molinos, en un rincón en el que el sol no entraba nunca porque estaba orientado al norte y también porque la rueda del molino era tan grande que su eje se encontraba a la altura del primer piso y la parte de arriba llegaba hasta la tercera planta; mi abuela me criaba porque mi madre me tuvo de soltera y me dejó al cuidado de su madre, o sea a de mi abuela, que vivía enfrente de los baños Carlos, ésta era la gran suerte de su vida y ella no dejaba nunca de dar gracias a Dios: los jueves y los viernes eran los días en que se bañaban los viajantes, personas sin ningún domicilio fijo, y desde las diez de la mañana mi abuela y yo permanecíamos alerta porque éstos eran los días en que más a menudo volaban piezas de ropa interior que lanzaban por la ventanilla del vestidor; con mi abuela mirábamos juntos por la ventana y cuando veíamos que alguien tiraba unos calzoncillos, antes de que cayesen al agua, mi abuela los cogía al vuelo con un gancho, yo la sostenía a ella por las piernas para que no se abalanzara hacia las profundidades; las camisas lanzadas hacia arriba siempre se abrían de brazos en un momento dado, como un guardia urbano en un cruce o como Jesucristo en la cruz, las camisas se quedaban crucificadas por un instante y después caían como un saco de patatas sobre los brazos y las palas de la rueda del molino, que giraban; qué aventura esperar que los brazos de la rueda volvieran a llevar la camisa o los calzoncillos a la ventana de mi abuela y cogerlos tranquilamente con sólo tender el brazo, o sacar la pieza de ropa con un gancho del eje de la rueda en el que se retorcía más y más con cada vuelta que daba, pero mi abuela siempre conseguía sacarla y enseguida la tiraba a un capazo para, por la noche, hacer una gran colada, echando el agua sucia bajo las palas del molino; sobre todo por la noche, ¡qué gozada ver volar los calzoncillos blancos desde la ventanilla de los baños Carlos, o una camisa blanca sobre el fondo negro del abismo del molino!, cuando brillaba una mancha blanca en la oscuridad, mi abuela la cogía al vuelo con el gancho, algunos días tenía que luchar contra el viento y el agua dispersada por las palas del molino que le salpicaba las mejillas, pero aun así ella esperaba con ilusión aquel pasatiempo de los jueves y viernes, días en que los vendedores se cambiaban las camisas y la ropa interior, se las compraban nuevas y tiraban las viejas; después la abuela hacía la limpieza semanal, cosía y doblaba la ropa para venderla a los albañiles y a los obreros, y de este modo vivía modesta pero cómodamente hasta el punto que yo podía tomar café con leche y croissants para desayunar. Me parece que aquélla fue la época más bonita de mi vida… aún ahora veo a mi abuela atenta cerca de la ventana abierta, y eso que en otoño e invierno no era agradable: es de noche, la corriente de aire que surge de las aguas suspende una camisa un momento en el aire, la camisa se abre de brazos y con un gesto brusco la abuela la caza al vuelo, porque justo un segundo después la camisa caería, lacia como un pájaro blanco herido de muerte, al remolino de las aguas negras como la boca del lobo para volver a salir sobre la rueda de la tortura como un cuerpo exánime después de un suplicio, o ascender sobre el círculo mojado hasta el tercer piso, donde por suerte se encontraban las piedras del molino y no había otros vecinos con los que tuviéramos que pelear por la ropa, para, después bajar por la rueda; si se soltaba, sería engullida por la corriente de las aguas negras e iría a parar lejos, muy lejos… ¿Tenéis suficiente? Pues por hoy termino.

2

El hotel Plácido

Escuchad bien lo que ahora voy a contaros.

Me compré una maleta de imitación de cuero en la que metí, bien doblado, el nuevo frac que habían confeccionado recientemente, según el modelo de mi maniquí, en aquella sastrería de Pardubice; fui en persona a recogerlo y puedo afirmar que el representante de la casa no mintió: el día que estaba citado para tomarme las medidas me cubrió de tiras de pergamino, se apuntó las cifras que necesitaba y lo puso todo en un sobre; cogió la paga y señal, y a mí sólo me faltaba ir a recoger el frac. Me quedaba que ni pintado, pero más que el frac, lo que deseaba era ver mi doble. El dueño de la casa, puede que porque también era bajito y entendía mi deseo de crecer, escalar y llegar lejos, hasta la cima, hasta el techo del almacén de la sociedad, se ofreció a acompañarme personalmente. ¡Qué prodigio! A ras del techo flotaban estatuas de generales y comandantes, de actores célebres, ¡el mismo Hans Albers encargaba su frac aquí!; una ligera brisa penetraba por la ventana y los figurines se movían como pequeñas nubecillas, como borreguitos en el cielo cuando empiezan a soplar vientos otoñales; de cada figurín colgaba un hilo fino con una tarjeta donde estaba inscrito un nombre y una dirección, y con la corriente de aire las tarjetas bailaban alegremente, igual que los peces recién pescados en el anzuelo; el dueño señaló la que tenía mi dirección, bajé mi doble y por poco no me pongo a llorar al verme tan pequeño al lado de mis vecinos, un coronel y el hotelero Beránek, pero enseguida me eché a reír, tal era la satisfacción de encontrarme entre la flor y nata de la sociedad; el dueño tiró de otro hilo y me dijo que aquel figurín, también muy pequeño, era el ministro de Educación, y otro más allá, un auténtico enano, era, según el dueño, el ministro de Defensa. Esto me levantó tanto la moral que además de pagar el frac añadí una propina de doscientas coronas, la cual pretendía ser la pequeña muestra de amabilidad de un pequeño camarero que se trasladaba del hostal Praga Ciudad Dorada al hotel Plácido, lejos, a un pueblo llamado Stránčice, al que fui con la recomendación del representante de la empresa Berkel, la tercera casa más importante del mundo; me despedí de todos y me marché a Stránčice... Cuando me apeé del tren era ya por la mañana y no paraba de llover, en aquel pueblo debía de haber diluviado durante días enteros, del barro y la tierra que había en la carretera, torrentes de agua color café con leche se precipitaban sobre las ortigas y bardanas, y yo subía, siguiendo una flecha que indicaba el hotel Plácido, mientras dejaba atrás unas cuantas casas con árboles partidos por la mitad; de pronto me puse a reír: en uno de los jardines arreglaban un albaricoque lleno de fruta casi madura; el propietario, calvo, pasaba un alambre alrededor de la copa partida, que dos mujeres sostenían una a cada lado, pero de pronto vino una ráfaga de viento y la copa volvió a caer, llevándose al pobre hombre con escalera incluida: la cabeza se le quedó aprisionada entre las ramas y, ensangrentada debido a los rasguños, le hacía parecer crucificado sobre las ramas; las mujeres, al ver a su hombre en aquel estado, soltaron una risa estrepitosa, gritaban y vociferaban de tanto reír mientras el hombre ponía cara de pocos amigos y exclamaba, guarras, putas, ya veréis lo que os haré en cuanto me libere, os hundiré en el suelo como un clavo, probablemente se trataba de sus hijas o de su mujer y una hija, y yo me saqué el sombrero y dije, buenos días señores, ¿es por aquí para ir al hotel Plácido? El hombre me mandó a paseo mientras continuaba esforzándose vanamente para escapar de la prisión en que le encerraban las ramas cargadas de albaricoques maduros; cuando las mujeres dejaron de reír, levantaron las ramas, el hombre se incorporó e inmediatamente se cubrió la cabeza calva con una boina; en aquel momento decidí que ya era hora de irme; subí por una carretera asfaltada con una acera de adoquines mientras golpeaba el suelo para sacarme el barro y la arcilla amarillenta de los zapatos. En lo alto, el suelo era resbaladizo y caí sobre una rodilla, las nubes pasaban sobre mí y al cabo de un rato el cielo se volvió tan azul como las campanillas sepultadas por el chaparrón al lado del camino, y entonces frente a mí apareció el hotel. Era tan bonito que parecía sacado de un cuento de hadas, recordaba un edificio chino o la villa de un millonario igual a las que hay en el Tirol o en la Riviera, blanco con el tejado rizado, como olas que suben y bajan, con tejas romanas rojas, persianas verdes que enmarcaban las ventanas de las tres plantas, que en cada piso eran un poco más pequeñas que en el anterior, la última se parecía a una graciosa glorieta colocada en lo alto del edificio y estaba coronada por una rotonda hecha con ventanas verdes, que sugería un observatorio lleno de aparatos meteorológicos; lo dominaba todo una veleta roja en forma de gallo. Cada ventana daba a un balcón al que se salía por una puerta también provista de una persiana verde. Yo me acerqué pero no veía a nadie, ni en el camino, ni en las ventanas, ni en el balcón; en todas partes reinaba un silencio plácido, lo único que se oía era el viento perfumado que se podía cortar con cuchillo como un helado, como nata invisible, me lo hubiera podido untar en una rebanada de pan como si fuese mantequilla. Entré por la puerta del jardín, lleno de senderos de arena que la lluvia había borrado; avanzaba entre pinos a través de los cuales se entreveían grandes prados con el césped recién cortado, alfombras verdes y espesas. Un pequeño puente se arqueaba justo delante de la entrada principal, construida con una puerta de cristal y otra, desplegada sobre la pared, en forma de persiana verde. El puente, adornado con una barandilla blanca, saltaba sobre una rocalla cubierta de flores alpinas, pero en este momento me asaltaron las dudas: quizá me había equivocado de dirección, posiblemente no me admitirían, ¿era cierto que el señor Walden tenía apalabrado el trabajo para mí?,

¿querrá el dueño, el señor Plácido, un camarero tan insignificante como yo? Y de pronto empecé a temblar de miedo. No había nadie, no se oía ningún ruido, de manera que di media vuelta y ya me iba; pero de pronto se oyó un silbido estridente, tan imperativo que hizo que me detuviera, y aún otro y otro... tres silbidos breves, como gritando, ¡tú, tú, tú! Y más silbidos, largos y cortos, que funcionaban igual que una cuerda que me ataba y me arrastraba hacia la puerta de cristal de la entrada; cuando la crucé, por poco tropiezo con un señor gordo, sentado en una silla de ruedas, que con las manos giraba las ruedas, y de la masa de grasa que formaba su cabeza surgía un silbido; al detener la silla bruscamente estuvo a punto de caerse al suelo, y en el momento de inclinarse le resbaló la peluca con la que se cubría la calva; el señor obeso se limitó a ponérsela bien. Entonces me presenté al señor Plácido, así se llamaba el calvo, y él se me presentó, le hablé de la recomendación del señor Walden, aquel personaje importante de la casa Berkel, y el señor Plácido me contestó que me estaba esperando desde la mañana, pero que ya había perdido la esperanza de que pudiera llegar porque llovía a cántaros; añadió que fuese a descansar un rato y que después bajase a presentarme vestido con el frac; entonces me explicaría lo que esperaba de mí. Yo no miraba, no quería mirar, pero los ojos se desviaban contra mi voluntad hacia aquel cuerpo enorme en la silla de ruedas, hacia aquel saco de grasa, como el muñeco dibujado de la casa Michelin; en cambio, el propietario de aquel cuerpo monstruoso parecía contento, se paseaba en la silla de ruedas por la recepción decoraba con cornamentas de ciervo, como un niño que juega en un prado; manejaba su vehículo con mucha habilidad y se encontraba más cómodo así que cualquier hombre sano andando. Entonces el señor Plácido volvió a silbar, pero de otra forma, su silbido tenía diferentes registros, y de inmediato una camarera vestida de negro con un pequeño delantal blanco apareció ante nosotros; el señor Plácido dijo, Wanda, éste es nuestro camarero segundo, enséñele su

habitación… y Wanda dio media vuelta, se percibían netamente sus nalgas divididas por el medio, cuando caminaba
siempre levantaba una al ritmo del paso, y llevaba el pelo
negro recogido en un moño alto; viéndola con aquel peinado me sentía aún más bajito, y me prometía que ahorraría
mucho dinero para poder comprar aquella camarera, y
adornaría sus pechos y sus nalgas con flores; las posibilidades que da el dinero me envalentonaban, a veces sentía una
gran necesidad de levantarme la moral, sobre todo cuando
veía algo bonito, más que nada una mujer bonita, que era
cuando me sentía más profundamente desanimado, pero la
camarera no me conducía a la primera planta del hotel, al
contrario, salimos al patio, por la ventana de la cocina vi
dos gorros blancos de cocinero y oí el ruido de los cuchillos
y las risas alegres; dos caras grasientas y unos ojos abiertos
de par en par se acercaron a la ventana, y a continuación
más risas que se alejaban a medida que yo caminaba con la
maleta que llevaba en alto para compensar mi figura menu-
da, y es que llevar doble suela era inútil, puede que la cabeza
alta y el cuello estirado ayudaran un poco, tras atravesar el
patio llegamos a una casa, y yo me sentí muy decepcionado
porque en el hostal Praga Ciudad Dorada me alojaba como
un cliente más del hostal, en cambio aquí tenía que conten-
tarme con una pequeña habitación de mozo; Wanda me enseñó el armario, giró el grifo, del cual empezó a brotar agua,
abrió la cama para demostrarme que las sábanas estaban
limpias, al final me sonrió desde su altura y se fue, yo la seguí con los ojos a través de la ventana: caminaba por el
patio, no podía dar un paso sin ser vista por alguien, no, la
camarera no se podía ni permitir el lujo de rascarse, de andar pausadamente, de tocarse la nariz, siempre tenía que
comportarse como si estuviera en un escenario, en un escaparate; una vez cuando aún trabajaba en el Praga Ciudad
Dorada y volvía con una cesta llena de flores, dos chicas
decoradoras arreglaban el escaparate de la casa Katz, fijaban
telas con clavos, se arrastraban a cuatro patas, una tenía en

la mano un martillo y clavaba trozos de cheviot y de pana, colocados con pequeños pliegues, cuando necesitaba un clavo, lo cogía de la boca de la compañera, que la tenía repleta de clavos, así se divertían las chicas mientras yo, con una cesta llena de gladiolos en la mano y otra rebosante de margaritas en el suelo, no podía apartar la mirada de las dos chicas a cuatro patas; era por la mañana y había mucha gente, las chicas habían olvidado que se encontraban en un escaparate, cada dos por tres se rascaban las nalgas y cualquier otra parte del cuerpo, y de pronto la que tenía los clavos en la boca empezó a reír, los clavos le saltaron de los labios, a la amiga se le contagió la risa y así, a cuatro patas, las dos chicas no paraban de reír, gruñían como perros, jugaban alborotadas, por el escote de sus blusas se entreveían sus pechos que bailaban al ritmo de sus carcajadas, y a mi alrededor se había congregado una multitud que miraba las campanas que oscilaban en el escote del campanario, y de pronto una de ellas vio el gentío, dejó de reír, se sonrojó e hizo un intento de taparse, la compañera, cuando emergió del mar de lágrimas y se percató de la gente que había delante del escaparate, se asustó tanto que cuando quiso taparse el escote con el codo, perdió el equilibrio y cayó boca arriba, se le abrieron las piernas y se le vio todo, todo, aunque escondido bajo unas bragas de encaje; un momento antes la gente no dejaba de reír, pero ante aquel espectáculo todos se pusieron serios, algunos se fueron, otros se quedaron, boquiabiertos, viendo visiones delante del telón metálico que los vendedores bajaron hasta pasado el mediodía, cuando las dos decoradoras ya llevaban rato comiendo en el Praga Ciudad Dorada, nuestro restaurante; y es que la belleza femenina puede impresionar fuertemente a algunas personas... Me quité los zapatos embarrados y los pantalones, abrí la maleta para sacar el frac y dejarlo colgado un rato antes de ponérmelo; sentía añoranza del Praga Ciudad Dorada, mi antiguo hostal, de El Paraíso, de aquel lugar en el que mirase donde mirase no veía sino una ciudad de piedra y una marea de gente en las plazas; fuera de la pequeña mancha verde que ofrecía el minúsculo parque municipal, el único contacto con la naturaleza lo tenía a través de las flores que iba a buscar cada día y los pétalos con los que adornaba las barriguitas desnudas de las chicas de El Paraíso, y mientras me ponía el frac me pregunté: ¿quién era en realidad mi antiguo patrón?; durante aquellos tres años le había visto en tantas situaciones diferentes, que su imagen resultaba ser un galimatías de impresiones; mi patrón también era una menudencia de hombre, aún más bajito que yo, e igual que para mí, también para él el dinero era lo más importante, con el dinero conseguía muchas chicas fantásticas, pero no sólo en El Paraíso, sino también en Praga, en Brno y hasta en Eslovaquia; huía a menudo de su mujer para buscar chicas hermosas; decían que, siempre antes de que su mujer llegara a localizarlo, había tenido tiempo de gastar unos cuantos miles de coronas, y que cada vez, antes de empezar su diversión, se sujetaba en el bolsillo del chaleco con una aguja el dinero justo para poderse comprar el billete de vuelta y una propina para el revisor que tenía que llevarlo a casa en brazos, dormido como un lirón, lo cual no era muy difícil teniendo en cuenta su pequeña figura; después de cada juerga parecía haber menguado todavía más, durante una semana entera se le veía apaciguado, pero después volvía a ser el altanero de siempre; le volvían loco los vinos dulces, Oporto, Málaga, los vinos de Argelia; bebía ceremoniosamente, muy despacio, casi no se notaba que bebía, con cada sorbo se le iluminaba la cara: durante un instante saboreaba el néctar, paseándolo por la boca, y después de tragárselo, declaraba en voz baja: en este vino hay el sol del Sahara... A veces bebía con los clientes habituales y cogía unas borracheras descomunales; entonces sus compañeros de juerga llamaban a su mujer para que viniera a recogerlo; ella bajaba en el ascensor desde la tercera planta, donde se encontraba su apartamento, entraba tranquilamente, sin vergüenza alguna, y era saludada con respeto por todos, cogía a su marido, dormido bajo la mesa, y como si fuese un abrigo lo levantaba con una mano, lo llevaba hasta el ascensor, lo tiraba dentro y después todo el mundo podía seguir con los ojos abiertos de par en par la ascensión de la pareja hasta el tercer piso. Los clientes habituales explicaban que años atrás, cuando el patrón compró el hostal Praga Ciudad Dorada, su mujer charlaba con los clientes y participaba en las tertulias literarias, el poeta y pintor Toni Jódl era el único que quedaba del círculo aficionado al debate, a la lectura y al teatro, y la patrona mantenía con su marido discusiones tan acaloradas que parecía el fin del mundo, una vez cada quince días, por lo menos, se tiraban de los pelos a causa de la escuela romántica o realista, o bien por culpa de Smetana o Janáček llegaban hasta el punto de pelearse y tirarse el vino por encima; el patrón tenía un perro de aguas, la patrona un fox terrier, y mientras sus dueños batallaban los perros no lo podían soportar, y también ellos se atacaban el uno al otro. El patrón y su mujer no tardaban en hacer las paces y entonces se les veía pasear cerca del torrente en las afueras, con las cabezas vendadas o los brazos en cabestrillo, mientras los perros arañados se arrastraban tras ellos, también con vendas en las orejas llenas de mordiscos, resultado de la velada literaria... y al cabo de algunas semanas, ¡otra vez! ¡Qué maravilla, como me hubiera gustado ver aquellas peleas!... Ya llevaba el frac puesto y me contemplaba al espejo, con el traje nuevo, con una camisa blanca almidonada y un lazo, también blanco, y me acababa de meter en el bolsillo un cuchillo plegable con un sacacorchos inoxidable cuando oí el silbido; al llegar al patio, sobre mí voló una sombra que acababa de saltar la verja, dos trozos de tela negra me cubrieron la cabeza como dos pechos de mujer y delante de mis propias narices aterrizó un camarero con frac, se levantó y continuó volando, irremediablemente unido al sonido del silbido, seguido por las dos alas del frac. De un puntapié abrió la puerta de cristal, que osciló un poco y después se inmovilizó, reflejando el patio y mi figura que se acercaba. Tardé dos semanas en descubrir quien frecuentaba aquel hotel. Durante dos semanas permanecí perplejo discurriendo a qué lugar había ido a parar y me preguntaba constantemente si no era un sueño vivir de aquella manera. En dos semanas gané más de doscientas coronas en propinas, y las propinas representaban mi salario. Y durante dos semanas, aun encerrándome solo en mi habitación para contar los billetes ganados, y es que yo aprovechaba cualquier momento libre para contar dinero, tenía constantemente la impresión de no estar solo, que alguien me observaba; el maître, Zdeněk, que ya llevaba dos años allí, tenía la misma sensación que yo y estaba siempre tenso, en cuanto oía el silbido, saltaba sobre la verja y se presentaba lo antes posible en el restaurante. A fin de cuentas, no teníamos nada que hacer en todo el día. Cuando teníamos el restaurante recogido, guardados los cubiertos y las copas, contadas las servilletas y los manteles, Zdeněk y yo íbamos a echar una ojeada a la provisión de bebidas: dábamos un repaso al champán fresco y a las medianas de cerveza de Pilsen, sacábamos las botellas de coñac para que estuvieran a temperatura ambiente; todo ello lo dejábamos listo en un momento, y entonces salíamos al jardín, o, mejor dicho, al parque, nos poníamos los delantales y pasábamos el rastrillo por los senderos, renovábamos los montones de heno, ya que cada dos semanas un camión se llevaba los viejos y traía otros recién segados que debíamos colocar en lugar de los viejos. Sobre todo rastrillábamos los caminos, aunque para ser exacto, hay que decir que en este caso trabajaba yo más que Zdeněk, que se iba a las fincas vecinas a visitar a sus ahijadas, según decía, pero yo creo que no se trataba de ahijadas sino de sus amantes, señoras casadas cuyos maridos sólo venían los fines de semana, o hijas de buena familia que se preparaban para los exámenes universitarios.

Y yo, mientras rastrillaba la tierra, me deleitaba contemplando nuestro hotel, por detrás, a través de los árboles, o por delante, desde el prado de césped: de día parecía una residencia y yo estaba siempre atento para no perderme el momento en el que por la puerta saldrían señoritas o chicos con cartera de estudiante, o bien jóvenes con suéteres de punto, seguidos de criados que arrastrarían palos de golf, o un industrial, con un mayordomo acarreando una mesita y sillas de mimbre; las criadas pondrían la mesa, los niños correrían hacia el padre y lo abrazarían, la señora, con un parasol, se quedaría sentada en una butaquita, poco a poco se sacaría los guantes y se dispondría a servir café a la familia alrededor de la mesa... pero no, durante el día nadie salía por aquella puerta, y aun así las camareras aseaban las habitaciones, cada día cambiaban las sábanas y sacaban el polvo inexistente; en la cocina se llevaban a cabo preparativos como si esperasen una boda, se guisaban platos y más platos como para un fabuloso banquete de aquellos aristócratas, de los cuales, si bien yo aún no había visto a ninguno, había oído hablar a nuestro maître del Praga Ciudad Dorada, que tiempo atrás había trabajado de camarero en la primera clase del crucero de lujo Wilhelmine; un día el maître llegó tarde, el crucero ya se hallaba mar adentro, de forma que, con una bella sueca que le acompañaba, tuvo que atravesar en tren toda España para llegar a Gibraltar y esperarlo allí; pero cuando llegó se enteró que entretanto el barco se había hundido; el maître describía festines que se parecían un poco a los preparativos que se llevaban a término aquí en casa Plácido. Y aunque yo tenía motivos para vivir tranquilamente, siempre estaba con el alma en vilo: por ejemplo, había terminado mi trabajo, que consistía en rastrillar los senderos, y me llevaba la hamaca lejos, detrás de los árboles; pero así que me tumbaba para ver pasar las nubes –en aquel lugar siempre pasaban nubecillas y borreguitos– ya sonaba el silbido, como si el patrón se encontrara tras de mí, y yo iba a todo correr por el camino, me sacaba el delantal, saltaba por encima de la verja igual que Zdeněk para ir al restaurante, donde me presentaba ante el patrón sentado en su silla de ruedas, que nos había llamado o bien porque le molestaba algún pliegue de la manta, que teníamos que alisar, o bien para que le trajésemos otra o se la cambiásemos; entonces le poníamos una especie de faja, como la que llevan los bomberos o como la que llevaban los hijos pequeños del molinero Radimský, los cuales acostumbraban a jugar cerca del canal, y cuando se acercaban demasiado venía un san bernardo, los cogía por la faja y los alejaba del peligro; con el patrón el sistema era parecido: en el techo había una polea con una cuerda que enganchábamos a la faja del patrón para subirle mientras le arreglábamos la manta o poníamos una nueva; después lo volvíamos a bajar a la silla de ruedas; qué espectáculo tan cómico constituía aquel saco de carne levantado con el silbato que le colgaba... Después el patrón volvía a dar vueltas por el comedor, por las habitaciones y las salitas, arreglando las flores y los tapetes, y es que al patrón le enamoraban las tareas femeninas y por eso las habitaciones del hotel tenían el aire de las salas de estar burguesas o aristocráticas, con cortinas, paños y plantas por todas partes, cada día recibía rosas, tulipanes, toda clase de flores de temporada y esparraguera recién cortada, él mismo elaboraba ramos exquisitos que ordenaba con un cuidado extraordinario: retrocedía, lo miraba a distancia, volvía a retocar la composición del ramo, retrocedía de nuevo para ver si la obra floral armonizaba con el ambiente de la habitación e invariablemente decidía cambiar el tapete que había bajo el jarrón con flores. Se pasaba las mañanas embelleciendo las habitaciones, y a continuación empezaba a adornar las mesas del comedor: por regla general no se ponían para más de dos y nunca para más de doce comensales, y como siempre, mientras Zdeněk y yo preparábamos en silencio la mesa con toda clase de platos, platitos y cubiertos, el patrón, poseído de un mudo entusiasmo, adornaba los jarrones con flores, después iba al bufete a ver si estábamos bien abastecidos de ramas de esparraguera y de flores para decorar las mesas en el último momento, justo antes de que los comensales se sentaran... Después de haber borrado, como le gustaba decir, el ambiente de restaurante para llenar su hotel del encanto íntimo de un acogedor interior vienés, se desplazaba con la silla hasta la puerta de entrada por la que llegarían nuestros clientes, se quedaba un rato inmóvil, observando la puerta y concentrándose, a continuación daba media vuelta con la silla de ruedas para mirarlo todo con los ojos de un cliente que llega por primera vez, maravillado paseaba la vista por el vestíbulo, después atravesaba las salitas, contemplando los detalles bien iluminados, y es que las luces debían estar siempre encendidas; con ojos de experto, y en aquel momento el patrón se tornaba apuesto, uno se olvidaba que pesaba ciento sesenta kilos y que su peso le impedía desplazarse andando; lo miraba todo con ojos ajenos, para, al final del paseo, volver con sus ojos, frotarse las manos con satisfacción y silbar de una forma distinta a la habitual; yo sabía que al cabo de un momento se presentarían ante él dos cocineros para informarle con todo detalle sobre el estado de las langostas y las ostras, el relleno a la Souvaroff y el *steak tartar*. El tercer día de mi estancia en el hotel, me acuerdo perfectamente, el patrón atropelló al cocinero jefe con la silla de ruedas porque había puesto unos granos de pimienta en los medallones de ternera con setas... Entonces despertábamos al mozo, un gigante que dormía durante el día y que comía como una lima, se zampaba los restos de comida que quedaban de los banquetes nocturnos, unas comilonas tan abundantes que habría suficiente para alimentar a un regimiento, y que se tragaba lo que quedaba en las botellas... Este Sansón se ponía un delantal verde y pasaba noches enteras cortando leña en el patio iluminado, sólo cortaba leña, el hacha se movía rítmicamente a golpes, pero me di cuenta de que sólo cortaba cuando había gente; los clientes llegaban en coche, a veces en limusinas de diplomático, a menudo en grupos, siempre a última hora de la tarde o entrada la noche, y el mozo cortaba leña que desprendía un perfume penetrante, se lo veía desde las ventanas, en el patio iluminado lleno de leña amontonada; daba una sensación de seguridad, aquel hombre forzudo, alto como un gigante, que un día por poco mata a un ladrón, y a otros tres les dio una paliza tal que luego tuvo que llevarlos personalmente en un carro a la gendarmería, este Hércules que, cuando a un coche se le reventaba un neumático, levantaba la parte de delante o de atrás y la mantenía en vilo hasta que se había cambiado la rueda; pero el verdadero papel de aquel mozo consistía en figurar decorativamente en el patio iluminado para que los clientes pudiesen ver cómo cortaba leña, y me recordaba la farsa de las cascadas en las fuentes del Elba, donde primero debe llenarse la presa y a una señal del guía turístico se abre la compuerta para que los turistas puedan disfrutar de la vista de las cascadas. Pero acabemos el retrato de mi patrón: así que salía al jardín y me apoyaba en un árbol para contar los billetes de veinte y cincuenta coronas que me había ganado, se oía un silbido como si el patrón fuese Dios omnipresente; así que Zdeněk y yo nos tumbábamos sobre un montón de heno, ¡ya estamos!, un silbido amenazador: ¡se acabó hacer el gandul!, ¡a trabajar!, de modo que nos llevábamos un rastrillo, una pala o una horqueta, y si silbaban cogíamos las herramientas para simular que estábamos atareadísimos cavando, rastrillando o acarreando heno, y en cuanto se restablecía el silencio y nos atrevíamos a dejar las herramientas en el suelo, ¡otra vez!, ¡un silbido!, así que aprendimos a mover las herramientas tumbados en el suelo, como si las desplazaran unos hilos invisibles. Zdeněk me explicaba que cuando hacía frío, el patrón se sentía como pez en el agua, en cambio, cuando venía el calor y el bochorno, se fundía igual que un trozo de mantequilla y se veía condenado a permanecer en una especie de despensa, en una habitación fresca, pero aun así no dejaba de estar al corriente de todo, veía también lo que no podía ver, como si tuviese un espía en cada árbol, en cada rincón, detrás de cada cortina… Eso de parecer un jergón le viene de familia, decía Zdeněk mientras se tumbaba cómodamente en la hamaca, su padre, que también era dueño de una fonda, pesaba ciento sesenta kilos como el hijo y cuando llegaban los primeros calores, preparaba las maletas e iba a pasar el verano en la bodega, ¿sabes?, incluso tenía allí la cama, se mantenía vivo a base de cerveza fría, si no se hubiese derretido como la mantequilla.

Nos levantamos y andamos sin rumbo fijo por un camino por el que yo no había ido nunca, mientras pensábamos en el padre de nuestro patrón, aquel buen hombre que pasaba los veranos en la bodega bebiendo cerveza para no fundirse como un trozo de mantequilla, paseábamos y nos quedamos boquiabiertos: ante nosotros, entre tres abetos plateados, había una casita de cuento de hadas, una verdadera casa de muñecas con un banco en el portal, una ventana tan pequeña como la de una cabaña de pastor, una puerta tan bajita que para entrar hasta un enano igual que yo tenía que agacharse, pero la puerta estaba cerrada a cal y canto, así que nos limitamos a mirar por la ventanita, lo contemplamos todo durante un buen rato y después nos miramos mutuamente, asustados, con los pelos de punta: el interior era exactamente igual que nuestro hotel, la misma mesita, las mismas sillas, pero todo estaba hecho como para niños, hasta las cortinas eran las mismas, y en cada silla había una muñeca o un osito, de la pared, al igual que en una tienda de juguetes, colgaban dos estantes llenos de pequeños tambores y de cuerdas de saltar, todo bien ordenado, como si estuviese expresamente preparado para conmovernos o asustarnos... he ahí una casita de cuento de hadas con docenas de juguetes... Y de pronto se oyó un silbido, no de los amenazadores, ¡vamos!, a trabajar, ¡vagos!, sino aquel con el que nos llamaba, echamos a correr por el atajo, a través del prado y con los pantalones mojados de rocío saltamos por encima de la verja... El hotel Plácido estaba cada noche en alerta, y la impaciencia era casi insostenible. No se veía a nadie, no se oía ningún ruido de coches y asimismo el hotel estaba a la espera como una orquesta, concentrada en la batuta del director, suspendida en el aire... y no nos dejaban descansar, no podíamos ni sentarnos, debíamos simular que trabajábamos o esperar ligeramente apoyados en la mesita de servir; en el patio iluminado el mozo se inclinaba sobre el tajo, con el hacha en una mano y un trozo de leña en el otro, y también esperaba la señal para que el hacha empezara el concierto de golpes rítmicos, todo el hotel estaba a la expectativa para ponerse en marcha, yo me imaginaba una caseta de tiro de feria cuyo mecanismo multicolor se pone en movimiento con el primer acierto al blanco, o también me venía a la memoria el cuento de *La Bella Durmiente,* cuando en el bosque todos se quedan petrificados en la posición en que les sorprende la maldición, esperando el toque de la varita mágica para poder acabar o empezar su movimiento. De pronto se oía el ruido distante de un coche, el patrón, sentado en la silla de ruedas cerca de la ventana, hacía una señal con el pañuelo y Zdeněk tiraba una moneda en el piano mecánico y empezaba a sonar «Los millones de Arlequín», aquel instrumento envuelto en cojines de fieltro parecía tocar desde un lugar remoto, el mozo iniciaba los golpes de hacha con aire cansado, como si ya llevara largas horas cortando leña; yo me ponía una servilleta doblada sobre el brazo, preguntándome quién debía de ser nuestro cliente. El primer cliente al que vi era un general que llevaba una capa con el forro de seda roja, seguramente su uniforme lo debía haber confeccionado la misma casa que había realizado mi frac, parecía un poco triste, aquel general, el chofer le llevaba el sable de oro, lo colocó sobre una mesa y se fue, mientras el general paseaba por las salitas, lo examinaba todo frotándose las manos, después separó las piernas y con las manos a la espalda contempló al mozo que cortaba leña en el patio; mientras tanto Zdeněk había traído un pequeño barreño de plata con una botella de champán y yo servía fuentes llenas de langostinos y gambas; cuando el general se sentó, Zdeněk descorchó la botella de champán Heinkel Trocken, le sirvieron una copa y el general dijo, venga, les invito, Zdeněk hizo una reverencia y trajo dos copas más, las llenó, el general se levantó y exclamó, repicando los talones: ¡*Prosit!* Mientras nosotros apurábamos las copas, el general daba pequeños sorbos y decía con una mueca de repugnancia: ¡qué asco, no hay quien se beba esta porquería!, entonces se sirvió una ostra en un platito y, con la cabeza inclinada hacia atrás, sorbió con avidez la tierna carne del molusco salpicada con unas gotas de limón; parecía que le gustaba, pero al mismo tiempo ponía cara de asco, resoplaba y temblaba de aversión hasta saltarle las lágrimas; apuraba la copa de champán y gritaba: ¡ay, qué castigo tener que beber una cosa como ésta!, paseaba por las salas y volvía cada dos por tres a servirse de las bandejas preparadas, ahora una langosta, ahora una hoja de lechuga, ahora un poco de bistec tártaro, y cada vez me asustaba porque el general no dejaba de gritar y escupir, qué asco, sólo un cerdo podría comer esto, pedía que le sirvieran más champán mientras le hacía preguntas a Zdeněk, que entre reverencias le explicaba lo que sabía sobre el champán en general y sobre el Veuve Clicquot en particular, añadiendo que él personalmente consideraba el Henkell Trocken como el mejor champán; el general, más animado, bebía un sorbo, casi lo escupía y después se terminaba la copa, volvía a mirar al patio, la isla iluminada en mitad del mar oscuro, el mozo trabajando, rodeado de paredes cubiertas de leña de pino amontonada hasta lo alto, y el patrón, en silencio, manejaba la silla de ruedas de un lado a otro, hacía reverencias y se iba, mientras poco a poco el general se animaba, parecía que su aversión hacia la comida y la bebida le abriera el apetito: cuando llegó el turno de los licores, agotó una botella entera de armañac, y después de cada sorbo gesticulaba y soltaba palabrotas en checo y alemán, qué asco, *diesen Schnaps kann man nicht trinken!*, y lo mismo sucedía con las especialidades francesas: después de cada mordisco el general ponía cara de estar a punto de vomitar, afirmaba que aquél era el último bocado y que no bebería ni un sorbo más, nos cantó las cuarenta, al maître y a mí, ¿cómo pueden servirse porquerías como éstas?, ¡por Dios! ¡Canallas, queréis envenenarme, queréis que me muera!, pero aun así se acabó otra botella de armañac, mientras Zdeněk le daba un discurso sobre la diferencia entre el coñac, de denominación de origen reservada a una región rigurosamente delimitada, y el armañac, destilado un poco más al sur, lo cual, según Zdeněk, le daba un sabor aún más exquisito; a las tres de la madrugada, el general proclamó que le habían matado al ofrecerle, una hora antes, una manzana, y es que el general había comido y bebido tanto como para hartar a cinco personas, y no paraba de quejarse de que se encontraba mal, que tenía un cáncer mal curado, o en el mejor de los casos, úlceras, que tenía el hígado hecho una porquería y piedras en los riñones, en fin, a las tres de la madrugada el general había agarrado una borrachera tal, que cogió la pistola reglamentaria y de un tiro destrozó una copa y la ventana que había tras ella; el patrón se presentó y riendo le felicitó y le incitó a disparar sobre una lágrima de cristal de una araña veneciana, afirmando que la última gran actuación que había visto fue cuando el príncipe Švarcenberk lanzó al aire una moneda de cinco coronas para clavarla en la pared de un tiro de escopeta, justo antes de caer sobre la mesa; y el patrón cogió un bastón para mostrar el agujero sobre el hogar encendido, el impacto de la bala que resbaló por la moneda de plata… El general no paraba de beber especializándose en licores, y acompañaba las copitas con tiros a través de la ventana; nadie le hacía caso, y el mozo, mientras las balas le silbaban alrededor de la cabeza, se limpió la oreja como si nada y continuó trabajando… Entonces el general tomó un café turco y poniéndose la mano histriónicamente en el corazón, declaró que tenía prohibido el café, y después de haber tomado otro, le apeteció un pollo asado, ésta era su última voluntad antes de morir, según expresó… El patrón hizo una reverencia, silbó, y al momento se presentó un cocinero sonriente con un sombrero blanco que llevaba en una bandeja un pollo recién asado; ante aquel espectáculo, el general se sacó la chaqueta del uniforme, se desabrochó la camisa y quejándose melancólicamente porque el médico le había prohibido el pollo, cogió el asado de la bandeja, lo partió en dos mitades y se puso a devorarlo, entre mordisco y mordisco gemía y se quejaba de su salud, lloriqueaba que le habían aconsejado comer poquito, refunfuñaba que nunca en la vida había comido una porquería tan asquerosa, Zdeněk le dijo que en España los pollos se acompañaban de champán y le recomendó una marca, el general estuvo de acuerdo, y mientras devoraba el pollo a grandes mordiscos, ingería sorbos de champán, siempre con un rictus de aversión y con maldiciones, *diesen Poulard und auch diesen Champagner kann man nicht essen, nicht trinken...* Después de protestar y refunfuñar a placer, pareció haberse quitado un peso de encima; pidió la cuenta, el maître la tenía preparada, metida en una servilleta y colocada sobre un platito, pero el general ordenó que le leyeran los gastos y la consumición; Zdeněk se lo recitó todo mientras el general adoptaba cada vez una sonrisa más generosa, hasta que empezó a reír sin parar, ya sobrio y totalmente restablecido se ufanaba de su salud, se incorporó para ponerse la chaqueta, los ojos le brillaban, pidió un poco más de comida para el chofer y se dispuso a pagar al patrón con billetes de mil, comprendí que aquí las cuentas se redondeaban en base a miles, el general añadió mil coronas para la restauración del techo estropeado y de las ventanas rotas por las balas y preguntó al patrón, ¿es suficiente?, y el patrón asintió con la cabeza; yo recibí trescientas de propina y el general se preparó para salir: se echó la capa a la espalda, cogió el sable de oro y se puso el monóculo. Cuando estuvo fuera, oímos el ruido de sus espuelas y le vimos avanzar con paso marcial, apartando el sable con la bota para no tropezar...

Y al día siguiente el general volvió, pero en compañía de chicas guapas y de un poeta gordo; en aquella ocasión, en lugar de disparar, hablaron de las distintas corrientes poéticas y discutieron hasta el punto de que más de una vez pensé que el general mataría a tiros al poeta, pero no tardaban en calmarse y hablar de otra cosa, como por ejemplo de una escritora que, decían, confundía la vagina con el tintero, permitiendo que cualquier hombre mojara la pluma en su tinta; después, durante casi dos horas, se dedicaron a criticar a otro escritor: el general declaraba que si se tomara tan en serio la escritura como las aventuras con las mujeres, tanto él como la literatura checa habrían sacado un buen provecho; el poeta protestaba diciendo que el escritor en cuestión era el mejor creador que había nacido en este mundo, justo después de Dios y Shakespeare... El patrón había hecho venir una orquesta que tocaba mientras la compañía no paraba de beber, y en pocas horas los señores con las chicas habían liquidado cantidades espectaculares de toda clase de bebidas, el general, no podía ser de otra forma, echaba fuego por los ojos a cada sorbo y a cada mordisco, fumaba como una chimenea y vociferaba, ¡qué porquería, este tabaco!, pero la punta encendida de su cigarrillo, netamente perceptible en la penumbra del comedor, no se apagaba nunca, y los músicos no paraban de tocar, me llamó la atención que aquellos dos patanes subieran cada dos por tres a la habitación y volviesen al cabo de un cuarto de hora, contentos y satisfechos; se entiende que el general, cada vez que subía con la mano entre las piernas de la chica, murmuraba, ¡ay Señor, eso del amor, para mí se ha terminado!, o bien, ¿qué haré con esta fulana?... Pero subía sin vacilar ni un momento y al cabo de un rato volvía con la chica, que le miraba con agradecimiento y ternura, y yo veía claramente que el general acababa de hacer con ella lo mismo que había hecho con el champán la noche anterior, y volvían a hablar de dadaísmo o surrealismo, el cual empezaba a entrar en una segunda fase, la del arte por el arte y el arte *engagé*, decían; ladraban como perros mientras a las chicas no se les terminaban las ganas de probar nuevos platos y bebidas, parecían estar hambrientas y muertas de sed, y entonces los músicos dijeron, hemos acabado, buenas noches; el poeta cogió unas tijeras, recortó una condecoración de oro del uniforme del general y la lanzó a los músicos, que la recogieron y continuaron tocando, eran gitanos o húngaros, el general subió a la habitación con una chica diciendo, yo, como hombre, ¡estoy acabado!, cuando volvió, el poeta agarró a la chica y ahora fue él quien subió con ella, los músicos otra vez querían acabar, pero el poeta recortó dos medallas más y se las tiró, el general no se quedó atrás, cogió las tijeras y recortó personalmente las condecoraciones que le quedaban y las lanzó a los gitanos, todo esto por culpa de las caras bonitas de las chicas; Zdeněk me dijo al oído que se trataba de las condecoraciones francesas, inglesas y rusas más importantes de la Primera Guerra Mundial, estuvimos de acuerdo que lo que acabábamos de presenciar era la mayor locura que jamás habíamos visto… El general se sacó la chaqueta del uniforme y empezó a bailar, ordenando a su pareja que fuera despacio porque el corazón y los pulmones le fallaban; pidió a los gitanos que tocasen canciones húngaras con ritmo de csárdás; los gitanos empezaron mientras el general se preparaba tosiendo y aclarándose la garganta; después, a medida que bailaba iba cada vez más rápido y la chica debía esforzarse para no perder el ritmo, el general se movía más y más rápido, con un brazo levantado y arrastrando el otro por el suelo como un gallo su ala, el ritmo infernal se aceleraba más y más, la chica apenas seguía al general, que estaba rejuvenecido y le besaba el cuello mientras giraba, los músicos rodearon a los bailarines y en sus ojos se leía la simpatía y la admiración, la vehemencia del general les hizo entrar en la danza, su música mantenía el contacto con el viejo militar, aceleraban o reducían la cadencia según las fuerzas del general, que rebosaba vitalidad y no dejaba ni un momento de dominar a su pareja, jadeante y sofocada por el esfuerzo; el poeta bajaba por la escalera con la otra chica y cuando vio los primeros rayos del sol, la cogió entre sus brazos y la llevó afuera, a aquella chica borracha con la blusa rota y los pechos al aire, para hacer una ofrenda a la deidad solar… y, cuando ya los primeros trenes llevaban a los obreros al trabajo, vino la limusina de seis asientos del general, un largo Hispano-Suiza con parabrisas corredizo y las banquetas forradas de cuero, y la alegre compañía pagó la cuenta: el poeta dejó seguramente los honorarios que había cobrado por los diez mil ejemplares, como la *Vida de Jesucristo* de Toni Jódl, de su último libro, pero pagó de buena gana diciendo que eso no era nada, que ahora mismo iría a pedir un anticipo del próximo libro y tomaría el tren hacia París para escribirlo, un libro de poemas aún más bonito que el último, el dinero del cual acababan de emplear en aquella juerga... Cargó al general en el coche: éste iba en mangas de camisa, arremangado y desabrochado, y dormía como un leño en el asiento trasero, con una chica a cada lado; el poeta se puso una rosa roja en el ojal de la solapa y se sentó delante; a su lado, apoyada en el parabrisas con el sable de oro del general en el aire, se alzaba la bella bailarina de csárdás, con la gorra del general sobre la espesa cabellera suelta y con la chaqueta del uniforme sin condecoraciones desabrochada, de la cual salían sus exuberantes pechos desnudos; Zdeněk observó que le recordaba la estatua de La Marsellesa; cargado el coche de este modo, se dirigió hacia la estación llena de obreros que esperaban el tren; mientras pasaba entre la gente, la chica con los pechos descubiertos y el sable desenvainado lanzaba gritos de guerra: ¡A Praga! ¡A Praga!; su llegada a la capital debió de ser maravillosa, nos informaron que la limusina con aquellas personalidades y sobre todo la chica del sable y los pechos desnudos pasó por las grandes avenidas, saludada con gesto militar por los guardias en los cruces, mientras el general roncaba plácidamente, con los brazos colgando...

En el hotel Plácido hice un descubrimiento: comprendí que el que inventó eso de que el trabajo dignifica no podía ser otro que un rico, uno de los que nadan en la abundancia y organizan bacanales en nuestro hotel, la gente de postín que sabe divertirse y ser feliz como niños pequeños... Querían hacerme creer que la riqueza trae mala suerte y que la felicidad auténtica se encuentra en las cabañas y las buhardillas, donde la gente come pan seco untado con aceite y patatas hervidas; todo esto es pura palabrería que inventaron precisamente los personajes rebosantes de dinero que en una sola noche tiran la casa por la ventana... Nunca he visto a nadie más feliz que los grandes industriales: saben disfrutar de la vida, jugar y bromear como niños pequeños porque tienen todo el tiempo del mundo... y en plena juerga, sin venir a cuento, hacen preguntas como, ¿no te interesaría un vagón lleno de cerdos húngaros gorditos?, puedo conseguirte un tren entero si quieres, o miran a nuestro mozo cortando leña, y es que los ricos tienen la idea fija de que un hombre como él es la persona más feliz de la tierra; con ojos soñadores contemplan al mozo haciendo lo que ellos no harían nunca, vierten alabanzas sobre aquel trabajo duro, sin darse cuenta que si alguien les obligara a hacerlo, su felicidad desaparecería al momento; y sin más uno de ellos decía, en Hamburgo tengo un barco lleno de pieles de vaca del Congo, ¿qué te parece?, y el otro contestaba tranquilamente, como si no se tratara de un barco cargado sino de una sola piel, ¿y qué porcentaje tendría yo?, el primero proponía un cinco, pero el otro decía no, un ocho, existe el riesgo de que todo esté carcomido por los gusanos porque los negros no le ponen bastante sal, y el primero tenderá la mano, bueno, ¡un siete!, se miraban un instante a los ojos y después se estrechaban la mano... y a continuación aquellas manos volvían a colocarse sobre los pechos y los pubis de las chicas, y las besaban tan ávidamente como si comieran ostras o caracoles, y cuando habían vendido o comprado trenes cargados de cerdos o barcos llenos de pieles, su aspecto se rejuvenecía. Había clientes que durante sus orgías vendían y compraban calles enteras de casas de pisos, se vendió y compró una fábrica, un castillo y dos palacios, los representantes concertaban entregas de artículos de papelería por toda Europa, se negociaron préstamos de miles de millones de coronas para los Balcanes o vete a saber para dónde, se vendieron dos trenes de municiones y armamento para unos regimientos árabes, todo en el mismo ambiente, con champán y coñac franceses, con chicas y con el espectáculo del mozo cortando leña en el patio iluminado, durante paseos inundados de claro de luna y juegos de la gallinita ciega, que acostumbraban a terminar sobre los montones de heno, astutamente colocados en el jardín gracias a la previsión del patrón... Al volver, al alba, con los vestidos y el pelo rebozados de briznas de hierba, felices como a la salida del teatro, nos dispensaban a los músicos y a mí puñados de billetes de cien coronas acompañados de miradas que significaban, no has visto nada, no has oído nada, aunque nosotros lo veíamos y lo oíamos todo; el patrón entretanto hacía reverencias desde su silla de ruedas, rondaba por las salas para controlar la situación y para ver si los deseos habían sido satisfechos, y es que el patrón pensaba en todo: si de madrugada a alguien le apetecía un vaso de leche fresca o de nata líquida, se lo servían; tenían de todo, hasta sitios para vomitar: en el lavabo embaldosado había una salita individual con dos agarraderos metálicos, y un vomitorio colectivo, una especie de abrevadero de caballos con una viga encima, para las personas que preferían vomitar en grupo, dándose ánimos; a mí, cuando vomito me cae la cara de vergüenza y no quiero que nadie lo sepa, mientras que el vómito de la gente rica parece formar parte de las buenas maneras, de la urbanidad: vomitas y luego vuelves a la mesa con lágrimas en los ojos para poder comer y beber con más hambre que antes, como los antiguos eslavos... y el maître Zdeněk, que se había formado en una buena escuela, en el Águila Roja de Praga, con un viejo maître que estuvo trabajando en el casino de la aristocracia frecuentado por el archiduque D'Este en persona; así pues nuestro Zdeněk servía siempre con el aire inspirado de un creador, de hecho se consideraba un cliente más porque cada mesa le invitaba a tomar una copa, él no bebía más que un pequeño sorbo, pero siempre brindaba con los clientes; cuando servía la comida, sus movimientos tenían un no sé qué de soñador, y andaba como si estuviera en las nubes, con un remolino de movimientos gráciles, si alguien se hubiera interpuesto en su camino la colisión habría sido terrible, Zdeněk no se sentaba nunca, siempre se quedaba de pie y por regla general los clientes no tenían que pedirle nada porque él adivinaba sus deseos y caprichos. Alguna vez pasé con Zdeněk una noche de juerga, él también tenía la costumbre aristocrática de ser malgastador y prodigar casi todo lo que ganaba, le gustaba procurarse en otros hoteles los lujos que sus clientes se permitían en el nuestro, y por la mañana, cuando volvíamos en taxi de la juerga, ordenaba parar delante de una fonda cualquiera, levantaba al dueño y le mandaba que despertara a los músicos para que tocasen, y llamaba personalmente a las puertas de todas las habitaciones para invitar a los clientes dormidos a participar en la fiesta: hasta la mañana siguiente tocaba la orquesta y se bailaba, y cuando se acababan las botellas y los barriles, Zdeněk iba a despertar al tendero y al cestero del pueblo, ordenaba llenar cestas enteras de botellas para después regalar una a cada viejo y vieja del pueblo, y nunca le había visto tan feliz como después de pagar la fiesta y los regalos, cuando se había librado de todo el dinero. Y lo que más le ilusionaba era, al terminar, revolverse los bolsillos buscando una moneda para comprar una caja de cerillas, pero como no la encontraba, tenía que pedirla, él que acostumbraba a encender los cigarrillos con un billete de cien coronas prendido en la estufa de una taberna… y cuando nos íbamos, la orquesta tocaba para despedirnos, entonces Zdeněk compraba todas las flores de la floristería para esparcirlas por todas partes, claveles, rosas, crisantemos; la orquesta nos acompañaba hasta las afueras del pueblo, desde donde un coche adornado con flores nos llevaba hasta el hotel Plácido; así es como nos lo pasábamos las noches que teníamos libres.

Un día esperábamos la llegada de un cliente con el que el patrón quería lucirse más de lo que era habitual: diez o veinte veces pasó por las salitas y aún le parecía que había cosas que podían mejorarse… Aquel cliente había reservado una mesa para tres personas, pero llegaron sólo dos; aun así, durante toda la noche fingimos que había tres, como si un cliente invisible se sentara, paseara, se columpiase y todas estas cosas… Primero un coche fabuloso trajo a una señora con la que el patrón y Zdeněk hablaban en francés; un poco más tarde, hacia las nueve de la noche, llegó otro coche no menos suntuoso que el primero y vi cómo bajaba de él nuestro presidente, el presidente de la República, le reconocí enseguida, y el patrón se dirigió a él con el trato de Vuestra Excelencia… El presidente cenó con la bella francesa que acababa de llegar a Praga en avión; se le veía cambiado, rejuvenecido, reía mucho, conversaba, bebía champán y después coñac, los dos se pusieron alegres y después de cenar se trasladaron a la salita decorada al estilo vienés fin de siglo, llena de plantas y flores; el presidente sentó a aquella dama encantadora a su lado y le besaba las manos, después le besó el hombro, la señora llevaba un vestido de noche que le dejaba los brazos al descubierto, hablaban de literatura, y sin motivo soltaron una carcajada: el presidente le explicaba algo al oído y ella reía, el presidente también, y de tanto reír se golpeaba la rodilla, él mismo servía el champán en las copas y no paraban de brindar, después de cada brindis se miraban a los ojos y lentamente tomaban unos sorbos, a continuación, con un dulce empujón, la señora hundió al presidente en la butaca para darle un beso largo, larguísimo, el presidente tenía los ojos cerrados y ella le acariciaba las caderas, él a ella también, yo veía cómo brillaba su anillo con un diamante en los muslos de aquella hermosa mujer, y como si se hubiera despertado de un letargo, fue él quien se inclinó sobre ella para mirarla a los ojos y besarla; por un momento los dos se quedaron inmóviles en un largo abrazo, y cuando volvieron en sí, el presidente soltó un profundo suspiro, la señora también suspiró tan intensamente que se le levantó un mechón de pelo; cogidos de la mano como niños que se disponen a bailar, se levantaron, cogidos echaron a correr hacia la puerta para salir, saltaban y jugaban en el parque, la risa cristalina de la bella señora se mezclaba con las sonoras carcajadas del presidente, y yo, entretanto, intentaba conjugar en mi mente la imagen juiciosa del presidente, tal como la había aprendido en los sellos y en las fotos oficiales, con su comportamiento en nuestro hotel, que me parecía incompatible con la dignidad de su cargo; vi que era un hombre de carne y hueso, como otros clientes, como Zdeněk, como yo, ahora corría por el jardín inundado por el brillo de la luna entre los montones de heno, aquella misma tarde habían traído heno recién secado, la ropa blanca de la bella señora y el cuello y los puños de la camisa blanca almidonada bajo el frac del presidente revoloteaban de un lado a otro, de un montón al otro; el presidente la atrapaba, levantaba la figura blanca, la cogía en brazos como si la acabase de sacar de un río, como la madre que lleva a un niño con camisa de dormir blanca a la cama, así se la llevaba el presidente hacia las profundidades del jardín, bajo los árboles centenarios, para tenderla sobre un montón de heno. Pero la dama blanca se escabulló y echó a correr mientras el presidente la perseguía, constantemente se tumbaban sobre los montones de heno, la figura blanca se levantaba y continuaba corriendo hasta que se dejó caer definitivamente en uno de ellos con el presidente encima. Entonces vi cómo sus puños blancos levantaban la ropa blanca, que se recogía cada vez más como una campanilla que se cierra con la oscuridad, y el silencio se apoderó del jardín del hotel Plácido... dejé de mirar, el patrón corrió la cortina, Zdeněk tenía los ojos clavados en el suelo, la camarera, inmóvil en la penumbra de la escalera con el vestido negro, y cuya presencia se adivinaba gracias a la cinta del pelo y al pequeño delantal blanco, también tenía la cabeza gacha, nadie miraba pero todos estaban excitados como si fueran ellos quienes se encontraran tumbados en un montón de heno con la bella parisina que había tomado el avión sólo para esta escena, pero sobre todo nos emocionaba que el destino nos ofreciera estar presentes en aquella solemnidad amorosa, y a cambio de este privilegio no pedía nada más que una discreción tan absoluta como el secreto de confesión. Pasada la medianoche el patrón me pidió que llevase a la casita de cuento de hadas una jarra de cristal con crema de leche fresca, una barra de pan recién sacada del horno y un trozo de mantequilla envuelto en una hoja de parra. Caminaba con la cesta temblando de miedo, pasaba entre los montones de heno completamente deshechos, cada montón se había convertido en un jergón, no pude evitar coger un puñado de heno y olerlo, tomé el sendero que iba hacia los tres abetos plateados y distinguí una ventanita iluminada; cuando estaba cerca, vi dentro de la casita, en medio de pequeños tambores, cuerdas de saltar, ositos y muñecas, al presidente sentado en una silla pequeñita y ante él la francesa, también en una sillita; se miraban a los ojos, enamorados, con las manos cogidas sobre la mesita, y un farol con una vela iluminaba la minúscula sala… el presidente se levantó, no totalmente, pues tenía que quedarse encorvado para no tocar el techo, salió de la casita, aún encorvado, me pareció alto porque yo era muy bajito, le entregué la cesta y él me dijo, gracias, joven, muchas gracias… y su camisa blanca retrocedió hacia la casita, llevaba el lazo blanco deshecho y a la vuelta tropecé con la americana de su frac… No fue hasta la salida de los primeros rayos de sol que el presidente y la señora salieron de la casita, ella, vestida únicamente con la combinación, arrastraba el vestido arrugado por el suelo, el presidente llevaba el farol, pero ante el sol que despuntaba, la vela encendida no era más que un punto luminoso, el presidente recogió del suelo la americana del frac y también la arrastró por el suelo tras él, con la ropa llena de briznas de hierba y de heno, caminaban uno al lado del otro, soñadores, sonrientes, felices… Y mientras les miraba, me di cuenta de que esto de ser camarero no es nada fácil, hay camareros y camareros, y yo era un camarero especial que sabía servir al presidente con la máxima discreción, toda la vida debería enorgullecerme, tal como el maître que educó a Zdeněk, que vivía de la satisfacción de haber servido al archiduque D'Este en el casino aristocrático… Y después el presidente se fue en un coche, la señora en otro y nadie se marchó en aquel tercer coche en el que había llegado el cliente invisible, para el que también habíamos puesto la mesa y preparado habitación, en la que nadie durmió, aunque el patrón lo incluyó en la cuenta.

Cuando llegó el bochorno de julio, el patrón abandonó su ir y venir de una salita a otra para retirarse a su habitación, una especie de despensa donde la temperatura debía mantenerse a menos de veinte grados, pero aunque no apareciera personalmente, aunque no usara la silla de ruedas por los senderos del parque, parecía que nos veía en todo momento y que era todopoderoso. Daba órdenes utilizando su silbido, más expresivo que cualquier discurso. En aquella época teníamos cuatro clientes alojados en el hotel, extranjeros venidos de lejos, de Bolivia, que traían un maletín enigmático que no dejaban de vigilar constantemente, hasta se lo metían en la cama. Iban vestidos de negro, llevaban sombreros negros, guantes negros, largas barbas negras y el maletín también era negro, como un ataúd, como ellos mismos. Se habían terminado las alegres bacanales y las pequeñas orgías. Supongo que debían de pagar muy bien si el patrón los había admitido; su especialidad era cobrarlo todo, una sopa de pan, una tortilla de patatas, un plato de garbanzos o un vaso de leche, como si se tratara de ostras o langostinos y una botella de champán. Y lo mismo ocurría con el alojamiento: si alguien daba una cabezada en el sofá, debía pagar como su hubiese dormido en una de las suites del primer piso; ésta era la regla que daba distinción a nuestra casa, al hotel Plácido. Yo me impacientaba por saber qué había dentro del maletín, pero no hubo forma de enterarme hasta que un día, cuando volvió el jefe de la sociedad negra, un judío, un tal señor Salamon, Zdeněk me contó que el señor Salamon estaba en contacto con el arzobispo de Praga y le había pedido la bendición de la estatuilla de oro del Niño Jesús de Praga, que es muy popular en Sudamérica: los indios han inventado una leyenda, según la cual Praga es la ciudad más bonita del mundo, porque es donde el Niño Jesús había ido a la escuela, y por eso millones de indios llevan una pequeña réplica de la estatua colgada al cuello. A partir de aquel momento estuvimos pendientes de la festividad de la bendición de la figurita, toda ella de oro, de seis kilos de peso. Y no era cosa para tomársela a la ligera: al día siguiente se presentó el jefe de policía de Praga para informar personalmente a los bolivianos de que la purria praguense estaba al corriente del asunto y que había llegado un grupo mafioso de Polonia, también con el propósito de robar la estatua. Se lo pensaron mucho; al final decidieron esconder el Niño Jesús auténtico hasta el momento de la bendición y ordenar la forja, a cargo del gobierno boliviano, de una copia de fundición con un baño de oro, y hasta el último momento maniobrar con el Niño falso para que, en caso de robo, los ladrones se llevasen la copia. Al día siguiente trajeron un maletín negro idéntico y cuando lo abrieron, ¡qué maravilla!, hasta el patrón salió de su frigorífico para hacer una reverencia al Niño Jesús. Continuaron las conversaciones con el consistorio arzobispal, que, disgustado por el hecho de que ahora existieran dos estatuas, se negó a bendecir ninguna de las dos. Todo eso lo supe a través de Zdeněk, que hablaba castellano y alemán, y debo decir que por primera vez le vi perder la calma; el señor Salamon llegó al cabo de tres días y se veía claramente que traía buenas noticias: iba de pie en el coche, reía y agitaba los brazos, de inmediato se reunió con los demás e inició su relato: cada cual tiene sus puntos débiles y mira por dónde hemos encontrado el del arzobispo; le gusta que le fotografíen, de manera que le he propuesto que la ceremonia fuera filmada por Actualidades Gaumont, alegando que de esta forma todo el mundo podría admirar la bendición del Niño Jesús en el cine, y no sólo eso, sino también al arzobispo y la catedral, y que la popularidad de la Iglesia aumentaría.

La noche anterior a la celebración estuvimos reunidos con la policía y a Zdeněk y a mí nos asignaron la misión de llevar el verdadero Niño Jesús; los bolivianos, con frac, irían con el prefecto en tres coches y portarían la copia; Zdeněk y yo, con tres detectives disfrazados de industriales, seguiríamos aquellos coches sin llamar la atención. ¡Qué viaje, sería emocionante! Según las órdenes de la policía, yo debía llevar el Niño Jesús sobre el regazo y escuchar la alegre charla de los tres detectives, cuyo papel consistía habitualmente en vigilar los tesoros de las catedrales durante los días en que el público tenía acceso a ellos, simular que rezaban y no perder detalle, armados como Al Capone; una vez cruzamos la puerta del hotel Plácido, aquellos tres hombres alegres nos explicaron como en situaciones parecidas se disfrazaban de prelados y se dejaban fotografiar ante el altar con el tesoro, y nos mostraron fotografías en las que estaban arrodillados sobre un cadalso y apoyados en una lanza; según decían, durante los entierros oficiales debían atravesar con la lanza las coronas de flores para comprobar que no hubiese ninguna bomba. Hoy, en cambio, llevaban frac, disfrazados de industriales: debían permanecer atentos, arrodillados, que no le ocurriera nada al Niño Jesús de Praga; los tres charlatanes no paraban de reír y me obligaron a enseñarles el Niño, tan encaprichados estaban que hicieron parar el coche para fotografiarse con la figura. Divirtiéndonos atravesamos Praga hasta llegar al Castillo, donde ya nos esperaban los bolivianos: el señor Salamon llevó el Niño Jesús a través de la catedral iluminada y arreglada como para una boda, el órgano tronaba y los prelados cubiertos de insignias se inclinaban, un cámara filmaba la celebración y la misa que la siguió; arrodillado, el señor Salamon tenía un aire más piadoso que nadie, la nave temblaba bajo la carga de flores, de adornos de oro y del canto coral; cuando acabó la misa, a una señal del cámara, el arzobispo se dispuso a bendecir el Niño Jesús, y de esta forma una figura trivial se convirtió en una reliquia sagrada, un objeto de devoción lleno de gracia divina y de poderes sobrenaturales. Después de la misa el arzobispo se retiró a la sacristía, el señor Salamon le siguió y al salir se metía el billetero en el bolsillo de la americana: en nombre del gobierno de Bolivia seguramente hizo una buena donación a la Iglesia o quizá pagó impuestos por la bendición. Entonces el embajador de Bolivia cruzó la nave con la estatua hacia la salida, le acompañaba el órgano y el canto coral, unas limusinas se llevaron a la feliz comitiva con el Niño Jesús bien guardado a la recepción del hotel Steiner, de modo que yo volví de vacío a nuestro hotel, a donde debíamos acudir para tenerlo todo a punto para el gran banquete de despedida. A las diez llegaron los bolivianos y aquélla fue la primera vez que descansaron en nuestro hotel como Dios manda: se lanzaron sobre el champán y el coñac, las ostras y los pollos; antes de medianoche tres coches trajeron chicas, bailarinas de opereta, nunca habíamos tenido tanto trabajo, no recuerdo una juerga como la de aquella noche, el prefecto, que por cierto se encontraba como en su casa de tantas veces como venía, colocó la copia sobre la chimenea del fumadero y llevó la estatua auténtica a la casita de muñecas, donde la dejó tranquilamente entre los ositos, los taburetes y los muñecos. Todos bebían sin límite, las bailarinas desnudas danzaron ante el falso Niño Jesús hasta despuntar el alba, hora en que el embajador tuvo que retirarse y los representantes de Bolivia se dieron prisa para tomar el avión que les devolvería a su país; entonces el prefecto trajo el Niño bendito y lo puso en el lugar del falso, el señor Salamon abrió el maletín para ver si todo estaba en orden, porque en medio de aquel desenfreno, el prefecto había colocado en el maletín una muñeca tocada con el vestido típico de Bohemia oriental; a continuación la comitiva empezó a correr hacia la casita de niños y allí encontraron el Niño Jesús, abandonado entre ositos y muñecas, lo cogieron sin vacilar y se precipitaron de camino a Praga. Tres días más tarde nos enteramos del final de la historia: para despistar a los ladrones, los bolivianos dejaron el maletín en la entrada del aeropuerto y una vez en el avión se dieron cuenta del error: el que llevaban no era el original, sino la copia, sólo el vestido era idéntico, de manera que tuvieron que retrasar el vuelo y correr como locos hacia la entrada del aeropuerto para apoderarse del maletín, en el mismo momento en que un mozo empezaba a indagar a quién pertenecía aquel objeto abandonado en la calle; los bolivianos lo sopesaron, cuando lo abrieron vieron que era el Niño Jesús bendito y se dirigieron hacia el avión que les llevó a su país, donde existe una leyenda india según la cual el Niño Jesús había ido a la escuela en Praga y por eso, siempre según la leyenda, Praga es la ciudad más antigua del mundo... ¿Tenéis suficiente? Pues por hoy termino.

3
Yo serví al rey de Inglaterra

Escuchad bien lo que ahora voy a contaros.

Tenía suerte con las desgracias que indefectiblemente me ocurrían: el hotel Plácido lo abandoné llorando, porque mi patrón creyó que yo había sido el causante de la confusión entre el Niño Jesús falso y el auténtico, que yo había preparado aquel lío para apoderarme de los cuatro kilos de oro, y aunque yo no había hecho nada, otro camarero llegó con una maleta igual que la mía, de forma que decidí marcharme e irme a Praga; y mira por dónde que justo en la estación tuve la suerte de tropezar con el señor Walden. Iba en viaje de negocios y se llevaba a su mozo, aquel hombre triste que cargaba a la espalda un fardo con los dos aparatos, la balanza y la máquina de cortar longaniza... El señor Walden escribió para mí una carta de recomendación al hotel París, y al terminar me despedí; creo que el señor Walden me apreciaba mucho porque me acariciaba el pelo mientras me decía, ¡pobrecillo, tan pequeño!, ¡hijo mío, has de llegar lejos, vendré a verte! Él gritaba desde la ventanilla del tren mientras yo permanecía inmóvil en el andén y agitaba la mano diciéndole adiós; movía la mano aunque el tren ya se encontraba lejos... y yo estaba ante una nueva aventura. Pero a pesar de todo no lo lamentaba porque en el hotel Plácido ya empezaba a tener miedo, porque un día vi una cosa horrible: el mozo tenía una gata que siempre esperaba que él volviera de su extraño trabajo, a veces se quedaba en el patio y miraba cómo cortaba leña para que la admirasen nuestros clientes; aquella gata era muy querida por el mozo, que dormía con ella hasta que empezó a cortejarla un gato; la gata maullaba y no volvía a casa, y nuestro mozo, consternado, se desesperaba buscándola, miraba hacia todas partes para comprobar si veía a su Míla, y como al mozo le gustaba hablar consigo mismo en voz alta, de pasar continuamente por su lado me enteré de que lo increíble se había hecho realidad... sí, por su soliloquio supe que había estado en prisión por destrozar con el hacha a un gendarme que cortejaba a su mujer, a la señora le dio una paliza tal con una cuerda que tuvieron que ingresarla en el hospital... Le cayeron cinco años; su compañero de celda era un criminal de Žižkov, que mandó a su hija pequeña a comprar una cerveza, la niña perdió el cambio de un billete de cincuenta coronas y su padre se enfadó tanto que colocó las manos de la pequeña en el tajo y de un hachazo se las cortó... ésta era la primera historia en que lo increíble se había hecho realidad; el otro compañero de celda era un hombre que sorprendió a su mujer con un viajante: a la mujer la mató con un hacha, le recortó el sexo y obligó al viajante a comérselo amenazándole con matarle con la misma hacha si no lo hacía, pero el viajante murió de horror y el asesino se presentó a la policía... de esta forma lo increíble se hizo realidad por segunda vez; la tercera historia en que lo increíble se hizo realidad era la suya propia: tenía tanta confianza en su mujer que cuando se la encontró acompañada, se vio obligado a atravesar el hombro del gendarme de un hachazo y por eso le cayeron cinco años... Y un día el gato vino hasta el hotel a buscar a la gata, el mozo lo arrinconó contra la pared con un ladrillo y con el hacha le rompió la columna vertebral, la gata empezó a gemir lamentándose por su gato, pero el mozo lo metió en una especie de nicho enrejado para que muriera lentamente, dos días tardó el gato, murió igual que aquel gendarme; entonces el mozo echó a la gata que, como ya no podía volver a casa, se subía a la pared y más tarde desapareció, el mozo debió de matarla también porque era una persona muy, pero que muy delicada y sensible, o sea susceptible, por eso lo solucionaba todo a hachazos, tanto el asunto de su mujer como el de la gata; tenía unos celos espantosos del gendarme y del gato, y ante el tribunal se arrepintió de haberle estropeado sólo el hombro al gendarme en lugar de la cabeza con el casco incluido, y es que el gendarme se había metido en la cama de su mujer con el casco, la correa y el revolver... Así pues fue este mozo el que se inventó que yo quería robar el Niño Jesús de Praga, se lo dijo al patrón y éste se asustó porque lo que decía el mozo iba a misa; en el hotel Plácido todos se portaban bien porque el mozo tenía la fuerza de cinco hombres... y después un día pillé al mozo haciendo algo en la casa de los niños, quizá jugaba con las muñecas y los ositos, nunca lo averigüé y tampoco lo intenté, pero sabía que iba cada tarde y en una ocasión me dijo que no quería volverme a ver nunca más en la casa de los niños, ni a mí ni a Zdeněk, y añadió que si no, lo increíble podía hacerse realidad por cuarta vez... y enseguida me lo confirmó enseñándome el gato que durante dos días había estado sufriendo junto a mi pequeña habitación, y cada vez que el mozo pasaba por mi lado, me enseñaba la momia del gato para que yo viera cómo acabarían los que, ante sus ojos, y con dos dedos se señalaba los ojos, cometieran un pecado. Estoy seguro que le habría gustado matarme por una cosa u otra, simplemente por haber jugado con sus muñecas; no me mataría del todo, sólo a medias, para que la agonía durase cuanto más tiempo mejor, igual que al gato, que sin saber nada ni tener ninguna culpa de nada, cortejaba a la gata... Y en la estación me di cuenta de hasta qué punto me había vuelto loco en el hotel Plácido: los ferroviarios tocaban el silbato, los viajeros subían al tren y yo al oírlo corría arriba y abajo, de un ferroviario a otro, diciendo, ¿qué desea? Y cuando el ferroviario silbó por última vez como preguntando a los otros ferroviarios si todo estaba listo y a punto, si ya estaban cerradas las puertas y estas cosas, me presenté ante él diciendo con cortesía, ¿qué desea? Y el tren se llevó al señor Walden mientras yo ya caminaba lentamente por las calles de Praga, y cuando en el cruce el guardia dio un silbido estridente, corrí hacia él, le coloqué las maletas sobre los pies y dije: ¿Qué desea? Y eso me pasó no una, sino dos veces antes de llegar al hotel París.

El hotel París era tan bonito que al verlo me quedé asombrado y casi me caí. Con espejos y barandillas de bronce, tiradores de bronce en las puertas y candelabros de bronce reluciente, todo el hotel parecía un palacio dorado. Las alfombras rojas y las puertas de cristal que había por todas partes quedaban tan bonitas que parecía un castillo. El señor Brandejs me recibió enseguida y con mucha amabilidad me llevó a mi habitación, una habitación pequeña bajo la azotea que debía ser provisional, pero como tenía una fabulosa vista sobre Praga, me encapriché y me la quedé para siempre. Abrí la maleta para sacar el frac y la ropa interior, y cuando abrí el armario vi que estaba lleno de trajes, el segundo armario estaba lleno de paraguas y el tercero de gabardinas, y dentro, colgadas en una cuerda clavada con unas chinchetas enormes, centenares de corbatas... Cogí un par de colgadores para poner los trajes, y después estuve contemplando Praga, sus tejados, el Castillo reluciente, y cuando vi el castillo de los reyes de Bohemia, empezaron a saltarme las lágrimas y olvidé el hotel Plácido, me alegraba de que la gente hubiera creído que yo quería robar el Niño Jesús de Praga, aunque el patrón seguramente no acababa de creérselo; y es que si no me hubiera ido, ahora estaría rastrillando senderos y arreglando montones de heno, siempre alerta para oír de dónde vendría el silbido; entre otras cosas comprendí que el mozo también silbaba, que servía al patrón como a modo de prismáticos y de piernas, que nos seguía y nos silbaba de la misma forma que el patrón. Bajé a la cocina, era mediodía y los camareros se turnaban para ir a comer, les servían buñuelos de patata con pan rallado, tanto el patrón como el cajero se comían los buñuelos sentados en la cocina, sólo el cocinero jefe y sus ayudantes comían patatas hervidas; a mí también me sirvieron un plato de buñuelos con pan rallado, el patrón me hizo sentar a su lado, y mientras yo comía, él también, pero muy despacio, un trocito ahora, un trocito después, como si quisiera decir, mira, si me lo puedo comer yo, que soy el patrón, entonces os lo podéis comer también vosotros, mis empleados... y enseguida se secó los labios con una servilleta y me llevó al lugar en el que debía trabajar; para empezar me encargó que sirviese jarras de cerveza, yo las colocaba en una gran bandeja y, según la costumbre del hotel, por cada cerveza que el cliente pedía le daba una ficha de cristal roja para facilitar la cuenta; un maître con pelo gris, peinado a la manera de un compositor, me señalaba con la barbilla donde debía servir las jarras, más tarde se limitó a señalármelo con los ojos, y yo no fallaba nunca, servía una jarra en la mesa que me indicaban los ojos de aquel apuesto maître; al cabo de una hora me di cuenta que el maître me acariciaba con los ojos y de esta forma me comunicaba que me tenía simpatía; qué personalidad, este maître, era todo un actor de cine, el frac le quedaba que ni pintado y le favorecía de una manera excepcional, aquel señor apuesto quedaba perfecto en este ambiente de espejos, porque las luces estaban encendidas también por la tarde, a la hora del té, las lámparas tenían forma de candelabros y velas terminadas en una bombilla, por todas partes colgaban adornos de cristal, yo me veía reflejado en los espejos; un mozo que traía cerveza clara de Pilsen ahora me veía diferente y me decía que observándome en aquellos espejos puede que modificara la opinión que tenía de mí mismo, puede que no viera un chico feo y pequeño, en aquel ambiente y con el frac parecería más apuesto, y cuando me puse al lado del maître, que tenía el pelo casi blanco y rizado, peinado hacia atrás y con volumen, como si llevara una permanente, vi en el espejo que nunca más querría hacer otra cosa que servir con aquel maître que irradiaba calma, que estaba al corriente de todo, que tomaba nota sonriendo y se desenvolvía como si fuese un invitado en una recepción o el anfitrión de un baile de sociedad. Él siempre sabía a quién faltaba servirle la comida y quién quería la cuenta, no vi ni una sola vez que alguien tuviera que levantar el brazo y hacer el gesto de escribir, nadie tenía que agitar la nota en el aire; tenía la mirada curiosa, parecía que contemplase una multitud desde un lugar elevado, o que admirase el paisaje desde un mirador, o el mar desde la cubierta de un barco, como si no mirase a ningún sitio en particular, y sin embargo no se le escapase ni el más mínimo movimiento de un cliente. Me di cuenta enseguida que al maître no le gustaba el camarero que servía la comida, le recriminaba con los ojos que se hubiese equivocado y en lugar de la mesa seis hubiese servido el cerdo asado a la mesa once.

Y cuando ya llevaba una semana sirviendo jarras de cerveza, reparé en que cada vez que el camarero traía una bandeja llena de platos de la cocina, se detenía ante la puerta que comunicaba con el restaurante, se aseguraba de que no le mirase nadie, bajaba la bandeja del nivel de los ojos al nivel del corazón para observar los guisados con ojos golosos y siempre pellizcaba un trocito de aquí, un trocito de allá, sólo un poco para lamerse los dedos; una vez el apuesto maître le pilló, pero no dijo nada, le lanzó una mirada y el camarero hizo un gesto de olvidarlo, subió la bandeja por encima del hombro y de un puntapié abrió la puerta batiente y entró corriendo en el comedor, ésta era su especialidad, correr como si la bandeja estuviera a punto de caer, moviendo las piernas como un muñeco; para hacerle justicia, hay que decir que nadie se atrevía a llevar tantos platos como Karel, así se llamaba el camarero: apilaba veinte platos en la bandeja, después extendía el brazo y aún añadía en él ocho más, y por si esto fuera poco, cogía dos más en la mano sujetándolos con los dedos separados como un abanico, mientras con la otra mano llevaba tres, se trataba casi de un número de circo; por lo visto el patrón, el señor Brandejs, estaba muy contento con aquel camarero porque consideraba su manera de llevar los platos una atracción del local. Casi cada día teníamos buñuelos de patata para comer, un día con cabello de ángel, el segundo día con salsa, el tercer día con pan rallado y tostado, otro día regados con mantequilla caliente y espolvoreados con azúcar, otras veces con zumo de frambuesa o con manteca de cerdo y perejil; nuestro patrón siempre comía con nosotros en la cocina aunque sólo tomaba un trocito pequeño, afirmaba que estaba a régimen, pero más tarde, a las dos, el camarero Karel le llevaba una bandeja donde todo estaba servido en vajilla de plata, y según las bandejas y las tapaderas debía de haber una oca o un pollo, un pato o un corte de ciervo, dependiendo de la temporada; Karel se lo llevaba siempre al reservado simulando que allí comía algún bolsista, y es que las transacciones de bolsa siempre continuaban aquí, en el hotel París. Pero, intentando pasar desapercibido, el patrón siempre se colaba en el reservado y salía con la cara de satisfacción llena de grasa y con un palillo en la comisura de los labios. Karel seguramente tenía un pacto con él, porque cuando terminaba la importante comida de la bolsa, y eso acostumbraba a ser los jueves, los bolsistas venían a nuestro hotel y celebraban los negocios que acababan de cerrar bebiendo champán, coñac y comiendo igual que ogros: había una sola bandeja en cada mesa, ¡pero repleta de comida!; a partir de las once de la mañana aparecían chicas muy pintadas, como las que conocí en El Paraíso en la época en que trabajaba en el Praga Ciudad Dorada, las chicas fumaban y tomaban vermut bien cargado mientras esperaban a los bolsistas, cuando llegaban, se colocaban cada una en una mesa, en los reservados; las veces que pasé cerca, tras las cortinas cerradas se oían las risas y el tintineo de las copas, y así horas y horas, hasta el atardecer los bolsistas no empezaban a retirarse, más contentos que unas pascuas; aquellas chicas guapas salían para ir al lavabo, a peinarse y pintarse los labios que tantos besos habían estropeado. Se arreglaban las blusas y volvían la cabeza y los ojos tan hacia atrás que daba la sensación de que iban a romperse el cuello, para ver si las medias que se habían vuelto a poner tenían la costura bien recta desde la mitad del muslo hasta los altos tacones. Y cuando todos se habían ido, ni yo ni nadie podía entrar en el reservado, pero todos sabían, y yo mismo lo vi más de una vez a través de la cortina abierta, que Karel registraba los cojines, éste era su negocio, buscar las monedas y los billetes perdidos y caídos; a veces encontraba un anillo o cadenas y colgantes de joyería, y se lo quedaba todo, todo lo que había caído de los bolsillos, de las americanas, de los pantalones y de los chalecos mientras se desnudaban, se vestían o se movían haciendo tonterías. Una vez, a la hora de comer, Karel hizo su truco de siempre: cargó sus doce platos, además de los platillos con ensalada, y según su costumbre se paró un momento ante la puerta, probó un pellizco de ternera hervida acompañada de una hoja de col y de postre una migaja de relleno de oca; entonces, como si después de comer eso hubiera cogido nuevas fuerzas, alzó la bandeja por encima del hombro y sonriendo irrumpió en el comedor; pero en aquel instante un cliente, un hombre de pueblo, que aspiraba rapé o estaba resfriado, inhaló con fuerza por la nariz y al final, como si alguien le tirase del pelo hacia arriba, estornudó y al hacerlo tocó el borde de la bandeja cargada de platos, Karel la llevaba sobre el brazo doblado y corría tras ella como si fuera una alfombra voladora, y entonces la bandeja se avanzó a los pasos de Karel o quizá las piernas de Karel se retrasaron un poco, al fin la bandeja resbaló y emprendió un vuelo independiente, los dedos la buscaron en vano; los del gremio, y es que aquel día el patrón comía con otros dueños de hotel, entre ellos el gran señor Šroubek, propietario de un hotel del mismo nombre, todos vieron lo que vino después y que nos temíamos, lo inevitable... Karel dio un gran salto para apoderarse de la bandeja, pero dos platos ya habían resbalado inevitablemente, primero los dados de *gulash* a la húngara, después la salsa, luego el acompañamiento y por último el plato, una cosa tras otra con un intervalo de un segundo, y el segundo plato también, carne, salsa, acompañamiento y plato, iban resbalando sobre un cliente, precisamente aquel que antes de pedir siempre leía la carta de arriba a abajo invirtiendo un buen rato en la elección de la comida; luego alzaba la vista para pedir y mientras el maître tomaba nota, preguntaba con detalle si la carne sería demasiado dura, si le traerían la salsa lo bastante caliente y qué tipo de guarnición le ofrecían; sobre la espalda de aquel cliente precisamente fueron a parar los trozos de carne y la salsa y a continuación una rebanada de pan se le sentó encima de la cabeza como el gorro de un rabino, como un sombrero de cura... y Karel, que consiguió salvar los otros diez platos, cuando vio esto y se percató de la presencia del señor Šroubek, bruscamente elevó todavía más la bandeja, la giró boca abajo y la tiró al suelo con los diez platos, igual que si se encontrara en el escenario de un teatro haciendo una pantomima, y demostró así a los espectadores hasta qué punto aquellos dos platos le habían revuelto la bilis; después se desabrochó el delantal y con rabia lo lanzó al suelo y muy enfadado se fue a cambiar de ropa para salir a emborracharse. Yo aún no lo entendía del todo, pero los del gremio allí presentes comentaban que si aquel percance les hubiera ocurrido a ellos, habrían hecho exactamente lo mismo, porque si un camarero pierde el honor, está perdido. Pero aquí no se acabó todo. Karel volvió con mala cara, se sentó en la cocina de tal forma que pudiesen verle desde el comedor, y de pronto dio un salto e intentó volcarse encima el mueble donde guardábamos los vasos, las copas y las jarras; pero la cajera y los cocineros lo pararon a tiempo y colocaron en su lugar el mueble, del cual iban cayendo las copas que tintineando se destrozaban al caer al suelo, y esta operación se repitió tres veces, así estaba de enfadado Karel por culpa de aquellos dos platos; cuando todos volvieron en sí, Karel cogió la cocina del restaurante, que era tan larga que entre que enciendes el fuego y vas corriendo hacia el horno pasa tanto tiempo que el fuego casi se apaga, y la arrancó de la pared rompiendo los tubos, inmediatamente todo se llenó de humo y de hollín, todo el mundo tosía, los cocineros volvieron a poner la cocina en su sitio y completamente sucios y sofocados por el esfuerzo se desplomaron sobre las sillas mirando a todas partes, ¿dónde se ha metido Karel? Había desaparecido y empezamos a suspirar aliviados, cuando de pronto se oyó un gran estruendo: Karel acababa de romper de una patada el suelo de cristal del patio interior precisamente sobre la cocina, y junto con los cristales que se desmoronaban cayó él: una pierna se hundió hasta la rodilla en la cazuela de tripas, especialidad para quienes gustaban de tomar un bocado a media mañana, y la otra se metió en una marmita enorme llena de ternera con setas, el plato de la casa, y pateaba entre los cristales rotos mientras los cocineros seguían asustados con aquel revuelo; entonces alguien fue a buscar al mozo, un antiguo campeón de boxeo, porque la actitud de Karel hacia el hotel París estaba, digamos, un poco fuera de lugar y si no quería irse por las buenas tendría que hacerlo por las malas... el mozo se abrió de piernas y brazos como si tuviera una madeja invisible para enrollar y exclamó, ¿dónde estás estúpido? Pero Karel le soltó un puñetazo tal que le dejó fuera de combate, entonces tuvieron que llamar a la policía; cuando se presentaron, Karel ya parecía calmado, pero en el pasillo tiró al suelo a un par de policías y continuó dándoles patadas en el casco que llevaban puesto, así que se lo llevaron al reservado para darle una buena paliza, con cada grito que lanzaba los clientes del restaurante se asustaban, y al finalizar, mientras los guardias se lo llevaban, cubierto de moretones, Karel tuvo tiempo de anunciar a la señora del guardarropa que aquello no terminaría así, que los dos platos todavía costarían un ojo de la cara, que aún haría de las suyas... y en efecto, junto con la noticia que informaba de que Karel se había calmado, llegó otra que nos comunicaba que Karel había roto, en la comisaría, un lavabo de porcelana de una patada y había arrancado las tuberías de la pared, de manera que la habitación, con los guardias incluidos, estaba completamente empapada y encharcada, y sólo Dios sabe lo que costó taponar aquellos agujeros.

De esta manera me convertí en camarero a las órdenes del maître, del señor Skřivánek; había dos camareros más, pero yo era el único a quien se le permitía, pasada la hora punta de la comida, descansar apoyado en la mesa de la habitación contigua al comedor. Y el maître me decía que yo llegaría a ser un buen maître, pero que era necesario que desarrollara la capacidad de recordar a cada cliente así que le viera entrar y tenerlo bien presente hasta el momento de marcharse; me explicaba que no era necesario estar muy atento al mediodía, cuando la gente dejaba los abrigos en el guardarropa, pero sí por la tarde, cuando servíamos en la sala del café, entonces era necesario estar vigilante para averiguar quién quería irse sin pagar la consumición. También era necesario adivinar la posición económica de un cliente y si sus gastos correspondían a sus posibilidades o no. Eso, según él, era la base de un buen maître. Durante algunas semanas me entrenó hasta que conseguí adquirir olfato para estas cosas. Cada día esperaba con impaciencia que llegase la tarde, como si me aguardase una expedición llena de aventuras, excitado igual que los cazadores que acechan sus presas; el maître, fumando con los ojos entornados, asentía con la cabeza contento, o negaba, me corregía, atendía personalmente al cliente y me demostraba que él tenía razón, y él siempre tenía razón. Ciertamente. Y así me enteré de todo aquello, cuando le hice al maître la pregunta que resumía mi curiosidad. ¿Y cómo sabe todo esto?, él se irguió antes de contestarme, porque yo scrví al rey de Inglaterra. ¿Al rey?, me quedé helado, Dios mío, ¿usted sirvió… al rey de Inglaterra? Y el maître asintió con satisfacción. Y entonces entramos en una segunda fase que me llenaba de entusiasmo e ilusión, como cuando esperas que salga tu número en la lotería o en la tómbola en las ferias. Efectivamente, cada tarde, cuando entraba un cliente, el maître me hacía una señal con la cabeza, salíamos un momento a la habitación contigua y yo decía: es italiano. Y el maître negaba con la cabeza y afirmaba: es yugoslavo, de Split o de Dubrovnik… nos mirábamos un instante, después los dos asentíamos con la cabeza y cada uno depositaba un billete de veinte coronas sobre la bandeja colocada en la mesita de servir. Yo iba a preguntar al cliente qué deseaba y cuando volvía con la nota, según la cara que ponía, el maître iba directo a recoger los dos billetes, se los metía en su cartera enorme, a causa de la cual tenía el bolsillo del pantalón forrado con la misma piel que la cartera, y yo me quedaba mudo de admiración. ¿Cómo puede verlo tan claro, señor Skřivánek? Y él contestaba con humildad: yo serví al rey de Inglaterra. Así que continuábamos apostando y yo inevitablemente perdía, y él me enseñaba que para ser un buen maître, debía saber no sólo la nacionalidad, sino también lo que el cliente pediría. Cuando un cliente entraba en el comedor, nos hacíamos una señal con la cabeza e íbamos a la habitación contigua para colocar cada uno un billete de veinte coronas sobre la mesita de servir, y yo decía que el cliente pediría un cocido o una sopa de tripas, la especialidad de la casa, y el maître decía que el cliente pediría un té y una tostada sin ajo, a continuación yo iba a tomar nota, decía buenos días y preguntaba al cliente qué deseaba. Efectivamente pedía un té y una tostada, y antes de que yo llegara hasta el maître, él ya tenía los dos billetes y me decía, enseguida se reconoce a una persona que sufre del hígado, mírale bien, me imagino que éste también debe tener los riñones estropeados... y en otra ocasión yo pensaba que el cliente en cuestión pediría un té y pan con mantequilla, mientras que el maître afirmaba que pediría jamón dulce con guarnición y un vaso de cerveza de Pilsen... ¡y efectivamente!, cuando me volví para llevar la nota, el maître ya abría la ventanilla de la cocina y gritaba en mi lugar: jamón dulce... y cuando me acercaba un poco, añadía: ¡con guarnición! Y yo estaba muy contento de aprender, aunque me costaba todas las propinas, y es que siempre que podíamos hacíamos apuestas y yo perdía constantemente, y siempre que preguntaba: ¿cómo es, señor Skřivánek, que lo sabe todo?, él contestaba, guardando los dos billetes en la cartera: yo serví al rey de Inglaterra. Éste, pues, era un nuevo espécimen de la profesión que conocí después de Karel; antes que con ellos, trabajé con Zdeněk, el maître que, bien entrada la noche, tenía la manía de despertar a todo un pueblo e invitarlo a la fiesta para librarse de todo su dinero como un aristócrata decadente; y no debería olvidar al maître del Praga Ciudad Dorada, el primero que conocí en mi vida, se llamaba Málek y era un hombre muy ahorrador, nadie sabía en qué lugar guardaba el dinero, pero todos estaban seguros de que tenía más de lo imaginable, que probablemente ahorraba para comprarse o alquilar un hostal al pie de las montañas del Paraíso de Bohemia. Pero a lo que quiero referirme es a que un día que habíamos bebido más de la cuenta sirviendo una boda, él me confesó su secreto: estaba sentimental y me contó que hacía dieciocho años su mujer le mandó a llevar un mensaje a casa de una amiga, él llamó, la puerta se abrió y apareció una mujer muy bonita, se sonrojó y ella también, los dos se quedaron en la puerta como si vieran visiones, ella tenía en la mano una tela que bordaba, él entró, sin decir nada la abrazó, ella continuaba bordando, entonces resbaló en el sofá y ella seguía bordando en su espalda y él la poseyó como hombre, así me lo explicaba, se enamoró y a partir de entonces había estado ahorrando; durante dieciocho años había podido reunir cien mil coronas que asegurarían el futuro de su mujer y de sus hijos, el próximo año les regalaría una casa y entonces él, con el cabello ya gris, iría al encuentro de su amada, también con el pelo gris, para ir juntos en busca de la felicidad… esto me contó y luego abrió con llave el cajón de su escritorio con doble fondo donde tenía apilados los fajos de billetes de cien coronas con los cuales redimiría su felicidad… y yo le miraba, y nunca lo hubiese imaginado, le miraba los zapatos, debajo de los pantalones se le veían unos calzoncillos muy anticuados, largos hasta abajo, atados con un cordón blanco por encima del tobillo; aquellos calzoncillos me recordaban mi infancia, cuando vivía en casa de mi abuela, en el molino donde los viajantes tiraban ropa blanca desde el lavabo de los baños de Carlos… aquellos calzoncillos que se extendían en el aire y se quedaban un momento suspendidos eran exactamente igual a los suyos… pues bien, cada maître era distinto, y aquel Málek del Praga Ciudad Dorada se me apareció de pronto al lado del maître del hotel París, y Málek se me antojaba como una especie de santo, como el pintor y poeta Jódl, aquél que vendía la *Vida de Jesucristo* y se sacaba y se ponía la americana o el abrigo y estaba siempre lleno de polvo blanco y tenía los labios cubiertos de un líquido amarillo, del Neurastenin que tomaba… y a mí, ¿qué me esperaba?

Así pues, me tocó servir a los bolsistas. Karel no volvió nunca más. Igual que todos los ricos, los bolsistas también eran juguetones y alegres como cachorros, y cuando les iba bien un negocio, sabían echar la casa por la ventana como unos carniceros que hubiesen ganado a las cartas. Y a veces los carniceros no volvían a casa hasta pasados tres días, sin carro, sin caballos y sin el ganado que habían comprado, todo lo perdían a las cartas, llegaban a casa sólo con el látigo; eso mismo ocurría con los bolsistas, a veces perdían de una forma tan exagerada que no les quedaba nada, se sentaban en el restaurante con la mirada de Jeremías ante el incendio de Jerusalén, por última vez pedían grandes comilonas a cuenta del que había ganado la transacción, eran las reglas del juego. Y poco a poco me convertí en el confidente de las chicas que esperaban en el bar que cerrase la bolsa para, más tarde, bajar al reservado, bien arregladas; no se percibía si era media mañana, el atardecer, la noche o la madrugada porque en el hotel París las luces se mantenían encendidas todo el día, parecía una enorme lámpara que alguien ha olvidado apagar. El reservado que más me gustaba era el que las chicas llamaban el consultorio, la unidad de vigilancia intensiva. Los bolsistas llamémosles jóvenes y fuertes procuraban emborrachar a las chicas lo antes posible para sacarles las blusas, las faldas y empezar a revolcarse con ellas, sin un ápice de ropa, encima de los sofás y de las butacas bien tapizadas; cuando terminaban, estos bolsistas estaban absolutamente destrozados, tenían el aspecto de haber sufrido un infarto mientras hacían el amor en posturas desacostumbradas; en cambio, en la llamada unidad de vigilancia intensiva siempre reinaba la alegría: las chicas encargadas de animar a los clientes estaban agradecidas porque, según vi, allí era donde podían llegar a ganar más dinero; los bolsistas de cierta edad no paraban de bromear y reír, cuando desnudaban a una chica se lo tomaban como un juego colectivo, procedían con calma, no dejaban de oler y sorber el champán de las copas de cristal, la chica se tendía sobre la mesa llena de copas, de bandejas de caviar, ensalada y embutidos, allí mismo la desnudaban, se ponían las gafas para no perderse ni el más mínimo detalle de aquel espléndido cuerpo femenino; igual que las modelos en el taller de una academia de pintura, pedían a la chica que se sentara, que se levantara, que se arrodillara, que dejase colgar las piernas de la mesa y balanceara los pies descalzos como si se estuviese remojando en un riachuelo; los bolsistas no se peleaban, nunca discutían qué parte del cuerpo les tocaba disfrutar ante sus ojos, al contrario, con el entusiasmo de un pintor que transmite al lienzo lo que más le apasiona de un paisaje, estos ancianos se ponían las gafas para ver mejor y se comían con los ojos, primero, el ángulo del codo, después, el extremo de la cabellera suelta, luego el tobillo, también la barriguita, uno abría las bellas nalgas y con una admiración infantil observaba lo que se le ofrecía a la vista, otro clamaba delirante levantando los ojos hacia el techo y agradecía a Dios haberle ofrecido el espectáculo de lo que se escondía entre los muslos de la chica y de haberle brindado la ocasión de poder tocar con un dedo o con los labios aquello que más le gustaba... Este reservado brillaba no sólo con la luz que emanaba de la pantalla de la lámpara y de las copas en constante agitación, sino sobre todo con el brillo de los cuatro pares de cristales de las gafas que se movían con la lentitud de los peces exóticos en un acuario iluminado.

Y cuando los bolsistas se hartaban de mirar, servían una copa de champán a la chica, ella se quedaba sobre la mesa y ellos brindaban con ella, se le dirigían por su nombre de pila mientras la chica cogía aquello que más le apetecía; los viejos caballeros no paraban de bromear y de divertirse mientras en los otros reservados a veces se oía una risotada alegre o el silencio más absoluto, por lo que a menudo pensaba que me vería obligado a intervenir para socorrer a un bolsista que seguramente se estaba muriendo, si es que no estaba muerto ya... Y después los abuelos vestían a su chica, era como una película al revés, no se les notaba aquella indiferencia que se presenta siempre después de hacer el amor, no, en la unidad de vigilancia intensiva no dejaba nunca de reinar un ambiente lleno de cortesía, tanto al principio como al final... y en el momento de pagar, y es que siempre uno de los bolsistas pagaba por todos, le daba una propina al maître y a mí también, cien coronas cada vez; entonces se iban radiantes, calmados, colmados de imágenes preciosas que les duraban toda la semana; desde el lunes pensaban con ilusión en el jueves, cuando llevarían a término la vigilancia intensiva de otra chica, porque estos señores no visitaban nunca a la misma chica, sino a una de distinta en cada ocasión, puede que para ganarse un nombre en el submundo de las prostitutas praguenses. Y la chica que ya había sido visitada se quedaba siempre en el reservado... esperaba... y yo, mientras retiraba la mesa y los últimos cubiertos, sabía lo que pasaría, sabía muy bien que me tocaría realizar lo que ya era una costumbre de la casa; la chica miraba con tanta avidez como si yo fuese una estrella de cine, estaba tan excitada por la vigilancia intensiva y tenía la respiración tan alterada que no se encontraba en condiciones de irse, y eso se repetía cada jueves: yo debía terminar el trabajo que los viejecitos habían empezado, las chicas se me lanzaban siempre encima con tanta pasión y se me entregaban con tanto deseo que parecía la primera vez... y durante unos pocos minutos yo me sentía un hombre atractivo, apuesto y con una rizada melena, no tenía la sensación, ni la impresión, sino la seguridad de que era el rey de aquellas chicas bonitas... puesto que ojos, manos y lenguas habían hecho tantas cosquillas en los cuerpos de las chicas que ellas no podían ni andar, sólo cuando llegaban a la cumbre una o dos veces empezaban a volver en sí, desaparecía la membrana que les empañaba los ojos, se fundía la nube que las envolvía, las chicas recobraban su mirada de siempre, volvían a la realidad y para ellas yo volvía a ser el pequeño camarero insignificante que actuaba de substituto de otro hombre, fuerte como un toro y de buen ver... y por lo que a mí concierne, cumplía mi nuevo deber de los jueves cada vez con más ganas y profesionalidad, y no creo que tuviera menos pasión, talento y capacidad al hacerlo que Karel, mi predecesor... Sí, seguramente lo hacía muy bien porque cuando nos encontrábamos en el hotel o en la calle, las chicas me saludaban efusivamente, desde lejos agitaban un pañuelo o el bolso al verme, y si no llevaban nada, me saludaban con la mano... y yo hacía reverencias, las saludaba con el sombrero, entonces me enderezaba y levantaba la barbilla para parecer más alto, aunque llevaba una doble suela que me añadía un par de centímetros de altura...

Y empecé a arreglarme más de lo necesario, en cada momento libre me acicalaba: las corbatas me gustaban con locura, y es que una corbata hace resaltar el traje, la ropa hace al hombre, y yo me compraba corbatas y me fijaba en que nuestros clientes las llevaban parecidas, pero con esto no tenía bastante; pensando, recordé el armario donde se guardaban los diferentes objetos y piezas de ropa que nuestros clientes olvidaban en nuestro hotel; eran corbatas maravillosas y distintas de las que había visto hasta entonces, de cada una colgaba un hilo con una nota: Alfred Karniol, comerciante de Damasco, había olvidado una, otra un tal Salamon Pihovaty, vicepresidente de una empresa de Los Ángeles, otra pertenecía a Jonathan Shapliner, propietario de las hilaturas de Lvov, y más y más corbatas, docenas de corbatas; me moría de ganas de salir a pasear luciendo una de ellas, de hecho podía escoger entre las tres más bonitas, una era de un azul metálico, la otra era rojo oscuro, de la misma tela que la azul, las dos brillaban como élitros de un insecto exótico y también sugerían las alas de una mariposa, ¡qué ilusión!, poder pasear con la americana de verano desabrochada, con la mano en el bolsillo y desde el cuello hasta la cintura lucir una de aquellas corbatas, dejar que admiraran su calidad… Cuando me las probé ante el espejo, se me cortó el aliento… me veía paseando por la plaza Wenceslao y por la avenida Nacional, y de pronto tuve un sobresalto… yo caminaba y los viandantes, sobre todo los más elegantes, se quedaban impresionados por mi preciosa corbata, la más bonita que nunca habían visto, y yo andaba lentamente para que los especialistas en elegancia admirasen mi corbata, no apartaba los ojos de mi imagen en el espejo de la habitación en la buhardilla del hotel París; poco a poco me deshice de aquella maravilla color rubí, cuando de pronto mis ojos tropezaron con una corbata en la que no me había fijado nunca: ¡aquella corbata estaba hecha para mí! Era blanca, de una tela áspera y preciosa, salpicada de puntitos azul celeste parecidos a florecillas, estaban tejidos con relieve, pero parecían pegados, brillaban como adornos metálicos; saqué el hilo con la notita que recordaba que la corbata pertenecía al príncipe Hohenlohe, me la puse y cuando me miré sentí que el mundo me pertenecía de tan elegante que me veía con aquella corbata, tenía la sensación de que ella me había impregnado del perfume del príncipe Hohenlohe, me empolvé la nariz y la barbilla bien afeitada y me dirigí hacia la avenida Příkopy; al mirar mi reflejo en los escaparates de las elegantes tiendas, constataba que sí, que la imagen que había visto en el espejo de mi buhardilla era perfecta, ¡no me había equivocado!; la avenida estaba llena de caballeros que lucían elegantes corbatas y trajes hechos a medida por los mejores sastres, zapatos de ante y paraguas colgados del brazo como los lords ingleses, no había duda que ellos tenían todo el dinero que querían, pero ¿quién tenía una corbata igual que la mía?, ¡nadie!; me dirigí a la tienda de ropa de caballero y al entrar me convertí en el blanco de todas las miradas, yo, con la corbata y el nudo perfecto, yo, el centro de atención; escogí una camisa de muselina, después, para lucirme, hice que me enseñaran pañuelos blancos y pedí a la vendedora que me colocara uno en el bolsillo del pecho según la última moda, ella me dijo riendo, debe decirlo en broma, ¿eso me pide usted, que se sabe hacer el nudo de la corbata con perfección extrema?, y cogió el pañuelo, entonces aprendí cómo debía hacerse, a mí siempre me salía mal, lo extendió sobre la mesa y como si espolvoreara un poco de sal, pellizcó el centro del pañuelo con tres dedos, lo agitó en el aire para que la fina tela formara unos pliegues, los alisó con la otra mano, dobló el pañuelo y me lo colocó en el bolsillo de la americana, haciendo sobresalir un poco las puntas; yo me apresuré a darle las gracias, pagar e irme con los dos paquetes pequeños atados con un cordón dorado, uno contenía la preciosa camisa y el otro los cinco pañuelos; pero aún no tenía bastante, así que me dirigí a una tienda de telas para caballero, y allí mi corbata blanca con puntitos azules y mi pañuelo blanco, cuyas afiladas puntas recordaban una hoja de tilo doblada, atrajeron las miradas no sólo de los vendedores, sino también de dos elegantes señores que cuando vieron aquel conjunto se turbaron, se quedaron petrificados y hasta después de pasados unos instantes no recobraron la confianza en sus corbatas y sus pañuelos... Yo me entretenía escogiendo la tela para un traje nuevo, y a pesar de que sabía que no llevaba suficiente dinero para poder comprarla, me incliné por una inglesa que, a petición mía, un dependiente sacó al exterior para que me hiciera la idea del aspecto que tenía a pleno sol; me tomaban por un cliente entendido en telas, el dependiente me la enseñaba por los dos lados para que pudiese imaginarme el efecto que causaría mi traje en las calles de la ciudad, después de darle las gracias me quedé un tanto incómodo, pero el dependiente me dijo que un cliente como yo debía meditarlo antes de adquirirla, que mi prudencia era natural, ya que para comprar la tela no había ninguna prisa, y que la empresa Heinrich Pisko era la única en Praga que la tenía. Así que le di las gracias, salí y crucé la calle; aquella situación me dejó impresionado; para tener un aspecto aún más noble caminaba encorvado, con la cabeza ligeramente inclinada hacia un lado, cejijunto, pensativo, ésta era la imagen que quería dar; y entonces ocurrió algo que me confirmó el cambio que en mí había causado la corbata: a mi encuentro caminaba Věra, una chica del reservado, la misma que el jueves anterior había estado con los bolsistas en la unidad de vigilancia intensiva, la que me conocía a la perfección del bar; pues bien, esta chica me vio, me di cuenta que estaba a punto de saludarme amistosamente con su pequeño bolso y los guantes blancos que sostenía con el asa del bolso, pero de pronto puso cara de haberse confundido, precisamente conmigo, que me había entregado para que ella pudiese reponerse y volver a su casa, excitada como la habían dejado los viejecitos... así que fingí ser otra persona, luego se volvió para mirarme por detrás y continuó andando, convencida que se había confundido... y eso era debido al pañuelo y la corbata blanca. Pero al llegar a la Torre de la Pólvora, cuando me disponía a cruzar de nuevo la calle para pasear otra vez por la avenida más elegante de Praga, cuando ya me sentía en la gloria por las atenciones que recibía gracias al efecto de mi indumentaria, conseguida con tan pocos medios, me di cuenta que a mi encuentro se acercaba la mata de pelo rizada y blanca de mi maître; el señor Skřivánek pasó de largo sin dirigirme la mirada, pero yo estaba seguro de que me había visto, me detuve y le seguí con los ojos: él se volvió y se dirigió hacia mí, me miraba a los ojos y yo sabía que lo que él distinguía de mí era la corbata, que de toda la avenida era lo único que veía, sólo la corbata... y cómo el maître siempre lo sabía todo, su mirada decía, ya sé de dónde ha salido esta corbata que te has puesto sin pedir permiso. Me miraba de arriba abajo y yo le preguntaba mentalmente, ¿cómo lo sabe todo, señor Skřivánek? Y él rió y contestó en voz alta, ¿cómo lo sé?, pues porque yo serví al rey de Inglaterra... y continuó su paseo. Aunque era un día muy soleado, tuve una sensación de oscuridad, yo era una luz encendida y el señor Skřivánek me había apagado, yo era un neumático hinchado y el maître me había aflojado la válvula; mientras caminaba sentía cómo el aire escapaba de mí, me daba cuenta de que ya no iluminaba el camino, tenía la sensación de que la corbata estaba ajada como yo y que el pañuelo tenía el aspecto de haber paseado bajo un chaparrón.

De todos los hoteles, precisamente el hotel París tuvo el privilegio de participar en un acontecimiento singular y espléndido. Todo sucedió por una cuestión de cubiertos de oro, y es que se descubrió que en el Castillo no tenían y que el presidente esperaba una visita oficial, un soberano extranjero que se empeñaba en comer únicamente con cubiertos de oro. El secretario del presidente negoció con los príncipes Švarcemberk y Lobkowicz y Thurn und Taxis; estos nobles tenían cubiertos de oro, pero no eran suficientes para un banquete y además sus cubiertos llevaban grabado el escudo de la familia, por lo cual el presidente de la República difícilmente podía utilizarlos. El último de los príncipes quizás habría podido dejar al presidente sus cubiertos, pero hubiera tenido que ir a buscarlos a Regensburg, donde los había mandado el año anterior en ocasión de la boda de uno de los miembros de esa familia tan rica, que en aquella ciudad poseía además de hoteles y calles, barrios enteros y un banco. Así que estas opciones fueron descartadas y finalmente el secretario vino a ver al dueño del hotel París; al salir, ponía cara de pocos amigos: buena señal, según el señor Skřivánek, nuestro maître sabio que sirvió al rey de Inglaterra; además, el maître leyó en las caras del dueño y del secretario del presidente que dejaríamos nuestros cubiertos al presidente con la condición que el banquete se celebrara aquí, en el hotel París, sólo así consentiría en sacar sus cuchillos, tenedores, cucharas y cucharillas de la caja fuerte. Y cuando me enteré de que nuestro hotel tenía cubiertos de oro para trescientas veinticinco personas, entonces sí que casi me desmayo... Y en el Castillo decidieron que sí, que el banquete de gala para el inestimable invitado y su cortejo tendría lugar en el hotel París. Enseguida se llevó a cabo la gran limpieza del hotel, brigadas de mujeres de la limpieza llegaron con cubos y trapos para limpiar no solamente el suelo, sino también las paredes, los techos y todas las lámparas; el hotel relucía y centelleaba, y por fin llegó el día en que el emperador de Etiopía con su séquito debía alojarse aquí; un camión compró todas las rosas, esparragueras y orquídeas de las floristerías más importantes de Praga; pero en el último momento, se presentó el secretario del presidente en persona para comunicar que el emperador no se alojaría en nuestro hotel, aunque, sí que se celebraría el banquete, al dueño le daba lo mismo porque de todos modos incluiría los gastos del alojamiento, la limpieza y todo lo demás en la cuenta; y empezamos los preparativos del banquete, en el que habían de participar trescientas personas: los hoteles Steiner y Šroubek cerraron aquel día para dejarnos sus camareros y maîtres, vinieron unos detectives del Castillo, que, por casualidad, eran los mismos que me acompañaron cuando llevé el Niño Jesús de Praga, traían tres disfraces de cocinero y dos fracs de camarero, al llegar se cambiaron para acostumbrarse a la ropa y vigilar la cocina para que nadie echara veneno en la comida del emperador; los que iban de camareros se pusieron a buscar el lugar idóneo para poder vigilar al emperador; lo que más me impactó fue ver al cocinero jefe con el secretario y con el señor Brandejs, que ultimaban el menú, emplearon seis horas y entonces el dueño ordenó que proveyeran las cámaras frigoríficas con cincuenta muslos de ternera, seis vacas para la sopa, tres bueyes para los bistecs, unos corderos para la salsa, sesenta cochinillos que no pesaran más de sesenta kilos, diez cerdos, trescientos pollos, algunos corzos y dos ciervos; después acompañé a nuestro maître a la bodega, donde el encargado contaba la provisión de bebidas... Aquella era la primera vez que bajaba a la bodega y me quedé pasmado al ver la enorme cantidad de botellas: aquello no parecía la bodega de un hotel, sino el almacén Oplt, especializado en vinos y licores: una pared entera estaba cubierta de botellas de Henkell Trocken, Veuve Clicquot y champán alemán, más y más paredes llenas de coñacs Martell y Hennesy, centenares de botellas de whisky de todas las marcas imaginables, vinos antiguos del Mosela y del Rhin, había grandes cantidades de nuestros mejores vinos de Moravia y Bohemia; al salir, el señor Skřivánek acariciaba los cuellos de las botellas como si fuese un gran adorador de los vinos, aunque él nunca bebía alcohol, al menos yo no lo había visto nunca con una copa; entonces me di cuenta de que jamás estaba sentado, siempre permanecía en pie, hasta cuando fumaba un cigarrillo, y en aquel momento él me miró, me leyó en los ojos los pensamientos, sí, debía de haberlos adivinado porque me dijo sin venir a cuento, recuerda que si quieres ser un buen maître, no debes sentarte nunca, porque si lo haces empezarán a fallarte las piernas y a dolerte tanto que trabajar se convertirá en un infierno... Y cuando salíamos, el encargado de la bodega apagó la luz; arriba nos esperaba otra noticia: el emperador de Etiopía había traído sus cocineros, y ya que nosotros teníamos cubiertos de oro como él en Abisinia, sus cocineros guisarían una especialidad abisinia en nuestro hotel... Así pues, el día antes del festín llegaron los cocineros, eran negros y temblaban de frío, les acompañaba un intérprete, nuestros cocineros debían hacer la función de asistentes, pero el cocinero jefe se sacó el delantal y poniendo cara de enfado se fue porque se sentía ofendido; los negritos, con la boca abierta, mostrando unos dientes blancos como la leche y riendo, se dispusieron a hervir centenares de huevos, entonces les trajeron veinte faisanes que empezaron a asar en nuestros hornos; en unas bandejas enormes preparaban toda clase de rellenos para los cuales necesitaban treinta capazos cargados de panecillos de Viena, puñados de especias, el perejil tenían que traerlo con un carro, nuestros cocineros se lo troceaban y todos nos moríamos de curiosidad por ver lo que harían los negritos; hay que decir que les ocurría lo mismo que a nosotros, cada dos por tres les acuciaba la sed, así que les trajimos cerveza de Pilsen, y ellos no paraban de alabarnos y de invitarnos a un licor de su país que estaba hecho con alguna especie de planta que se subía rápidamente a la cabeza y olía a pimienta negra y a clavo, y de pronto lanzamos un grito: traían dos antílopes que habían comprado en el parque zoológico, a toda prisa los despellejaron y los metieron en las marmitas más grandes que teníamos para asarlos, donde echaban trozos de mantequilla y sacos de especias de su país; era necesario abrir las ventanas porque en la cocina no se podía respirar de tanto vapor y humo, y entonces los chicos negros se pusieron a rellenar los antílopes con los faisanes rellenos medio asados y la parte que quedaba la llenaban con centenares de huevos duros y lo asaban todo; pero de pronto resultó que sí, que el hotel entró en colapso, nos quedamos helados, eso sí que no lo esperábamos, hasta el dueño se quedó sorprendido: ante el hotel había un camello vivo; querían matarlo, nosotros estábamos muy impresionados; al fin el intérprete pudo convencer al dueño, el señor Brandejs, de que les dejara matar el camello, y entonces se presentó una multitud de periodistas que convirtieron nuestro hotel en el centro de atención de la prensa; los negritos ataban el camello que gemía, como diciendo, no me matéis, pero uno de los cocineros lo degolló con el puñal de los sacrificios rituales, el patio se llenó de sangre y el camello, ayudado por una palanca, se tumbó boca arriba, le recortaron las gibas para deshuesarlo, como habían hecho antes con los antílopes; trajeron tres carros llenos de leña y el dueño no pudo por menos que llamar a los bomberos, que, preparados con las mangueras en la mano, observaban a los cocineros, que se afanaban a encender una hoguera enorme, y cuando las llamas bajaron, los cocineros instalaron un trípode con una barra giratoria en la que asaron el camello entero; cuando estuvo casi al punto, lo rellenaron con los dos antílopes rellenos de faisanes rellenos de pescado, y el hueco que quedaba lo llenaron con huevos duros, sin dejar de echar sus especias ni de beber cerveza porque no podían sacarse el frío de encima, temblaban incluso al lado del fuego; me recordaban a los cocheros de las fábricas de cerveza, que en invierno beben cerveza fresca para calentarse. Al terminar de poner la mesa para trescientas personas, los invitados empezaron a llegar en elegantes limusinas y los porteros se afanaban abriendo las puertas, y entretanto en el patio los negritos habían asado cochinillos y corderos y habían preparado calderas llenas de sopa de tal variedad de animales que el dueño no se arrepintió de haber comprado tantas provisiones... y ya llegaba Haile Selassie en persona, acompañado por el jefe del gobierno y por todos nuestros generales y capitostes del ejército abisinio; llevaban muchas medallas, en cambio, el emperador iba sencillo, con un uniforme blanco sin ninguna condecoración, al entrar nos agradó; los miembros de su gobierno debían de ser una especie de jefes de tribu, al menos a juzgar por las mantas multicolores que llevaban echadas por los hombros, algunos de ellos llevaban sables largos, pero ya en la mesa se notaba que eran personas bien educadas y exquisitamente naturales; las mesas de todas las salas estaban dispuestas con cubiertos de oro, que brillaban a cada lado del plato: tenedores, cuchillos, cucharas y cucharillas; la cena empezó con un saludo dirigido a Haile por parte de nuestro presidente, cuando hablaba Haile parecía que ladraba, y el intérprete traducía, el emperador de Etiopía tiene el honor de invitar a los comensales a una comida típica de su país... y entonces una figura gorda, envuelta en diez metros de tela, batió las palmas y nosotros nos pusimos en movimiento, empezamos a servir los primeros platos que los cocineros negros habían preparado en nuestra cocina, ternera fría con salsa negra; me lamí los dedos, aquella brea me había ensuciado, y enseguida me puse a toser, tan fuerte era aquella sustancia que me llenó la boca de fuego; mientras los camareros servían con elegancia el primer plato, vi por primera vez en mi vida cómo se levantaban trescientos tenedores y cuchillos de oro y cómo los comedores del hotel París quedaban inundados con su brillo... y el maître hizo una señal para que los camareros empezaran a servir vino blanco del Mosela, y entonces llegó mi momento... me percaté de que se habían olvidado de servir vino al mismísimo emperador, así que cogí una botella envuelta en una servilleta y, sin saber cómo, me acerqué al emperador y le serví arrodillado como un monaguillo, hice una reverencia, y al levantarme me di cuenta que las miradas de todos estaban fijas en mí y en el emperador que me bendecía, hizo una cruz en mi frente, o mejor dicho, me grabó una cruz dentro de la frente... puesto que tras de mí estaba el maître del hotel Šroubek, que era quien había cometido aquella omisión, yo estaba asustado, pensando que había hecho algo muy grave, y con los ojos busqué al maître, el señor Skřivánek, y vi que aprobaba mi iniciativa, que me felicitaba por haber sido tan solícito... Guardé la botella para poder contemplar al emperador comiendo: muy despacio, cortaba un trozo de carne, lo mojaba en la salsa y, como si no comiera sino que tan sólo lo probara, lo masticaba pausadamente, entonces cruzó el tenedor indicando que había terminado, bebió un sorbo de vino y se secó la barba con una servilleta... Después llegó el turno de la sopa y los cocineros negros nos sorprendieron por su rapidez y agilidad, quizá porque tenían frío y seguramente también por la cantidad de cerveza que bebían constantemente; llenaban platos de sopa con un cucharón, uno tras otro, y nosotros siempre sin parar, a duras penas seguíamos su ritmo, los detectives también se sorprendieron de tanta energía; por poco me olvidaba: los detectives se fotografiaron con los cocineros negros, como recuerdo, decían, y entretanto nuestros cocineros no paraban de voltear el camello relleno en el asador sobre el carbón en ascuas y sostenían en la

mano un ramillete de menta que mojaban en cerveza y con
el que untaban la bestia, se lo había inventado el jefe de los
cocineros negros, que ahora se frotaba las manos con satisfacción y exclamaba que los cocineros se merecían una
condecoración; y después de servida la sopa soltamos un
suspiro de alivio porque veíamos que por mucha cerveza
que hubiesen bebido los negros sabían lo que hacían...
Aquel día me concedieron un gran honor: el intérprete me
tradujo la orden del mismo emperador para que continuara
sirviéndole, y yo, vestido con frac, me arrodillaba cada vez
sobre una pierna, servía, retrocedía unos pasos para permanecer atento y volver a ponerle vino o retirarle un plato; entretanto el emperador comía, pero sólo un poco, se ensuciaba
la boca por decirlo de algún modo; como un catador especializado, apenas comía unas migajas, se humedecía los
labios con un sorbo de vino y no paraba de charlar con nuestro presidente; los invitados, cuya distinción era menor cuanto más lejos estaban del que ofrecía el banquete, comían con
gula un plato tras otro; los que se sentaban en otras salas
engullían de tal modo que parecía que llevasen toda una vida
sin comer, devoraban incluso los panecillos, un comensal se
comió hasta las flores de geranio, que había recogido de tres
macetas, aliñadas con sal y pimienta... En los rincones de la
sala, los detectives, disfrazados de camareros, con fracs y
servilletas sobre el brazo, vigilaban que nadie robase ningún
cubierto de oro... y ya se acercaba el momento culminante
de la comida, dos negritos afilaban sus sables y al final cogieron el asado y se lo pusieron sobre la espalda, otro untó la
barriga del camello con cerveza, utilizando ramilletes de menta... pasaron ceremoniosamente por todas las salas del comedor y cuando el emperador les vio, se levantó, señaló el camello asado con la mano y anunció, he aquí una especialidad
africana y árabe, una pequeña atención de parte del emperador de Etiopía... y dos mozos trajeron dos mesas igual que
las que se usan en la matanza del cerdo y con la ayuda de dos
clavos formaron una sola, enorme, y encima de esta mesa

colocaron el camello y lo cortaron por la mitad, aquellas mitades en otras mitades, cuantos más cortes, más olor desprendía el festín, y en cada ración había un poco de camello y de antílope, dentro del antílope un trozo de faisán y dentro del faisán pescado y relleno, y una cadena de huevos duros coronaba el plato... y los camareros iban pasando platos llenos de camello asado, que servían a los invitados, empezando por el emperador: flexioné las rodillas con la intención de arrodillarme, el emperador me hizo una señal con los ojos y yo le serví su plato nacional... debió de ser magnífico porque en el comedor reinaba un silencio sepulcral y sólo se oía el tintineo de los cubiertos de oro... y entonces sucedió lo que no habíamos visto nunca, ni yo ni el maître, el señor Skřivánek: un delegado de nuestro gobierno, un conocido sibarita, de lo entusiasmado que estaba con aquel plato, se levantó y empezó a gritar, mientras en su cara se reflejaba un estado de éxtasis supremo, y por si esto no bastara, se puso a hacer movimientos extraños, parecían ejercicios de gimnasia sueca, su frenesí era tan exagerado que empezó a darse puñetazos en el pecho, los cocineros negros con sus machetes paseaban la mirada de él al emperador, seguramente no era la primera vez que éste presenciaba un espectáculo parecido porque sonreía amablemente, entonces los cocineros negros sonrieron también, sonreían y asentían con la cabeza, y lo mismo hicieron los capitostes envueltos en aquellos trapos multicolores y con dibujos parecidos a los del delantal de mi abuela; el delegado ya no pudo contenerse más, echó a correr por los pasillos gritando presa del delirio, volvió para tomar otro bocado que lo transportó a la cima del éxtasis, lanzando gritos salió corriendo del hotel, y ahí delante se quedó gritando, bailando, delirando y dándose puñetazos en el pecho; de vuelta al comedor no hablaba, sino que cantaba, y no corría, sino que bailaba, así agradecía el delicioso camello relleno, y acabó sus insólitos agradecimientos haciendo una reverencia a los tres cocineros, primero inclinándose hasta la cintura, a la manera rusa, y después hasta el suelo; otro invitado, un general jubilado, no hacía otra cosa que mirar al techo, emitiendo una nota alargada, una especie de grito de anhelo que subía en cadencias cada vez que se introducía un nuevo mordisco en la boca; así masticaba la carne sabrosa gritando, rebuznando, y cuando sorbió un poco de un añejo vino negro de Bohemia no pudo más, se levantó de un salto y delirando aullaba como un perro, los cocineros comprendieron que aquello era un honor para ellos y entonces también lanzaron gritos de alegría. Entre aquel jaleo nuestro presidente y el emperador se estrecharon la mano, los fotógrafos entraron en aquel preciso instante para hacer una foto, y aparecieron más y más fotógrafos con aquellos aparatos, y en un momento todo se convirtió en estallidos de luz y apretones de manos entre los nuestros y los abisinios...

Haile Selassie se marchó haciendo muchas reverencias, los invitados también se inclinaban, los generales de los dos ejércitos se intercambiaban las medallas, se condecoraban mutuamente, y los delegados del gobierno se prendían mutuamente estrellas en la solapa del frac, y yo, el más pequeño de todos, de pronto noté que alguien me tomaba de la mano: me llevaron ante el secretario del emperador, que me dio la mano para agradecerme el impecable servicio, y además me colgó una condecoración, seguramente la menos importante de todas, pero por lo referente al tamaño era la mayor, con la banda celeste del Orden del Mérito del Trono Etíope; yo llevaba la estrella clavada en la solapa del frac y la banda celeste me cubría el pecho, y aunque tenía la cabeza agachada me daba cuenta de que a todo el mundo le carcomía la envidia, sobre todo al maître del hotel Šroubek, que, de hecho, era quien debía haber recibido la condecoración; cuando do vi sus ojos me entraron ganas de dársela: debían de faltarle un par de años para jubilarse y quizás esperaba algo así para abrir un hostal al pie de las montañas donde la gente va a veranear y pasar los fines de semana, un hostal que se llamaría El Orden del Trono Etíope; pero los periodistas y los reporteros ya no cesaban de fotografiarme y de anotar mi nombre en sus libretas; y mientras quitábamos las mesas, yo corría arriba y abajo con la condecoración en la solapa, hasta bien entrada la noche trajinamos cubiertos y platos a la cocina, y cuando las mujeres de la limpieza, bajo la vigilancia de los detectives disfrazados de cocineros, hubieron limpiado y secado los cubiertos de oro, el maître, el señor Skřivánek, ayudado por el maître del hotel Šroubek, contó los cubiertos, una y otra vez y después otra vez, el dueño volvió a contar las cucharillas de café y cuando terminó, estaba lívido: faltaba una; volvieron a contar y después dialogaron, el maître del hotel Šroubek comentó algo al oído del dueño y éste pareció extrañado; entretanto los camareros que los otros hoteles nos habían dejado se lavaban para después pasar a la sala donde descansaban los restos de la comida, no solamente para comer un poco, sino también para disfrutar tranquilamente de aquellas delicias con la música de fondo de las conversaciones de nuestros cocineros, que analizaban las salsas e intentaban adivinar de qué especias estaban hechas, preguntándose cómo se habían podido crear unos manjares tan suntuosos y exquisitos por los que el conocido sibarita, el delegado de gobierno Konopásek, que fue catador en el Castillo de Praga, gritara de entusiasmo... Pero yo no comí demasiado porque me daba cuenta que el dueño había dejado de mirarme, ya no le alegraba mi maldita Orden, observé que el maître del hotel Šroubek le decía algo al señor Skřivánek y de pronto lo vi todo claro: hablaban de la cucharilla de oro, suponían que yo la había robado; me serví una copa de coñac que estaba destinada a nosotros, me la tragué, volví a servirme otra y me acerqué al maître, al que sirvió al rey de Inglaterra, para ver si estaba enfadado conmigo; me dirigí a él diciéndole que era una injusticia que me hubiesen galardonado a mí, porque la condecoración pertenecía al maître del hotel Šroubek o a él mismo o a nuestro dueño, pero nadie me hacía caso, no me escuchaban, el maître Skřivánek miraba el lazo de mi frac tan fijamente como lo había hecho unos días antes con la corbata blanca con los puntos azul celeste parecidos a las manchas de una mariposa, aquella corbata que había cogido del armario de las cosas olvidadas sin pedir permiso; ahora leía en sus ojos que si me había atrevido a coger la corbata, por qué no habría de apropiarme también de la cucharilla de oro, que yo había sido el último en traer de la mesa del emperador de Etiopía, y efectivamente, yo la había traído y colocado en el fregadero. Y quedé empapado de sudor: estaba allí de pie, con la copa en alto ante el maître para brindar, pero él, que para mí era una autoridad mayor y más importante que el emperador o el presidente, también levantó la copa, vaciló un instante, yo aún tenía la esperanza de que brindara por mi infeliz condecoración, pero él, que todo lo sabía, ahora no lo sabía todo, y brindó con el maître del hotel Šroubek, que tenía su misma edad, a mí no me dirigió la mirada, así que me vi obligado a retirarme con la copa en alto, la vacié sintiendo que me quemaba en las entrañas, rabiaba por dentro y me serví otra... y sin más salí del hotel, de mi antiguo hotel, porque ya no tenía ganas de pertenecer a este mundo; tomé un taxi, el taxista me preguntó adónde quería ir y yo le dije, lléveme al bosque, quiero respirar aire fresco... y todo se deslizó hacia atrás, primero muchas luces, una inundación de luz, después sólo de vez en cuando un farol y luego ya nada de nada, en alguna curva veía el lejano brillo de Praga, y entonces el taxi se detuvo junto a un bosque... mientras pagaba, el taxista miraba la medalla y la banda celeste y me dijo que pasaba muy a menudo que un camarero pidiese que le llevaran a un bosque para pasear... y yo le dije con una sonrisa que en mi caso no se trataba de ningún paseo... que iba al bosque a colgarme. Pero el taxista se lo tomó a broma, ¿de verdad?, dijo, ¿y con qué? Y era cierto que no tenía con qué, con un pañuelo, dije, y el taxista bajó del coche, abrió el maletero y sacó una cuerda, hizo un nudo corredizo mientras se reía y me aconsejó la mejor manera de colgarme... y después bajó la ventanilla para gritar, ¡que vaya bien en la horca!, y se fue, encendiendo y apagando los faros en señal de despedida, y antes de desaparecer hizo sonar el claxon... y yo avanzaba por un sendero en mitad del bosque, me senté un momento en un banco para volver a analizar lo ocurrido, pero la conclusión era clara: el maître ya no me quería... me dije, no, ya no puedo vivir más en este mundo... si se tratase de una mujer me diría, no pierdas la calma, chico, de mujeres hay para dar y tomar, en cambio por el maître se podía perder el norte, por aquel maître especial que sirvió al rey de Inglaterra, y no me entraba en la cabeza cómo él podía pensar que yo había sido capaz de robar una cucharilla si fácilmente la podía haber robado cualquiera... y notaba la cuerda en las manos, la noche era negra y yo tenía que ir a tientas, palpaba árboles, abetos, después abedules, pero ninguno me gustaba porque todos eran demasiado altos y para colgar la cuerda de una rama habría necesitado una escalera, y entonces me di cuenta de que colgarse no es cosa fácil... Más adelante el bosque se convirtió en una pineda, pero las ramas eran tan bajas que tenía que ir a cuatro patas... y al gatear, la Orden se arrastraba por el suelo y me golpeaba la barbilla y la cara, lo que me recordaba aún más la cucharilla de oro perdida; me detuve a cuatro patas y no hacía otra cosa que pensar y darle vueltas al tema, y nuevamente concluí con gran angustia, no, el señor Skřivánek ya no me quiere, ya no me enseñará nada más, ya no haremos apuestas sobre lo que pedirá o lo que debería pedir cada uno de los clientes y sobre sus nacionalidades, y gemí igual que el delegado después de haberse tragado unos trozos de aquel suntuoso camello relleno... y decidí colgarme: me arrodillé, pero algo me golpeó la cabeza, entonces, cuando me sobrepuse un poco del susto, levanté las manos y... noté unos zapatos, sí, un par de zapatos, más arriba dos tobillos y dos calcetines sobre la pierna fría, me levanté y ante mis narices tenía la cintura de un ahorcado... me asusté tanto que me lancé hacia atrás, más ramas secas me arañaron la cara y me hicieron heridas en la carne y la piel de las orejas, y ya en el camino, siempre con la cuerda en la mano, caí desmayado como un fardo… y me despertaron faroles y voces humanas… y cuando abrí los ojos, vi, no, supe que me encontraba en los brazos del señor Skřivánek, que nuestro maître me acariciaba, y yo repetía, ¡allá!, ¡allá!, y fueron y encontraron al ahorcado que me había salvado la vida porque de lo contrario me habría colgado a su lado, y el maître me acariciaba el pelo y me secaba la sangre… y yo lloraba a raudales y gritaba, ¡la cucharilla de oro! Y el maître me dijo en voz baja, no sufras, la han encontrado… ¿dónde?, dije, y él respondió, el fregadero se había atascado, así que han desenroscado el desagüe y entre la porquería han encontrado la cucharilla de oro… discúlpame… todo estará bien, todo es igual que antes… dije, pero, ¿cómo han sabido dónde encontrarme?… y el maître explicó que el taxista se lo pensó mejor, volvió al hotel y preguntó, ¿puede ser que al guien de aquí se haya querido colgar?, y en aquel momento el fontanero sacó la cucharilla… y el maître que sirvió al rey de Inglaterra supo enseguida que se trataba de mí y fueron a buscarme…

Así que volví a encontrarme entre algodoncitos en el hotel París, el señor Skřivánek me nombró encargado de las llaves de la bodega, donde había aquella barbaridad de botellas de vino, de licor y de coñac, seguramente para redimirse por lo de la cucharilla de oro. Pero el dueño no me perdonó nunca haber recibido aquella medalla con su banda: se comportaba como si yo no existiera, como si fuese aire, a pesar que yo no era precisamente un don nadie porque ganaba tal cantidad de dinero que llegaba cubrir todo el suelo; cada tres meses llevaba a la caja de ahorros todo el suelo cubierto con billetes de cien, y me metí en la cabeza que me convertiría en millonario, que sería tan grande y tan importante como los más grandes e importantes, que compraría un hostal pequeño pero acogedor, seguramente en la montaña, en el Paraíso de Bohemia, que me casaría con una chica rica, de manera que cuando sumara el dinero ahorrado a la dote de mi mujer, la gente me llegaría a respetar igual que a los demás dueños de hotel, y más que reconocerme como persona tendrían que reconocerme como millonario, como dueño de un hostal y de fortuna, de forma que se verían condenados a humillarse y hacerme caso... Y lo que me disgustó en gran manera fue que por tercera vez no me aceptaran en el servicio militar porque no daba la talla; no me admitieron aunque soborné a los señores militares. En el hotel todos se reían y el mismo señor Brandejs, para dejarme en ridículo, me preguntó qué había pasado, yo tragué saliva y me di cuenta otra vez de que era insignificante y que siempre lo sería, que ya no crecería, que la única forma de verme más alto era llevar doble suela y la cabeza bien alta, como si el cuello del frac me quedara pequeño, mi única esperanza era confiar en que, a fuerza de llevar cuello de celuloide, se me alargara el cuello. Y a partir de aquel momento, empecé a ir a clases de alemán, a ver películas alemanas y a leer periódicos en alemán, y no me extrañaba en absoluto ver estudiantes alemanes vestidos con trajes bávaros y tiroleses, con calcetines blancos y cazadoras verdes; acabé siendo el único en el hotel que atendía a los clientes alemanes y además en alemán, los demás camareros se hacían los distraídos y fingían no saber nada de alemán, hasta el maître, el señor Skřivánek, atendía a los alemanes en inglés, francés o simplemente en checo; en una ocasión en el cine pisé el zapato de una chica, ella se me dirigió en alemán, así pues le pedí perdón también en alemán, después acompañé un trecho a la joven bien vestida y para complacerla por haber conversado conmigo en alemán le dije, qué vergüenza cómo los checos tratan a los alemanes, y añadí que un día en la avenida Nacional fui testigo de cómo unos checos sacaban los calcetines blancos y arrancaban las camisas marrones a un grupo de alemanes. Y ella me contestó que mi punto de vista era correcto, que Praga se encontraba en el antiguo Imperio romano-germano y que no era necesario plantear el derecho de los alemanes a vivir y vestirse según sus costumbres, que ahora el mundo aceptaba aquellas injusticias con indiferencia, pero que llegaría un día en que el Führer liberaría a todos los alemanes de Bohemia del yugo checo… y de pronto me di cuenta que mientras ella hablaba yo la miraba a los ojos, que no tenía que mirar hacia arriba como me ocurría con las otras mujeres, para mí verdaderos gigantes, que me había tocado tratar a lo largo de mi vida; cuando hablaba con aquellas mujeres, los ojos siempre me llegaban hasta sus pechos o en el mejor de los casos hasta el cuello, en cambio ésta era pequeña igual que yo, observé que le brillaban los ojos verdes y que tenía la cara salpicada de pecas como yo, y que las pecas color café con leche combinaban con sus ojos verdes, de pronto me pareció bonita y percibí que ella también me miraba del mismo modo; yo llevaba la corbata blanca con puntos celestes que era tan elegante, pero la joven en lugar de mirar la corbata miraba mis cabellos color paja y mis ojos azules de pez; me dijo que los alemanes deseaban a toda costa tener sangre eslava en sus venas, que el alma eslava era para ellos tan inescrutable como las vastas praderas de los países eslavos, que desde hacía mil años se esforzaban en casarse con sangre eslava por las buenas o por las malas, me confió que por las venas de los nobles prusianos de más prestigio corría sangre eslava y por eso eran más respetados que los demás; yo estaba de acuerdo en todo lo que decía y me maravillaba que congeniáramos, eso no era preguntar al cliente qué desea para comer o para cenar, ahora debía entablar conversación con una señorita que llevaba unos zapatos de charol que yo le había pisado; le hablé un poco en alemán, pero la conversación en sí la mantuve en checo y asimismo tenía la sensación de que todo el rato hablaba en alemán, que hablaba con espíritu alemán… Y la señorita me contó que se llamaba Liza, que era de Cheb, ciudad fronteriza entre Bohemia y Alemania, que era profesora de educación física y campeona de natación de la región de los Sudetes, se abrió la chaqueta para enseñarme la medalla, una F entre cuatro círculos, como un trébol de cuatro hojas; me sonreía y no apartaba la vista de mi pelo, de tal manera que me desconcerté un poco, pero ella me calmó diciendo que mi pelo era el más bonito que nunca había visto, me sentí inquieto y casi me tambaleé, entonces le dije que trabajaba de camarero en el hotel París; esperaba que aquello la disgustara, pero ella me puso la mano sobre la manga, con este contacto los ojos le brillaron tanto que me asusté un poco, y me comunicó que su padre, en Cheb, tenía un restaurante que se llamaba Ciudad de Ámsterdam... Y fijamos una cita para ir otro día a ver la película austriaca *Amor a ritmo de vals*; ella se presentó con un sombrero tirolés y llevaba algo que me había gustado desde pequeño: una cazadora verde, o quizá gris con el cuello verde, adornada con ramas de roble bordadas; en la calle nevaba, se acercaba Navidad; después, de vez en cuando venía a verme al hotel París, donde se quedaba a comer o a cenar; en una ocasión se presentó con aquella cazadora alemana y también medias blancas tan propias de los alemanes, el señor Skřivánek la miró, después me miró a mí y como siempre entramos en la sala contigua, yo solté una carcajada y dije, ¿qué le parece?, ¿qué pedirá la señorita?, saqué un billete de veinte coronas y lo coloqué sobre la mesita de servir, pero el señor Skřivánek me miró con ojos de persona extraña, ajena, como cuando quise brindar con él la noche en que serví al emperador de Etiopía y se perdió la cucharilla de oro; yo tenía la mano encima del billete de veinte y el señor Skřivánek, a propósito, me dejó disfrutar de la sensación de que todo estaba bien; también sacó un billete, lo movía lentamente, pero al final hizo un gesto como si su billete se pudiera ensuciar en contacto con el mío y se lo metió en la cartera, volvió a dirigir los ojos a la señorita Liza, y con un gesto que significaba que no había nada que hacer se alejó y a partir de aquel momento no me volvió a dirigir la palabra; aquel día, a la hora de salir, me retiró las llaves de la bodega y empezó a simular que yo no existía, como si él nunca hubiera servido al rey de Inglaterra y yo nunca hubiera servido al emperador de Etiopía. Pero a mí me daba lo mismo porque ahora sabía que los checos se comportaban injustamente con los alemanes y empecé a avergonzarme de ser miembro del Sokol, esa organización deportiva patriótica de la cual el señor Skřivánek era miembro activo y el señor Brandejs también, todos tenían manía a los alemanes y sobre todo a la señorita Liza, a quien cuando vino a verme yo no pude atender porque su mesa pertenecía a la sección de otro camarero, así que yo estaba condenado a presenciar el pésimo servicio que le prestaban: la sopa se la sirvieron fría y el camarero tenía el dedo pulgar metido en ella; y por si esto fuera poco, tras la puerta sorprendí al que le llevaba la ternera rellena en el preciso momento en que acababa de escupir en el plato; me acerqué de un salto para quitárselo, pero el camarero me lo lanzó a la cara y además aun me escupió, y cuando me aparté de los ojos la masa de salsa fría, volvió a escupirme para que viera hasta qué punto me odiaba, y como si esto fuera una señal, los empleados de la cocina vinieron corriendo y también los mozos, uno tras otro me escupían hasta que se presentó el señor Brandejs en persona y, como director del Sokol del distrito de Praga, me escupió también y me dijo que me despedía... y tal como estaba, cubierto de escupitajos y de salsa de ternera asada, entré corriendo en el comedor para enseñar a la señorita Liza lo que me habían hecho los checos, miembros del Sokol, por su causa; me miró, me secó la cara con una servilleta y me dijo que de los terroristas checos no se podía esperar otra cosa y que me quería por todo lo que había sufrido por ella...

Ya en la calle, después de haberme cambiado para poder acompañar a la señorita Liza, ante la Torre de la Pólvora unos sinvergüenzas checos le dieron a la señorita una bofetada tal que su sombrero tirolés salió lanzado hasta la calzada; yo intentaba defender a Liza gritando en checo: ¿Qué hacéis, no se os cae la cara de vergüenza?, pero uno de los granujas me apartó bruscamente mientras otros tiraban a Liza al suelo, dos la cogieron de las manos, uno le subió la falda y con brutalidad le empezaron a sacar las medias blancas de las piernas morenas; a mí me dieron una paliza y yo no paraba de vociferar, ¡Qué hacéis, terroristas checos!, y cuando al fin nos soltaron, enarbolaban con orgullo las medias de la señorita Liza del mismo modo que hacen los indios con las cabelleras arrancadas, como un trofeo blanco, mientras nosotros pasamos a través de una galería a una plazoleta; Liza no paraba de llorar a lágrima viva y afirmaba con voz ronca, ¡Ya veréis lo que os pasará por haber humillado a una maestra alemana de los Sudetes, pandilla de animales!... y yo me sentía importante, ella se agarraba a mí mientras yo rebuscaba en los bolsillos mi carné del Sokol para romperlo y así manifestar mi indignación, pero era en vano, no lo llevaba encima... de pronto me miró, los ojos se le llenaron de lágrimas y venga llorar otra vez, descansó su cara sobre la mía y se acurrucó contra mí, y yo sentía que debía protegerla contra los checos que se atrevieran a tocar un pelo a esta alemana, hija del dueño del Ciudad de Ámsterdam, un restaurante-hotel, en Cheb, ciudad que, por cierto, ahora se llamaba Eger, en alemán, porque desde el último año pertenecía, junto con la región de los Sudetes, nuevamente después de tantos años, al Reich; las persecuciones de los pobres alemanes, de las que acababa de ser testigo en el corazón de la capital de los checos, me confirmaban el acierto de aquella anexión, y Praga se merecía seguir el mismo destino si la vida y el honor de los alemanes eran amenazados y pisoteados, y yo mismo fui un ejemplo: no sólo me despidieron del hotel París, sino que además no querían contratarme en ninguna parte ni siquiera de mozo, cada vez que alguien quería darme trabajo, al día siguiente recibía información de que yo era un Sokol pro alemán que cortejaba a una maestra de educación física alemana. De modo que pasé mucho tiempo sin trabajo hasta que, finalmente, el ejército alemán ocupó no sólo Praga, sino Bohemia y Moravia enteras... Y entonces, durante dos meses, perdí el contacto con la señorita Liza y aunque le escribía, y no únicamente a ella, sino también a su padre, no la encontraba; al día siguiente de la ocupación de Praga salí a pasear, en la plaza de la Ciudad Vieja vi al ejército alemán repartiendo a los ciudadanos una sopa que tenía muy buena pinta, y mientras paseaba, ¿a quién vi con un vestido de rayas y una insignia roja sobre blanco clavada en el pecho con una aguja, y con un cucharón en la mano? ¡Liza! No me dirigí a ella enseguida, por un instante la observé servir la sopa en las tazas sin dejar ni un momento de sonreír, cuando volví en mí, me coloqué al final de la cola; al encontrarme ante ella, no se asustó, sino que mostró una viva satisfacción, y muy orgullosa se me puso ante mis ojos para que pudiera admirar su uniforme militar de enfermera o vete a saber qué era, y yo le dije que, desde el día que defendí su honor cuando le sacaron las medias blancas ante la Torre de la Pólvora, nadie me había querido dar trabajo, entonces ella pidió que la substituyeran, me cogió del brazo, reía y estaba alegre, los dos teníamos la impresión de que el ejército del Reich se había apresurado a ocupar Praga a causa del asunto de las medias blancas y también para vengarme a mí, a quien habían cubierto de escupitajos, y cogidos del brazo fuimos a dar una vuelta por Praga, los soldados con uniforme alemán saludaban a la señorita Liza, yo les hacía reverencias, y de pronto tuve una idea, y creo que a Liza se le ocurrió lo mismo: paseando por delante de la Torre de la Pólvora, por el mismo lugar donde tres meses atrás habían echado a Liza por el suelo y le habían sacado las medias blancas, doblamos en la esquina para entrar al hotel París, yo escruté a mi alrededor simulando buscar alguna mesa, el café estaba lleno de oficiales alemanes, los camareros y el maître, el señor Skřivánek, estaban pálidos y servían a los clientes alemanes sin decir una palabra; la señorita Liza, vestida con uniforme de enfermera, y yo nos sentamos cerca de la ventana, en alemán pedí un café vienés con una

copita de ron, un perfumado nazi, como acostumbrábamos
a decir; qué sensación tan agradable cuando vino el señor
Brandejs y se inclinó ante nosotros, a mí me hizo una reverencia especialmente cortés y sin que viniera a cuento enta-
bló conversación, hablaba del desagradable acontecimiento
ocurrido tres meses atrás y se deshacía en excusas... pero
yo le dije que no las aceptaba, que aún estaba por ver quién
reiría último... El señor Skřivánek me trajo la cuenta, le
dije, ya ve, no le ha ayudado en nada haber servido al rey de
Inglaterra... pagué, nos levantamos y pasamos entre las
mesas, los oficiales alemanes saludaban a la señorita Liza y
yo hacía reverencias a todo el mundo, como si los saludos
también fuesen para mí... Aquella noche la señorita Liza
me invitó a su casa, pero antes la acompañé a un casino
militar en un céntrico edificio marrón, bebimos champán y
brindamos por la ocupación de Praga, los oficiales brindaban con Liza, y después de que ella les explicara mi conducta
heroica defendiendo su honor germánico contra los terroristas checos, me saludaron con las copas en alto, yo hacía
reverencias y estaba muy agradecido, sin saber que los saludos y los brindis iban dirigidos únicamente a Liza, que a mí
me miraban por encima del hombro, me despreciaban y si
toleraban mi presencia entre ellos era sólo por respeto a
Liza, la jefa de las enfermeras, según me enteré cuando
brindaron con ella... Yo me encontraba en la gloria, me
sentía honrado de poder asistir a aquella fiesta de celebración entre capitanes y comandantes de ojos azules y cabello
tan rubio como el mío, yo que no dominaba en absoluto el
alemán me sentía alemán, yo que como la Bella Durmiente
del bosque me había despertado a través del contacto de un
zapatito de charol de la señorita Liza. Y cuando terminó la
fiesta nos dirigimos a un lugar en el que yo no había estado
nunca, Liza me pidió que procurase encontrar en mi árbol
genealógico algún pariente germano, por más lejano que
fuese, y yo me acordé de mi abuelo, Jan Dítě, que había
trabajado como palafrenero para una familia aristocrática

austriaca, la cual le hizo grabar en su tumba su nombre y apellidos checos germanizados: Johann Ditie; a mí eso de que mi abuelo hubiese trabajado con los caballos siempre me había avergonzado, pero cuando se lo dije a Liza crecí ante sus ojos más que si fuese un conde checo, aquello del Ditie parecío romper las barreras y derrumbar las murallas y paredes que nos separaban: Liza no dijo nada, pero en la escalera de la antigua casa donde vivía, en cada rellano me besaba largamente y me acariciaba la braguiera; cuando entramos en su habitación encendió la luz de la mesa y yo vi que tenía los labios húmedos y los ojos empañados, me tumbó en el sofá y volvió a besarme largamente, tanteándome los dientes con la lengua, no paraba de gemir igual que una puerta que el viento hace chirriar y necesita ser engrasada, y entonces hizo lo que yo esperaba aunque no me atrevía a tomar la iniciativa, la tomó ella porque me necesitaba: se desnudó poco a poco mientras miraba cómo yo me desnudaba, yo creía que, al pertenecer ahora al ejército, su combinación también sería de uniforme, las enfermeras debían de recibir la ropa interior del ejército, ¿no?, pero lo llevaba todo como las chicas que frecuentaban el hotel París para recibir las visitas de los bolsistas, o como las chicas de El Paraíso; y entonces nuestros cuerpos desnudos se unieron en un abrazo casi líquido, parecíamos dos caracoles unidos el uno al otro, con los cuerpos húmedos, Liza temblaba y yo conocí por primera vez lo que era amar y ser amado, era completamente distinto de lo que había experimentado antes; Liza no me pidió que tuviera cuidado, todo era como debía ser, los cuerpos unidos y los movimientos y el camino hacia arriba, la iluminación y el estallido de luz y los jadeos y los gritos ahogados; ella no me tenía miedo, su vientre flotaba contra mi cara, me abrazó con fuerza la cabeza con los muslos y sin vergüenza, como si todo fuera natural, se ofreció a las exploraciones de mi lengua y a través de ella me dejó experimentar lo que pasaba en su cuerpo... después, cuando ella estaba boca arriba con las manos bajo la cabeza, con las piernas separadas y el vello rubio como una llama, mis ojos se detuvieron sobre la mesa donde había un primaveral ramo de tulipanes y de ramitas de abedul joven y de abeto; como en un sueño, más que en un recuerdo, me volví a acordar: cogí unas ramitas y, separándolas en trozos, le adorné la barriguita, ella miraba de reojo y cuando me incliné para darle un beso entre las ramitas puntiagudas de abeto, me cogió la cabeza entre las manos, me presionó la entrepierna llena de ramas puntiagudas sobre la cara con tanta fuerza que grité de dolor, y con unas contracciones del vientre llegó a la cima del placer, lanzando un grito estridente, desplomándose sobre un costado y jadeando tan violentamente que se podía pensar que estaba agonizando, a punto de morir... pero me di cuenta que no pasaba nada de esto cuando se inclinó sobre mí para amenazarme, con los dedos abiertos de las dos manos y con las uñas, con arañarme los ojos, la cara y el resto del cuerpo de tan agradecida y satisfecha como estaba; convulsivamente me enseñaba las uñas para, al fin, deshacerse en un llanto que se iba transformando en una risa imperceptible... Yo estaba tranquilo y quieto, la observaba arrancarse de forma frenética el resto de ramas de abeto rotas como hace un cazador cuando ha cazado el animal, veía que con ellas me cubría el vientre, me levantó, me acarició y me besó el bajo vientre, poco a poco me volvió la erección que habían hecho decaer las ramitas, Liza las iba ordenando con la lengua para después coger mi sexo con la boca y hundírselo hasta la garganta, la quería apartar, pero ella me tumbó, retirándome las manos, entonces yo miré al techo y la dejé hacer todo lo que quisiese, me vació con unos movimientos violentos de la cabeza; nunca habría esperado tanta brutalidad y rabia de su comportamiento, ni siquiera apartó las ramitas que rasgaban su boca hasta hacerle sangre, quizás ésta es la manera germánica... Liza casi me daba miedo... entonces su lengua me subió por el vientre dejando tras de sí un rastro baboso, igual al de un caracol, me besó con la boca llena de esperma y de agujas de abeto, pero ella no veía nada sucio en ello, al contrario, para ella todo eso era la realización de un rito sagrado, he aquí mi cuerpo, mi sangre, mi saliva, he aquí nuestros jugos mezclados para sellar para siempre nuestra unión...

¿Tenéis suficiente? Pues por hoy termino.

4

…Y no había manera de encontrar la cabeza

Escuchad bien lo que ahora voy a contaros.

Mi puesto de trabajo de mozo y más tarde de maître me esperaba lejos, en la montaña, más allá de Děčín. Cuando vi el hotel casi me asusté. En lugar de la pequeña posada que esperaba encontrar, me hallaba en una pequeña ciudad o, mejor dicho, un pueblo grande, entre bosques y aguas termales; el aire era tan puro que podía servirse en copa, bastaba con ponerse enfrente de aquella brisa deliciosa y respirar con las branquias como un pez en el agua para sentir cómo el oxígeno mezclado con el ozono corría por ellas; los pulmones se llenaban igual que un neumático pinchado que esperara este fantástico aire para volverse a hinchar hasta la presión adecuada para ser usado con la máxima seguridad y comodidad; Liza, que me había llevado en un automóvil militar, se paseaba como por su casa, con una sonrisa feliz me guiaba por el gran patio rodeado de largas hileras de estatuas típicamente alemanas de reyes y emperadores con cascos cornudos, se veía que aquello estaba recién esculpido en mármol o piedra calcárea que brillaba como el azúcar, y la misma piedra adornaba la fachada de los edificios administrativos, colocados a lo largo de la columnata principal como hojas de acacia. Cada uno de aquellos edificios tenía su propia columnata bordeada de más estatuas cornudas y las paredes de los edificios estaban decoradas con relieves que contaban el glorioso pasado alemán: antiguos germanos vestidos con pieles corrían con hachas, y si no hubiera sido por la indumentaria de algunos, aquellas escenas bien habrían podido representar la historia de los antiguos checos. Y Liza me lo explicaba aunque yo no tenía tiempo de asimilarlo todo y me quedaba embobado, y pensaba en el mozo del hotel Plácido a quien gustaba explicar cómo lo increíble se había hecho realidad; Liza me explicaba llena de orgullo que nos encontrábamos en el lugar de Europa central donde el aire era más puro, más aún que en Ouholičky y en Podmořání, cerca de Praga, que ésta era la primera estación europea de cría eugenésica que el partido nacionalsocialista había instalado para desarrollar la más noble raza alemana, a base de entrecruzar científicamente a las jóvenes de pura raza aria con los soldados cuidadosamente escogidos entre las filas de las SS y de la Wehrmacht; en este centro se realizaban cada día coitos nacionalsocialistas basados en la idea del coito de los antiguos germanos, aquí futuras madres llevaban en las entrañas al nuevo hombre europeo, a los niños nacidos aquí los mandaban al cabo de un año al Tirol, a Baviera, a la Selva Negra o a cualquier otro lugar del Reich, donde en los parvularios y en las escuelas debían recibir la educación del hombre nuevo, naturalmente sin la presencia de sus madres. Liza me enseñaba bonitas casitas construidas al estilo de las casas de campo alemanas y tirolesas, con las ventanas, las terrazas y los balcones llenos de flores; yo contemplaba a aquellas futuras madres, aquellas campesinas rubias y robustas que no parecían de este siglo, y me recordaban a nuestras jóvenes campesinas de las fértiles tierras de Moravia, todas llevaban faldas interiores de rayas y blusas bordadas y tenían unos pechos como las campesinas de los cuentos, se pasaban los días paseado tranquilamente, observando las estatuas de los guerreros, de los reyes cornudos y de todos los personajes célebres del pasado, como si ésta fuese una de las obligaciones de su trabajo. Y es que las futuras madres tenían que saberse de memoria la historia de los hombres famosos; por las ventanas abiertas de las aulas se oía cómo se examinaban, y Liza me explicó que aquellas imágenes se apoderaban de todo el cuerpo de la madre hasta las entrañas, hasta aquello que llevaba en el vientre, hasta allá donde se escondía aquel renacuajo, aquella rana, aquel sapo, y más tarde, cuando aquel hombrecillo crecía y se convertía en una criatura, debían manifestarse en él aquellas lecciones, toda aquella doctrina... Mientras paseábamos Liza me cogía la mano, y yo notaba que cuando se fijaba en mi pelo rubio casi blanco se ponía muy contenta; me presentó al director de su sección como Ditie, en alemán, tal como estaba grabado en la tumba de mi abuelo, y yo sabía que Liza deseaba poder quedarse en aquel centro durante nueve meses o más para dedicar un descendiente de pura sangre aria al Reich... y cuando me imaginé que para concebir a aquel futuro niño tendría que pasar exactamente lo mismo que cuando en el pueblo llevan la vaca al buey o la cabra al cabrón comunal, en el fondo de mi cerebro empezó a crearse una nubecilla negra de espanto que se iba convirtiendo en una gran nube de horror, de horror y de angustia que se apoderó de mí por completo... Entonces recordé que por ser corto de talla me habían rechazado en el Sokol hasta en los juveniles, aunque en las barras paralelas salía airoso como cualquiera de los grandes, pensé también en cómo sospecharon de mí en el hotel París cuando se perdió la cucharilla de oro, cómo me cubrieron de escupitajos por haberme enamorado de una maestra alemana, y vi el contraste: aquí el mismo director de un noble reducto nacionalsocialista me estrechaba la mano, y cuando se fijó en mi pelo color paja sonrió con placer, se enderezó como si hubiese visto una chica bonita o como si hubiera bebido un sorbo de su licor preferido, pues bien, cuando me di cuenta de todo esto, y aunque no llevaba frac, puede que por primera vez en la vida tuve la impresión de que no hacía falta ser grande de talla, sino sentirse grande, y empecé a mirar a mi alrededor tranquilamente porque ya no era un pequeño mozo, un camarero que en su casa estaba condenado para siempre a que le llamasen enano, renacuajo, gorgojo o raquítico y que se burlasen de su apellido Ditě, niño; aquí, yo era Herr Ditie, para los alemanes mi apellido no tenía nada de infantil, puede que en alemán lo asociaran con otra cosa o quizá con nada, y por eso entre ellos me convertí en un hombre respetado, ya fuera por el hecho de llamarme Ditie, apellido que me envidiarían hasta los aristócratas prusianos, cuyos apellidos acostumbraban a tener una raíz eslava; así pues yo, Herr Von Ditie, me convertí en el camarero de la sección número cinco, encargado de cinco mesas al mediodía y durante la cena, y de cinco jóvenes alemanas en estado, a las cuales, siempre que me llamasen, tenía que servir leche, agua de la montaña, tortas tirolesas, bandejas con carne fría y otras cosas que ofrecía la carta...

Y aquí me desenvolví plenamente: en el hotel Plácido y en el hotel París había sido eficiente, pero aquí me convertí en el predilecto de las alemanas embarazadas; aunque hay que decir que las chicas del hotel París tampoco me trataban mal los jueves después de la visita de los bolsistas en el reservado... Pues bien, aquellas alemanas, igual que Liza, admiraban mi pelo y mi frac, y Liza me consiguió el permiso para poder servir los domingos y días de fiesta con la banda celeste sobre el pecho y la medalla de oro con una piedra roja en el centro y una inscripción alrededor que decía *Viribus Unitis,* divisa de la emperatriz María Teresa, cuya moneda, según me enteré, constituía la unidad monetaria de Abisinia... Y en este pueblo perdido en el bosque, en el que cada tarde las chicas bebían jarras de leche y los militares de todos los ejércitos devoraban grandes comilonas y engullían cantidades ingentes de vinos del Rhin y del Mosela para reponer fuerzas y animarse antes de la noche, cuando, bajo supervisión científica, debían cumplir con sus obligaciones, pues aquí me conocían como el camarero que había servido al emperador de Etiopía, me respetaban tanto como yo había respetado al maître del hotel París que sirvió al rey de Inglaterra; aquí yo también tenía un joven mozo a quien daba lecciones igual que el señor Skřivánek me las daba a mí, le hacía reconocer la procedencia de los soldados y adivinar lo que pedirían, apostábamos diez marcos y los colocábamos en la mesita de servir, yo ganaba casi siempre y descubrí que lo más importante y determinante era sentir siempre la sensación de victoria, que si uno se deja abatir no triunfará nunca, sobre todo si se encuentra en su país y en su ambiente, donde todos lo toman por poca cosa, eternamente por un mozo; éste habría sido mi caso si me hubiera quedado en mi patria, en cambio aquí los alemanes me respetaban y me honraban...

Y cada tarde mientras brillaba el sol servía copas de helado o de leche fresca o, si alguien prefería calentarse, tazas de té o de leche caliente en las piscinas, donde las bellas alemanas embarazadas nadaban desnudas con el pelo suelto; a mí me trataban como si fuese uno de los médicos, lo cual me halagaba, y así podía admirar siempre que quería los cuerpos ondulantes de aquellas nadadoras que eran tan bonitas cuando se abrían de brazos y piernas y finalmente se estiraban. Pero en realidad, los cuerpos en sí no me interesaban, lo que me tenía encandilado eran los cabellos flotantes que seguían al cuerpo como fumarolas de paja, aquel pelo que se alargaba mientras los brazos y las piernas se movían, después se detenían un instante y el extremo se ondulaba igual que los pliegues de una cortina iluminada por el sol sobre un fondo de mosaico turquesa, de pequeñas baldosas mojadas por las pequeñas olas que se arrastraban indolentes como un dulce jarabe; las sombras y los movimientos de los cuerpos flotaban hacia un extremo de la piscina, donde las bellas nadadoras se paraban, colocaban las piernas bajo el cuerpo y se quedaban con los pechos y la barriga sumergidos, como ninfas de agua; entonces yo les servía las copas, ellas bebían o comían lentamente para después volverse a meter en el agua otra vez, juntaban las manos como en una oración y con las brazadas se abrían paso, eso lo hacían no para sí mismas sino para sus futuros hijos; más tarde, al cabo de unos meses, vi, ya en piscinas cubiertas, que junto con las madres nadaban también unos niños pequeños, criaturas de tres meses, de la misma forma que los oseznos nadan con sus madres el mismo día que nacen, o las focas pequeñas, o los pequeños patos recién salidos del huevo. Pero para entonces ya había comprendido que aquellas jóvenes nadadoras embarazadas, que llevaban niños en las entrañas, no me consideraban más que un criado, menos que un criado, aunque llevara frac, yo para ellas no era más que aire, simplemente una percha ante la cual no tenían que avergonzarse, un sirviente, un bufón, un enano como los que solían tener las reinas. Al salir del agua siempre vigilaban rigurosamente que nadie las mirara a través de la verja; en una ocasión, cuando las sorprendió un militar de las SS borracho, gritaron, se taparon los vientres y los pechos con las toallas y los codos y corrieron hacia los vestuarios; en cambio, cuando yo les traía las copas en la bandeja, permanecían tranquilas ante mí, charlaban, con una mano se apoyaban en un árbol y con la otra se secaban escrupulosamente la entrepierna y las nalgas, tomaban las copas de la bandeja, daban unos sorbos y volvían a dejarlas como si yo fuese tan sólo una mesa de servir, yo no podía alterar su serenidad, con mucho cuidado se secaban las ingles, después subían las manos para secarse escrupulosamente cada pliegue de los pechos, como si yo no estuviera presente... en cambio un día al aterrizar un avión, huyeron gritando y riendo a los vestuarios para volver al poco rato, mientras yo continuaba en pie sosteniendo la bandeja llena de tazas que se enfriaban... En los ratos libres, escribía largas cartas a Liza, primero a una dirección de las cercanías de Varsovia, que los alemanes habían conquistado, después a París; un día, en las afueras del pueblo, instalaron un parque de atracciones con laberintos, casetas de tiro, tiovivos y columpios, era tal la variedad de atracciones que parecía la feria de San Mateo de Praga, pero mientras que nuestras casetas estaban adornadas con pinturas de ninfas y ondinas, de mujeres y animales alegóricos, aquí los plafones estaban llenos de regimientos enteros de guerreros alemanes con cascos cornudos, y gracias a aquellas pinturas aprendí la historia de Alemania, durante un año pasé los ratos libres contemplando los detalles y haciendo un montón de preguntas al responsable de cultura, que me lo explicaba todo amablemente, se dirigía a mí como *mein lieber Herr Ditie*, me llamaba estimado y pronunciaba el apellido Ditie con tanta gracia que yo le volvía a pedir una y otra vez que me enseñara a partir de esas imágenes el glorioso pasado germánico, para que yo también pudiese concebir un hijo alemán, y es que así lo decidimos con Liza, que había vuelto exaltada por la victoria sobre Francia y me dijo que me ofrecía su mano, pero que yo debía ir a pedírsela a su padre, el dueño del hotel-restaurante Ciudad de Ámsterdam en Cheb. Y lo increíble se hizo realidad porque tuve que presentarme primero ante el juez militar de Cheb y después someterme a una revisión con el médico de las SS, una vez redactada la solicitud, en la cual enumeraba a todos los miembros de mi familia, incluso la inscripción en la tumba de mi abuelo Johann Ditie, declarando tener el honor, vista mi ascendencia aria y germana, de pedir autorización para casarme con Liza, es decir, con Elizabeth Papanek, y de someterme, previamente, conforme a la legislación del Reich, al examen fisiológico exigido por la legislación establecida en Núremberg para determinar si, en tanto que miembro de una nación no germánica, era capaz de consumar el matrimonio y fecundar la pura sangre aria y germana. Mientras en Praga, en Brno y en otras ciudades checas caídas bajo la jurisdicción alemana, pelotones de ejecución fusilaban a los patriotas checos, yo me encontraba ante un médico que con un bastoncillo me levantó el sexo, me abrió las nalgas para mirarme el ano, me sopesó los testículos mientras dictaba sus conclusiones en voz alta, después me pidió que pasase a la habitación contigua, me masturbara y le llevara una muestra de esperma para poder realizar un examen científico, pues, según dijo el médico con aquel horrible acento rabioso que tiene el alemán de Cheb, que yo no entendía del todo aunque captaba perfectamente el sentido de sus ladridos, si una mierda de checo se quiere casar con una alemana, ha de demostrar al menos que su esperma tiene un valor excepcional... y aún añadió que recibir en la cara un escupitajo de una alemana será una vergüenza para ella y un honor para mí... Y de pronto en la distancia vi los titulares de los periódicos, el mismo día que los alemanes fusilaban a los checos yo estaba aquí jugando con mi sexo para llegar a ser digno de casarme con una alemana, y me asaltó un gran espanto, allí ejecutaban gente mientras, tonto de mí, permanecía de pie con el sexo en la mano, incapaz de conseguir ni una erección ni unas miserables gotas de esperma. Entonces el médico abrió la puerta y portaba mis documentos en la mano, seguramente acababa de leer con más atención de quién se trataba porque me dijo con amabilidad, *Herr Ditie, was ist denn los?*, ¿qué pasa?, me golpeó la espalda al tiempo que me alargaba unas fotos y al encender la luz, vi que eran fotos pornográficas de aquellas que yo ya conocía y con las cuales normalmente tenía bastante con una mirada para que se me levantase, en cambio ahora cuanto más miraba a aquellas parejas desnudas más se sobreponían los titulares de los periódicos que anunciaban cuatro nuevas condenas a muerte seguidas de ejecuciones, cada día fusilaban a más inocentes... mientras yo estaba desnudo con el sexo en una mano y las fotografías pornográficas en la otra, pero sin terminar de realizar lo que me pedían para conseguir el permiso para fecundar a una alemana, a mi prometida Liza... hasta que al fin llamaron a una joven enfermera: unos cuantos movimientos de su mano experta e inmediatamente no pude pensar en nada más, la hábil enfermera se llevó en una hoja dos gotas de esperma que, media hora más tarde, fue calificado de excelente, absolutamente apto para fecundar con dignidad una vagina aria... De manera que la organización para la protección del honor y de la raza alemana no encontró ningún impedimento para que me casara con una aria de sangre germana, y a base de unos cuantos golpes de sello obtuve el permiso de boda, mientras que con los mismos golpes y los mismos sellos los patriotas checos eran condenados a muerte. La boda tuvo lugar en Cheb, en una sala municipal roja llena de banderas rojas con la cruz gamada, los oficiales iban con uniformes marrones y con un brazalete rojo en cuyo centro resaltaba la cruz gamada, yo llevaba un frac con la banda celeste y la medalla del emperador de Etiopía en el pecho, la novia llevaba su vestido alemán de un gris verdoso con cazadora adornada con ramas de roble, en la solapa portaba la cruz gamada sobre fondo rojo, en realidad no era ninguna ceremonia nupcial, sino un acto militar durante el cual no se hablaba de otra cosa que de la sangre, el honor y la obligación; finalmente el alcalde, también con uniforme, botas militares y camisa marrón, nos pidió que pasáramos por delante de una especie de altar donde estaba colgada una larga bandera con la cruz gamada, junto a una mesita con el busto de Adolf Hitler iluminado por debajo, aún más cejijunto que de costumbre porque las sombras que lanzaba el rayo de luz ascendente hacían más pronunciadas las arrugas, entonces el alcalde cogió la mano de la novia y la mía y las colocó sobre la bandera, a través de la tela nos estrechó la mano y con una expresión ceremoniosa, porque aquél era el momento culminante, nos declaró marido y mujer, y dijo que nuestra obligación era pensar sólo en el Partido Nacionalsocialista, procrear hijos y educarlos en el espíritu del partido; a continuación el alcalde, con lágrimas en los ojos, nos anunció con solemnidad que no nos preocupáramos por nuestra desgracia al no poder caer en la lucha por la Nueva Europa, porque ellos, los militares y el partido, continuarían la batalla hasta la victoria final... y al finalizar pusieron un disco con una canción nazi, y todos cantaron *Die Fahne hoch! Die Reihen dicht geschlossen!*, Liza también, yo cantaba muy bajito, no podía impedir que me viniera a la memoria la dulce melodía «Dónde está mi hogar», el himno de Bohemia, y la canción de los Sokols que antes había cantado tantas veces, pero Liza me rozó con el codo y me lanzó una mirada fulminante, sus ojos echaban rayos y truenos, de manera que canté con los otros... *S.A. marschiert mit ruhig festem Schritt...* cantaba con el mismo sentimiento que los alemanes, y después me detuve para observar quién asistía a mi boda, había coroneles y altos dignatarios del partido nazi, me di cuenta de que si me hubiese casado en mi pueblo, la boda habría pasado desapercibida, mientras que en Cheb, donde todos conocían a Liza, nuestra boda se convirtió casi en un acontecimiento histórico... Cuando terminó la ceremonia nupcial, tendí la mano para recibir las felicitaciones, pero empapado de un sudor frío me di cuenta que ni los oficiales de la Wehrmacht ni los de las SS me estrechaban la mano que yo les ofrecía, para ellos también era una nulidad, un pequeño mozo insignificante, un enano; todo el mundo, en cambio, se acercó a Liza para felicitarla provocativamente y así resaltar aún más que yo estaba abandonado, nadie me daba la mano; el alcalde me golpeó la espalda y yo quise darle la mano, pero él no la aceptó y yo, tenso y sin aliento, vi que me buscaba para firmar en la oficina algunos documentos y pagar la ceremonia; entonces hice el último intento de ganármelo: le di cien marcos de más, pero uno de los oficinistas me dijo en un checo deficiente, aunque yo hablaba con él en alemán, que aquí no se daban propinas, que esto no era ni un restaurante ni una taberna, sino la oficina de los creadores de la Nueva Europa, donde lo que importaba eran la sangre y el honor y no el terror y los sobornos y otras cosas propias de los capitalistas y los comunistas. Y el banquete nupcial tuvo lugar en el restaurante Ciudad de Ámsterdam, y otra vez tuve que ser testigo de que, por más que brindaban también a mi salud, todos estaban pendientes de Liza y la gente sólo le hacía caso a ella, de forma que empecé a meterme en el papel que me tocaba: un ario, sí, pero que no dejaba de ser un checo de mierda, y eso no lo podían cambiar ni mi pelo de un rubio muy claro, ni la banda celeste ni la medalla de oro. Pero simulaba no darme cuenta, fingía que no me maltrataban, sonreía, hasta me enorgullecía de ser el marido de una mujer célebre, a la que, si fuera soltera, seguramente aquellos oficiales quisieran cortejar, pero ninguno de ellos había podido conquistarla, fui yo quien la enamoré, seguramente esos soldados no sabían hacer otra cosa, tal como vestían, con botas militares incluidas, que saltar sobre una mujer en la cama y no pensar en nada más que en su honor y en su sangre, sin tener en cuenta que en la cama hay que ser fogoso y juguetón; de juguetón yo lo era y desde siempre, desde que iba a El Paraíso y adornaba la barriguita de una chica con pétalos de margaritas y de ciclámenes, y hacía ya dos años que había hecho lo mismo con la barriguita de esta alemana concienciada, esta jefa de las enfermeras militares, esta alta funcionaria del partido nazi... y todo eran felicitaciones, pero nadie se imaginaba lo que yo veía, la veía desnuda, tendida boca arriba mientras yo le adornaba la barriga con ramas de abeto, ella se sentía tan honrada o más que cuando el alcalde nos estrechaba las manos a través de la bandera roja y sentía lástima por nosotros, porque no podíamos caer en la lucha por la Nueva Europa, por el hombre nuevo nacionalsocialista. Y Liza, cuando vio que yo sonreía, que aceptaba aquel juego al que me condenaba la ceremonia oficial de hacía un rato, me dirigió una mirada divertida de complicidad, levantando la copa delante de los comensales un poco crispados por la solemnidad del momento, yo también levanté la copa y me estiré tanto como pude para parecer alto, nos observamos con las copas en la mano mientras los oficiales nos escrutaban, nos devoraban con los ojos, nos examinaban igual que en un interrogatorio, y Liza rió con una pequeña sonrisa encantadora, la misma que cuando nos encontrábamos juntos en la cama y yo la trataba de una manera tan galante que ni un francés podía igualarme, nos miramos como si los dos estuviéramos desnudos, la vista se le empañó, yo reconocía este estado, en un momento así las mujeres parecen estar a punto de desmayarse, dejan de lado las últimas inhibiciones y se abandonan para que les hagamos lo que queramos, en aquel momento se abre un mundo diferente, un mundo lleno de caricias y de juegos amorosos... y delante de todos me besó largamente, yo cerré los ojos, teníamos las copas de champán en la mano y mientras nos besábamos, nuestras copas se iban inclinando y el champán se derramaba sobre el mantel, en el comedor reinaba un silencio sepulcral y todos los invitados empezaron a mirarme con respeto, con una mezcla de envidia y consideración; este examen escrupuloso acabó convenciendo a los invitados de que seguramente la sangre alemana se anima y se divierte más con la sangre eslava que con la suya propia, y hasta las mujeres me miraban como si se estuviesen preguntando qué maravillas haría con ellas en la cama, y seguramente se imaginaban que yo era un volcán capaz de vete a saber qué juegos refinados, porque suspiraban y me hablaban con voz dulce y yo les contestaba lo mejor que podía, mezclando los artículos *der, die, das*, todas las mujeres tenían que esforzarse en pronunciar las frases alemanas para mí igual que en un parvulario, y les enamoraban incluso mis errores gramaticales, que para ellas tenían la magia de las llanuras eslavas cubiertas de prados y bosques de abedules... en cambio todos los militares, los de la Wehrmacht y de las SS, se mostraban conmigo ostensiblemente fríos y distantes, estaban disgustados porque comprendían de qué manera yo había conquistado a la bella rubita Liza hasta el punto de que, por encima del honor de la raza, ella prefería el amor auténtico y deliciosamente sensual, y ellos no podían hacer nada, a pesar de todas las medallas y condecoraciones coleccionadas en las batallas contra Polonia y Francia...

Cuando volvimos del viaje de novios a aquel pueblo de montaña donde yo trabajaba de camarero, Liza manifestó el deseo de tener un hijo. Para mí, en tanto que buen eslavo, todo dependía de mi estado de ánimo, cualquier cosa la hacía de acuerdo con la inspiración del momento, así que me quedé boquiabierto cuando me dijo que estuviese preparado, en una palabra, me sentía como el día en que el doctor del Reich me pidió que según la legislación de Núremberg le trajese un poco de esperma; así me sentí cuando un buen día Liza me dijo que me preparase para concebir un hombre

nuevo, un futuro fundador de la Nueva Europa, que ella
estaba preparada porque durante la semana anterior había escuchado óperas de Wagner, sobre todo *Lohengrin*
y *Siegfried*, y había decidido que si era un niño se llamaría
Siegfried Ditie, el resto de la semana la pasó estudiando las
escenas en los relieves de las columnatas y los edificios; al
atardecer, cuando contra el cielo azul se erigían los reyes y
los emperadores alemanes, los héroes y semidioses germáni-
cos, ella pensaba en un hombre nuevo, mientras yo soñaba
que le adornaría la barriga con pétalos de flores, me imaginaba nuestros juegos de enamorados, juegos de niños, ahora
los dos nos llamábamos Ditic, Dítě, Niño; y aquella noche
Liza se presentó con una larga túnica, con los ojos sin amor
pero llenos de obligación, de raza y de honor, me dio la mano
y empezó a disertar en alemán, hablaba dirigiendo los ojos
al cielo, como si desde el techo nos mirasen todos los paladi-
nes del cielo germánico, todos los Nibelungos y el mismo
Wagner en persona, que Liza invocaba para que la ayudara
a concebir según el honor germánico, para que en su vientre
comenzara la vida de un hombre nuevo, fundador del orden
de la nueva sangre, de la nueva doctrina y del nuevo honor;
mientras oía aquel sermón me di cuenta de que lo que define
a un macho me iba abandonando, me quedé en la cama hecho una piltrafa soñando con el paraíso perdido, ¡qué bonito era todo antes de casarme!, en cambio ahora me sentía
igual que un perro de pura raza, que tenía una misión que
cumplir con una perra de pura raza y yo ya sabía que eso
podía llevar unos quebraderos de cabeza terribles, a veces
los criadores han de esperar días enteros para que llegue el
momento adecuado; una vez a mi pueblo llegó un criador
con una perra desde la otra punta de Bohemia, pero tuvo
que irse frustrado porque el fox terrier premiado no la quería, cuando vinieron por segunda vez, una señora con guantes tuvo que coger el sexo del perro y colocarlo en el lugar
correspondiente de la perra, y bajo el chasquido de un látigo
sobre la cabeza, obligaron al perro a fecundar a la perra, o

en otra ocasión en que el san bernardo del señor comandante no quiso cortejar la hembra san bernardo que le trajeron de lejos, de las montañas del sur de Bohemia, porque era más alta que él, hasta que al fin el ingeniero Marzin inventó un escalón, durante una hora unos hombres con palas, bañados en sudor, prepararon el terreno para las nupcias de los san bernardos y al anochecer el más alto se puso bajo el escalón, el bajito encima y sólo así se unieron, a desgana, por obligación, mientras que estos perros de raza se animan con los perros de calle más comunes, libremente, y a mí me pasaba justo lo mismo... Y así lo increíble se convirtió en realidad otra vez; después de un mes de no conseguir nada me obligaron a ir al médico para que me pusiera unas inyecciones que, decían, reforzaban la mente; me pinchaban en el trasero con una serie de agujas mal afiladas como clavos, y después de sufrir diez veces aquel martirio llegué a fecundar a Liza según todas las leyes y todos los reglamentos... de manera que Liza concibió y entonces le tocó a ella recibir inyecciones reconstituyentes, porque los médicos temían que se produjera un aborto, de forma que nuestro amor se esfumó, lo que quedaba era únicamente un coito nacionalsocialista con Liza enfundada en una túnica; Liza, que ya nunca más me tocó el sexo, me aceptaba sólo para crear un nuevo hombre europeo, lo que no me hacía ninguna ilusión, el hijo en sí era más cuestión de ciencia, química e inyecciones que fruto de un hecho natural, Liza tenía las nalgas llenas de heridas a causa de las agujas como clavos, de manera que, sobre todo, nos dedicamos a curarnos mutuamente las úlceras sangrientas. Y en aquella época me pasó algo grave: mientras pasaba cerca de las aulas me pareció oír lecciones de ruso, y en efecto, incluso en este lugar, al que venían a cumplir sus obligaciones de raza y de sangre para dejar a las chicas embarazadas, los soldados aprovechaban el tiempo y aprendían ruso; pues bien, un día, mientras yo escuchaba aquellas frases de ruso elemental bajo la ventana, el capitán se puso ante mí y me preguntó sin rodeos qué pensaba de ello. Puede que una guerra con Rusia, dije, y él empezó a gritar diciendo que yo alborotaba al público, y yo le dije que no había público, sólo él y yo, y él venga gritar, ¡con Rusia tenemos un pacto!, ¡eso es alborotar al público y difundir noticias falsas!, y en aquel momento me di cuenta de que se trataba del coronel que en nuestra boda no quiso darme la mano ni felicitarme, le había hecho la corte a Liza antes que yo, y cuando yo entré en escena cambiaron las tornas y él tuvo que batirse en retirada, pero ahora había llegado el momento que él esperaba para fastidiarme: presentó una queja contra mí, me llevaron ante el comandante del pueblo donde se creaba la Nueva Europa; mientras me gritaba a pleno pulmón que yo era un chovinista checo y que me enviaría ante el tribunal de guerra, en el pueblo sonó un toque de alerta y el comandante, al contestar al teléfono, se puso pálido como la cera: pasaba exactamente lo que yo había previsto, Alemania había entrado en guerra con Rusia; y cuando salimos fuera, el comandante me preguntó, ¿cómo lo ha adivinado?, y yo contesté con modestia, yo serví al emperador de Etiopía...

Y al día siguiente nació mi hijo y Liza le puso Siegfried, de acuerdo con las escenas de los relieves de las columnatas y la música de Wagner que la habían inspirado. A mí me despidieron y me destinaron a un nuevo puesto de trabajo, en el restaurante del hostal La Cestita, en las montañas del Paraíso de Bohemia. Aquel hostal se encontraba en un profundo valle entre rocas, como en una cestita, sumergido en nieblas matinales y en un aire transparente el resto del día; era un hostal para enamorados, para parejas que paseaban cogidas de la mano o abrazadas y sólo volvían a comer y cenar, tranquilas y relajadas, porque La Cestita era consignado para los oficiales de la Wehrmacht y de las SS, oficiales destinados al frente ruso que se despedían aquí de sus mujeres, prometidas o amigas, aquí todo era al revés que en el pueblo, en el que se creaba una nueva raza y donde los soldados eran caballos, bueyes o jabalíes de raza obligados a inseminar hembras germánicas lo antes posible. En La Cestita todo se ajustaba más a mi gusto, al menos porque en lugar de una alegría explosiva todo estaba impregnado de un melancólico ensueño que, por cierto, yo no habría esperado encontrar nunca en un ambiente militar; nuestros clientes parecían poetas a punto de escribir un poema, aunque creo que en realidad eran unos granujas sinvergüenzas y arrogantes como todos los alemanes, exultantes por haber vencido a Francia, aunque en aquellas campañas contra los galos perdió la vida un tercio de los oficiales de la división Grossdeutschland; pero los soldados de La Cestita tenían una misión mucho más difícil, las batallas que les esperaban no tenían punto de comparación con las francesas, y es que ir al frente ruso, que, desde noviembre, después de una penetración espectacular, se extendía desde las puertas de Moscú hasta más allá del Cáucaso, pasando por Voronej, era harina de otro costal; y por si esto no fuera suficiente, el viaje hasta el frente resultaba peligrosísimo a causa de las escaramuzas de los partisanos, que habían convertido la retaguardia en un frente; Liza, cuando volvió del frente ruso, no estaba precisamente loca de alegría. Me trajo una pequeña maleta llena de sellos, primero pensé que la había encontrado, pero me explicó que en Polonia, en Francia y en los demás lugares a los que había ido después, no hacía otra cosa que buscar sellos en las casas judías que registraban, la mayoría provenían de las casas de los judíos deportados de Varsovia, y según afirmó Liza, después de la guerra su valor aumentaría de tal forma que nos podríamos comprar un hotel en el lugar que más nos gustase. Mi hijo, que permanecía conmigo, era un niño extraño, no reconocía en él ningún rasgo mío, ni de Liza, ni de la música de Wagner, más bien al contrario: era una criatura miedosa que, a los tres meses, empezó a tener convulsiones. Y yo servía a clientes de todos los rincones de Alemania y mis ojos bien entrenados distinguían con toda seguridad quien era de Pomerania y quien de Baviera o de la región del

Rhin, sabía diferenciar perfectamente a los del litoral de los del interior, un obrero de un campesino... así me divertía desde la mañana hasta la noche, trabajaba sin días de fiesta ni vacaciones, porque ésta era para mí la única manera de animarme; sabía juzgar no sólo a los hombres, sino también a las mujeres que llegaban aquí con una misión secreta, la misión del dolor y del miedo, de una melancolía solemne; nunca he vuelto a ver parejas tan tiernas y solícitas, con los ojos llenos de dulce nostalgia... Las parejas paseaban por los alrededores de La Cestita hiciese el tiempo que hiciese; un joven oficial uniformado con una mujer joven, quietos, recogidos, y yo, que serví al emperador de Etiopía, por fin adivinaba porqué estos jóvenes se resultaban atractivos el uno al otro: era por la posibilidad de no volver a verse nunca más, esta posibilidad invadía a las personas, sí, éste era el hombre nuevo, no aquél más engreído que hablaba a gritos, sino todo lo contrario, el hombre humilde y reflexivo, con los bellos ojos de un animalito acorralado... y gracias a aquellas palabras de enamorados, y es que bajo el ángulo de la guerra hasta los matrimonios se convertían en parejas de enamorados, aprendí a mirarlo todo a través de sus ojos: el paisaje, un jarrón de flores sobre la mesa, unos niños jugando, aprendía a considerar cada hora como un don del cielo; la última noche antes de partir hacia el frente, los enamorados no dormían demasiado y no es que hicieran el amor; otra cosa que comprendí aquí era que hay, más allá de la cama, algo más, miradas y relaciones humanas de una intensidad increíble que yo no había conocido en toda mi vida... en realidad más que un camarero me sentía aquí como el espectador de una representación teatral o de una triste película de amor... y descubrí una nueva dimensión de las relaciones humanas, la calidad del silencio, el silencio que llenaba la última hora, el último cuarto de hora, los últimos cinco minutos antes de que llegara el coche militar, y dos personas se levantaban en silencio, se miraban largamente, suspiraban, se besaban por última vez... y después el oficial subía al coche, se sentaba, el coche ascendía por las pendientes, el pañuelo se agitaba por última vez, y nada más... y cuando el coche, como el sol, se ocultaba tras la colina, una mujer alemana, un ser humano bañado en lágrimas, se quedaba ante La Cestita y no paraba de agitar los dedos de los que había caído el pañuelo... después se volvía y, sacudida por los sollozos, igual que una monja al ver un hombre en el convento, se lanzaba escaleras arriba hacia su habitación para dejarse caer de bruces en la cama, hundir la cabeza en el grueso edredón y llorar todas y cada una de las lágrimas de sus ojos... y al día siguiente tomaba el tren para volver a casa... y el coche nos traía otro turno de enamorados provenientes de todas las guarniciones, de todas las ciudades y de todos los pueblos, para su última cita antes de irse al frente del Este, de donde llegaban noticias cada vez más preocupantes a pesar del rápido avance de las tropas, lo que inquietaba a Liza de tal manera que decidimos dejar a Siegfried con el abuelo para que ella también fuera al frente.

Y lo increíble se hizo realidad una vez más... A mí también me correspondió una despedida de aquéllas, yo también agité el pañuelo, también lloré un poco cuando el coche desapareció tras la colina, y pasado un cierto tiempo decidí irme a trabajar a otro lugar. Los valiosos sellos los llevaba en una pequeña maleta vulgar y era suficiente una ojeada al catálogo Zumstein para darme cuenta que de ahora en adelante ya no tendría que preocuparme por el dinero; aunque tuviera suficientes billetes para cubrir la casa como si se tratase de baldosas, ninguna suma era comparable a lo que recibiría por aquellos sellos; según el catálogo Zumstein, sólo con cuatro sellos podría ser millonario, así pues calculaba y hacía proyectos: un día volvería a Praga, porque los alemanes ya habían perdido prácticamente la guerra, las batallas finalizarían en un abrir y cerrar de ojos, no era necesario leer las noticias en los periódicos para saber con exactitud qué pasaba en el campo de batalla, en la cara de los alemanes se leían desgracias, y aunque se hubiesen tapado los ojos con gafas de sol, se notaba sobradamente que no lo veían tan claro como antes, y aunque se hubieran puesto una media que les cubriera la cabeza, yo habría adivinado cuál era la situación en el campo de batalla por el porte y el comportamiento de los generales alemanes... Y paseando por el andén de pronto me vi en un espejo con ojos ajenos, como cuando observaba a los clientes y me preguntaba de dónde eran y cuál era su profesión, qué intereses tenían y de que enfermedades padecían, y siempre lo adivinaba todo porque yo serví al emperador de Etiopía y porque recibí lecciones del señor Skřivánek, que sirvió al rey de Inglaterra; y de esta forma, con estos mismos ojos penetrantes, me observé como si no fuera yo mismo, sino otra persona; vi a un Sokol que, mientras los patriotas checos eran ejecutados, se dejaba examinar por un médico nazi para determinar si sería capaz de tener relaciones sexuales con una maestra alemana, que cantaba canciones nazis en su boda mientras los alemanes hacían lo posible para declarar la guerra a Rusia, y que vivía como un rey en hoteles y hostales alemanes donde servía a los de las SS y la Wehrmacht mientras en casa sufrían; en aquel momento me di cuenta con claridad de que nunca podría volver a Praga, veía no que fueran a colgarme, sino que yo mismo me colgaba en el primer farol, me condenaba a mí mismo a diez años o más, me miraba como si fuera un cliente y lo que veía era algo asqueroso que me producía náuseas... ¿Cómo lo haría entonces para convertirme en millonario, propietario del mayor hotel de Praga, para poder enseñar quién soy a los dueños de hotel, a todos los señores Šroubek y Brandejs que me miraban con desprecio? Con ellos se puede hablar sólo desde una posición de fuerza, desde mi maleta llena de sellos que Liza había tomado como botín de guerra en Varsovia o Lvov, con cuatro sellos podría comprarme un hotel, le pondría mi nombre, pero ¿en alemán o en checo?, ¿Ditie o Dítě?, ¿en Praga o quizás en Austria o Suiza?; estas preguntas se las formulaba a mi imagen en el espejo mientras un largo tren rápido llegaba a la estación, deslizándose silenciosamente sobre las vías, era un hospital militar proveniente del frente, se paró, en el espejo veía las persianas bajadas, en aquel momento una subió y dentro vi a una joven en camisón que bostezaba con la boca abierta y se frotaba los ojos, después miraba con los ojos soñolientos, ¿dónde estamos? Y de pronto me di cuenta, ¡es Liza!, y ella me vio también, de un salto bajó del tren, se me colgó del cuello y empezó a besarme de la misma forma que antes de casarnos, y yo, que serví al emperador de Etiopía, estaba seguro de que había cambiado, del mismo modo que habían cambiado todos los oficiales que volvían del frente y en La Cestita se reencontraban con sus mujeres, prometidas o amigas para pasar un agradable fin de semana, Liza también debía de haber visto y experimentado cosas increíbles que se habían convertido en realidad, porque volvía a ser la maestra de educación física de antes, que llevaba soldados enfermos al mismo lugar al que yo estaba destinado, en Chomutov, un hospital militar en la orilla de un lago; así que subí a su tren con la maleta, y cuando el convoy volvió a ponerse en marcha, yo ya estaba acomodado en el compartimiento con las cortinas y la puerta cerradas y sacándole a Liza el camisón, Liza temblaba como antes de casarnos, y es que la guerra la había vuelto más humana y más humilde, ella también me desnudó, nos abrazamos, me dejó que le besara la barriguita, al ritmo del traqueteo del tren que nos llevaba lejos...

En la estación de Chomutov las ambulancias y los autobuses-hospital esperaban en un andén prohibido al público, yo permanecí discretamente a un lado mientras descargaban lo que traía el tren desde el frente, mutilados recién amputados capaces de sobrevivir al transporte; algunos tenían una pierna, otros no tenían ninguna, todo el andén estaba lleno de mutilados que después cargaban en las furgonetas del hospital, y yo me daba cuenta de que así acababan aquellos bueyes de raza que habían tenido una misión que cumplir en el pueblo de la montaña donde se creaba el hombre nuevo, y aquellos que se despedían en La Cestita, sí, éste era el último acto de su comedia, de su espectáculo. Subí al primer autobús que iba en dirección a mi nuevo puesto de trabajo, la cantina del hospital militar, y sujeté la maleta con los sellos entre los brazos; mi maleta grande viajaba entre los sacos y los fardos de los soldados. Cuando llegué, paseé por el campo que se extendía al pie de una colina, era una especie de cerezal en pendiente que descendía hasta el lago que brillaba al fondo de una antigua cantera de alumbre y que me recordaba el mar Muerto o el Ganges, el río sagrado, porque los enfermeros llevaban a los mutilados con las heridas infectadas después de la amputación, para sumergirlos en aquel lago en el que no sobrevivía ningún pez, ningún insecto, nada de nada, todo había muerto, todo había desaparecido en aquellas aguas sulfurosas... Inmóviles boca arriba, los recién amputados se tendían medio sumergidos; los que ya tenían las heridas un poco cicatrizadas intentaban nadar; los que no tenían piernas sumergían el cuerpo y movían los brazos en el agua como ranas, se les veía sólo la cabeza que surgía del agua y yo tenía la impresión de que se trataba de aquellos forzudos de buen ver que inseminaban a las hembras de pura sangre; pero cuando se terminaba el tiempo de estancia en el lago que les prescribía el médico, se arrastraban hacia la orilla como tortugas, se quedaban inmóviles esperando que los enfermeros les envolvieran en los albornoces y las mantas de lana y les llevasen al patio del restaurante, donde centenares de mutilados se dispondrían a comer escuchando una banda femenina... Lo que más me impresionaba eran los pacientes con daños en la columna vertebral, que arrastraban tras de sí la parte inferior de su cuerpo, como las sirenas sus colas, sí, en tierra firme y en el agua parecían sirenas; y también me impresionaban los que no tenían piernas y cuyas grandes cabezas sobre el cuerpo les hacían parecer minúsculos, y éstos jugaban a ping-pong, en lugar de piernas usaban una silla de ruedas con la que se movían como rayos, y los que tenían una pierna o ningún brazo o quemaduras en la cabeza tenían un increíble deseo de vivir, jugaban a fútbol, a ping-pong y a balonmano hasta la hora de la cena; yo les llamaba tocando la trompeta, y entonces todos acudían a la mesa con las sillas de ruedas o arrastrándose con las muletas y todos irradiaban salud, al menos los de mi departamento, los de rehabilitación; los de los otros tres departamentos apenas se aguantaban vivos a base de operaciones y de los últimos inventos de la ciencia, y por todo esto yo empezaba a tener visiones, no veía los miembros existentes, sino los que faltaban, me asusté porque creía que me estaba volviendo loco, pero no tardé en comprenderlo puesto que serví al emperador de Etiopía y recibí lecciones de quien sirvió al rey de Inglaterra... Liza y yo, una vez por semana, visitábamos a nuestro hijito en Cheb, en el hotel Ciudad de Ámsterdam; Liza ahora no paraba de nadar, bajo el agua era feliz, y debido a la natación parecía una estatua de bronce, de tan dura y atlética que se puso, se compró un libro de un tal Fouqué o Fouré, un deportista del Reich, sobre el culto al cuerpo desnudo y convirtió la casa en un club nudista del que ella era el único miembro; en casa teníamos las cortinas siempre corridas y Liza se paseaba desnuda, cada mañana deseaba verla cuando me servía café metida simplemente en una falda o sin nada de nada, sonriendo porque me leía en los ojos que me gustaba, que era bella... Pero el hijito Siegfried no paraba de darnos quebraderos de cabeza; rechazaba sistemáticamente cualquier cosa que le pusieran en la mano hasta que un día, tras arrastrarse a cuatro patas por el suelo del Ciudad de Ámsterdam, cogió un martillo y el abuelo, en broma, le pasó un clavo: el niño colocó el clavo en el suelo y de un martillazo lo clavó en el parqué... y después, mientras los otros niños de su edad jugaban con ositos y corrían arriba y abajo, Siegfried se arrastraba por el suelo y cogía rabietas para que le diesen clavos y el martillo, y así que lo conseguía, un clavo tras otro desaparecían hundidos en el parqué; mientras los otros niños empezaban a hablar, nuestro hijo no sólo no sabía andar, sino que aún no sabía decir ni mamá, solamente deseaba tener un puñado de clavos y un martillo; cuando no dormía, el Ciudad de Ámsterdam temblaba bajo sus martillazos, y el parqué estaba cubierto de clavos hundidos, y a Siegfried de tanto clavar clavos se le desarrolló un bíceps enorme... y cuando lo visitábamos, nuestro hijo no reconocía ni a su madre ni a mí, sin parar reclamaba a gritos clavos y martillo que siempre acabábamos dándole, no había más remedio; en aquella época de restricciones buscar cupones para comprar clavos o conseguirlos en el mercado negro se convirtió en mi ocupación principal, y el hijito seguía clavando clavos de seis centímetros de largo en el parqué, mientras yo sufría a cada golpe de martillo porque con mis ojos perspicaces, acostumbrados a ver a la gente como si fuesen clientes, descubrí que a mi hijo le faltaba un tornillo, que era retrasado y que cuando los demás niños de su edad fuesen a la escuela, Siegfried empezaría a dar los primeros pasos, cuando los otros terminasen la escuela, Siegfried sabría leer lo más básico y cuando los demás se casasen, Siegfried empezaría a conocer las agujas del reloj, sabría llevar el periódico a casa y de allí no se movería porque no serviría para nada, como máximo para clavar clavos...

Y esta manera de ver a mi hijo era desapasionada y por tanto real porque le juzgaba desde fuera, igual que a un cliente, y cada vez estaba más claro que yo tenía razón, y al final tuve que reconocer que lo que a primera vista aparentaba ser simple tenía un sentido más profundo: cuando las sirenas anunciaban un bombardeo y todos se precipitaban a toda prisa hacia un refugio antiaéreo, Siegfried se volvía loco de contento, y mientras los otros niños se morían de miedo, Siegfried aplaudía con las manitas, reía, se iluminaba y ya no era el niño retrasado que sufría convulsiones: mientras las bombas caían como la lluvia, Siegfried parecía una fábrica de clavar clavos en un tablero que le llevaban consigo al refugio, y de tanto reír relinchaba... Y yo, que serví al emperador de Etiopía, constataba con alegría que mi hijo, por más imbécil que fuera, sabía al menos presentir el destino que esperaba a todas las ciudades alemanas, que, estaba seguro, acabarían exactamente como el parqué del Ciudad de Ámsterdam... Conseguí tres quilos de clavos que entusiasmaron a Siegfried y durante toda la mañana no paraba de clavarlos en el parqué del comedor y yo, entretanto, los recuperaba laboriosamente del suelo de la cocina mientras pensaba con una alegría secreta en las alfombras aéreas del mariscal Tedder, cuyas escuadrillas clavaban las bombas en el suelo según un plan preciso, exactamente como los clavos que mi hijo también clavaba en ángulo recto... a fin de cuentas, la sangre eslava siempre salía adelante, y yo empezaba a sentirme orgulloso de mi hijo, que aún no sabía hablar y sólo intentaba andar, pero siempre con un martillo en la mano, siempre armado, igual que el intrépido cazador Bivoj de la leyenda checa...

En aquellos días a menudo evocaba imágenes olvidadas, por ejemplo caminaba con la bandeja repleta de botellas de agua mineral y, de pronto, me quedaba petrificado y ante mí aparecía Zdeněk, aquel maître del hotel Plácido que hacía lo que podía para divertirse y se gastaba miles y miles de coronas en juergas... y así se dibujó en mi mente la imagen de su tío, director de bandas militares que, ya jubilado, vivía retirado en una casita perdida en mitad del bosque, entre flores y ramas de abeto; su tío siempre iba vestido con el uniforme militar austrohúngaro, hasta cuando cortaba leña; en su época, durante el Imperio austrohúngaro, su tío compuso dos polcas y algunos valses que aún se tocaban pero de cuyo compositor nadie se acordaba, todo el mundo creía que ya estaba muerto. Pues bien, un día Zdeněk y yo íbamos en un carruaje cuando de pronto oímos una charanga; Zdeněk ordenó parar el carruaje para contemplar aquella banda que tocaba precisamente uno de los valses de su tío, pero los músicos estaban a punto terminar porque les esperaban los autobuses para ir a tocar a otro lugar; y Zdeněk convenció al director de la charanga, dándole de propina todo el dinero que llevaba encima, unas cuatro mil coronas, para que él y los músicos hicieran todo lo que él les dijera; de manera que subimos al primer autobús y una hora más tarde, en mitad del bosque, ciento veinte músicos uniformados con sus instrumentos relucientes bajaron de los autobuses para caminar solemnemente a través de un sendero del bosque, después enfilamos otro camino que atravesaba una pineda; Zdeněk les ordenó que se escondieran tras los arbustos, donde se oía cómo alguien cortaba leña; la siguiente orden hizo que los músicos, siempre entre los arbustos, rodeasen el tajo y a un viejo vestido con el antiguo uniforme austrohúngaro de director de orquesta militar, ¡qué espectáculo cuando de los arbustos surgieron los instrumentos dorados que brillaban al sol!, y a continuación los músicos se pusieron a tocar una vertiginosa polca, una de las que había compuesto el tío de Zdeněk y que ganó algunos premios, y el viejo vestido de director se quedó inmóvil con el hacha clavada en un trozo de leña; la charanga seguía tocando, los músicos hundidos hasta la cintura en la maleza, sólo se veía al director de rodillas arriba que levantaba su batuta de oro hacia lo alto, los músicos contentos y venga tocar, y el viejo director de orquesta paseó los ojos por el espectáculo que se desplegaba a su alrededor y su cara adoptó aquella expresión celestial de los que ya pertenecen al otro mundo, y después de aquella polca, los músicos tocaron uno de los valses que formaban parte de tantos y tantos conciertos... y el viejo director se desplomó, lloraba con el hacha en la mano, entonces el director joven se le acercó y le ayudó a levantarse para pasarle la batuta; más tarde, el tío de Zdeněk nos contó que creía haber muerto y que había ido a parar en medio de una charanga dirigida por Dios y que Dios le había ofrecido su batuta... y el viejo dirigía su composición y al final Zdeněk salió de entre los matojos, dio la mano a su tío y le deseó salud para muchos años... y media hora más tarde subieron a los autobuses y antes de irse interpretaron una marcha militar en honor a Zdeněk, que hacía reverencias, daba las gracias y continuaba conmovido después de que los autobuses y con ellos la marcha militar hubieron desaparecido por el camino del bosque, flagelados por ramas de haya... En realidad, Zdeněk era una especie de ángel, sí, era un ángel que se pasaba diez días de cada mes pensando cómo prodigar los miles de coronas, y mientras yo cubría el suelo con billetes de cien para andar por encima como si fueran baldosas, o me tumbaba sobre ellos como si fuera un prado verde, Zdeněk inventaba fiestas: una vez ofreció el banquete de boda a un pobre cortador de piedra con el que quería casar a su hija, en otra ocasión llevó a los niños de un orfanato a una tienda de ropa y los vistió con pantalones, chaquetas y sombreros blancos de marinero, o bien pagaba la entrada a un parque de atracciones para todos los niños que quisiesen ir; un día festivo nos paseamos por Praga cargados de ramos de flores y de licores dulces que ofrecíamos a las señoras de los lavabos públicos, felicitándolas por su santo o por su cumpleaños, aunque era difícil que coincidiese aquel día precisamente con su santo o cumpleaños, pero Zdeněk era una persona de suerte y siempre encontraba a alguien que por casualidad, aquel día, celebraba el santo o el cumpleaños... y un día me dije que iría al hotel Plácido a ver si Zdeněk aún estaba, y si no estaba para preguntar dónde podría encontrarle, y de paso también iría a la casa de mi abuela para ver si aún volaban las camisas y los calzoncillos lanzados desde los baños de Carlos... Pues bien, ya me encontraba en la estación de Praga, en el andén en dirección a Tábor, la que yo debía tomar para llegar hasta el hotel Plácido, y queriendo mirar el reloj para saber la hora alcé el brazo, y cuando me subía la manga del puño, levanté los ojos un poco y qué es lo que vi: una vez más lo increíble se había hecho realidad y vi a Zdeněk, ¡de pie al lado del quiosco! Me quedé boquiabierto, con mi mano inmóvil sobre la manga subida, mientras Zdeněk miraba a su alrededor como si esperase a alguien, después levantó el puño, sí, seguramente esperaba a alguien porque él también miraba el reloj; de pronto se me acercaron tres hombres con abrigos de cuero, me cogieron las manos, yo aún tenía la mano sobre el reloj, veía a Zdeněk que me miraba alucinando, y lívido observaba cómo aquellos hombres, alemanes, me metían en un coche, mientras yo me preguntaba sorprendido adónde me llevaban y por qué; me llevaron a la cárcel de Pankrác, se abrió la gran puerta, los alemanes me condujeron a una celda donde me tiraron como si fuera un criminal... En un primer momento me quedé confuso, pero después me alegré con mi destino, sí, estaba contento y sólo temía que me soltaran demasiado pronto, deseaba permanecer encarcelado, que me llevasen a un campo de concentración, porque sabía que la guerra acabaría pronto, me felicitaba por haber sido detenido precisamente por los alemanes, y entonces se abrió la puerta y los alemanes me llevaron al interrogatorio; después de darles todos mis datos, el juez de instrucción me preguntó severamente: ¿a quién esperaba? Y yo dije que a nadie, y en aquel momento se abrió la puerta, entraron dos de paisano, se me echaron encima, me rompieron la nariz y dos dientes y me tiraron al suelo para volver a preguntarme a quién esperaba, quién tenía que pasarme mensajes secretos, y yo dije que había llegado a Praga de visita, para dar una vuelta, y uno de ellos me cogió por el pelo y me golpeó la cabeza contra el suelo, el juez de instrucción gritaba que mirar el reloj era una señal convenida y que yo era miembro de una organización comunista clandestina... y me llevaron a mi celda, los otros presos me limpiaron la sangre y me sacaron de la boca los dientes partidos, mientras yo no paraba de reír, reía con la boca abierta, no sentía nada, ni la paliza, ni los golpes, ni las heridas, los presos me miraban y veían a un héroe, un paladín; cuando me lanzaban a la celda aquellos alemanes de las SS me gritaban: ¡canalla comunista!, y a mí aquel término me sonaba en los oídos como música celestial, como una palabra amorosa, porque empezaba a darme cuenta que aquello era el billete de vuelta a Praga, la goma de borrar, el único líquido que podía hacer desaparecer el hecho de haberme casado con una alemana y haber aceptado que los médicos nazis me examinasen el sexo, para determinar si era capaz de tener relaciones con una pura sangre germana... Algún día mi cara ensangrentada sería el carné de identidad que me posibilitaría la vuelta a Praga, y además, en tanto que luchador antinazi, con este carné mostraría a todos los Šroubek y Brandejs, a todos los dueños de hotel en general, que era uno de ellos, porque en el caso que sobreviviera, un día me compraría un gran hotel, y si no exactamente en Praga, pues en otro lugar, porque con la maleta repleta de los sellos que me había conseguido Liza podría comprar un hotel o dos y no sólo en Praga, sino también en Austria o en Suiza, aunque a los dueños de hoteles austriacos o suizos no necesitaba demostrarles nada, con ellos no tenía ninguna cuenta pendiente, ante ellos no tenía ninguna necesidad de hacerme el listo, en cambio en Praga sería distinto, tener un hotel en Praga o ser miembro del gremio de hoteleros de Praga, y llegar a ser el secretario del gremio para que todo el mundo viese que yo era importante, para que todos me respetaran, no que me quisieran, sino que me respetaran, éste era mi objetivo, con esto tendría bastante... De forma que pasé dos semanas en Pankrác y después las investigaciones demostraron que se trataba de un error, el hombre que querían detener efectivamente debía mirar el reloj, pero yo no tenía nada que ver; entretanto la Gestapo detuvo al hombre que servía de enlace, él confesó todo lo que necesitaban, y de pronto surgió ante mis ojos aquella escena: Zdeněk en el andén a punto de mirar el reloj, Zdeněk, mi amigo, que lo vio todo, que comprendía que yo había pagado por él, Zdeněk, que debía de ser un capitoste importante de la resistencia, Zdeněk sí que me defendería, y quizá los de la celda también, y por si acaso cada vez que me llevaban del interrogatorio a la celda, me provocaba una nueva hemorragia nasal y mientras la sangre me brotaba de la nariz, yo me reía... y por fin me soltaron, el juez me pidió disculpas manifestando que el interés del Reich les obligaba a castigar a noventa y nueve inocentes antes de dejar escapar a un solo culpable... Y una noche me encontré ante la puerta de la cárcel, tras de mí salía otro prisionero que, ya en libertad, tuvo que sentarse en el bordillo de la acera porque estaba a punto de desplomarse; a nuestro alrededor pasaban sin cesar tranvías con las ventanas moradas, ya que debían estar todas las luces apagadas, en la penumbra los niños jugaban y los jóvenes paseaban cogidos de la mano como si no hubiera guerra, como si en el mundo no existieran nada más que flores, abrazos y miradas enamoradas, y las chicas, en aquella oscuridad cálida, llevaban blusas y faldas tan seductoras que ningún hombre podía evitar comérselas con los ojos. ¡Qué maravilla!, dijo mi compañero cuando volvió en sí, y yo que tenía ganas de ayudarle, le pregunté, ¿cuántos años? Y él me dijo, diez, diez años de prisión, y quería levantarse, pero las piernas le flaqueaban, así que tuve que sostenerle y me preguntó si tenía prisa. No, no tenía, entonces me preguntó por qué motivo me habían encarcelado; dije que por participar en actividades clandestinas, y juntos nos dirigimos a tomar el tranvía, tuve que ayudarle a subir; dentro y fuera de los tranvías había mucha gente y me daba la sensación que todos iban a una fiesta o a un baile, también me fijé en que las mujeres de Praga eran más guapas que las alemanas, que tenían mejor gusto en el vestir, que las alemanas llevaban los vestidos parecidos a uniformes, que la indumentaria de las alemanas, el *Dirndl*, el traje chaqueta verde y los sombreros de cazador tenían un cierto aire militar... Y yo estaba sentado junto a aquel joven de pelo gris, que seguramente no tendría más de treinta años, y le dije que a pesar del pelo gris debía de ser todavía joven, y sin venir a cuento le pregunté, ¿a quién ha matado? Él dudó un momento, y al cabo de un rato, sin apartar los ojos del pecho prominente de una chica que, ante nosotros, se agarraba al pasamano, respondió: ¿cómo puede saberlo? Y yo dije, porque yo serví al emperador de Etiopía... y cuando, ya entrada la noche, llegamos a la última parada del tranvía número once, el asesino me pidió que le acompañase a ver a su madre, porque si iba solo podía desplomarse por el camino... y nos quedamos fumando y esperando el autobús, que llegó pronto, bajamos a la tercera parada, en el pueblo de Koníčkový Mlýn, y entonces el asesino dijo que era mejor tomar un atajo a través del pueblo de Makotřasy para llegar antes, para dar una sorpresa a su madre y para pedirle cuanto antes que le disculpara; dije, de acuerdo, le acompañaré hasta el pueblo, hasta la puerta de la casa, de su hogar, y después volveré a la carretera general haré autostop; eso lo hacía no por compasión o por amabilidad, sino pensando en tener los máximos testimonios posibles para cuando terminase la guerra; y es que iba terminar antes que nos diésemos cuenta; así pues, caminábamos por la noche estrellada, el camino polvoriento nos condujo de nuevo, a través de un pueblo oscurecido, al paisaje húmedo, azul semejante al papel carbón, con una fina luna que desprendía una luz anaranjada y proyectaba detrás de nosotros y en las cunetas una luz suave, casi imperceptible... entonces subimos una pequeña colina, un pliegue del terreno, y él dijo que desde allí se vería su pueblo y su casa... pero desde lo alto no se veía ni una sola casa... El asesino se quedó perplejo y asustado, tartamudeó, ¡no puede ser!, ¡debo de haberme equivocado! Quizá se encuentre tras el otro montículo... pero cuando andamos cien metros más, el miedo se apoderó del asesino y de mí, el asesino se puso a temblar aún más que cuando le dejaron en libertad, se sentó para secarse la frente, que le brillaba a causa del sudor... ¿Qué pasa?, dije. Aquí había un pueblo y ahora no hay nada, ¿me he vuelto loco?, tartamudeaba el asesino... ¿Cómo se llamaba el pueblo?, pregunté. Lidice, respondió. ¡Ah, Lidice! Dije, claro, Lidice ya no existe. Los alemanes arrasaron todo el pueblo, y a los habitantes los fusilaron o los deportaron a los campos de concentración. Y el asesino preguntó, ¿y por qué? Le dije, por represalia contra los checos por haber matado al jefe de la policía secreta, el general Heydrich, y porque, según parece, el rastro de los que cometieron el atentado conducía hasta aquí... Y el asesino se sentó y los brazos le colgaban sobre las rodillas dobladas como dos aletas de pez... después se levantó y caminó arriba y abajo por aquel paisaje lunar dando tumbos como un borracho, de pronto se paró ante un palo, cayó de rodillas y abrazó el palo, y en realidad no era un palo, sino el tronco de un árbol con una única rama medio cortada, seguramente para que sirviera de horca. Esto, dijo el asesino, era nuestro nogal, aquí teníamos el jardín y aquí, caminaba despacio, aquí en algún lugar... se arrodilló y con las manos tocó los cimientos enterrados de su casa, el recuerdo reforzaba su tanteo ciego y cuando, de rodillas, hubo tocado toda la casa, se sentó con las manos bajo las rodillas y se balanceó como en una mecedora, mirando la rama dibujada sobre el fondo de la luna creciente, y empezó a hablar a modo de confesión: mi padre era muy apuesto, aún más que yo, comparándome con él yo soy un desastre, aunque no soy feo, y a mi padre le gustaban mucho las mujeres y las enamoraba todavía más; mi padre visitaba a menudo a nuestra vecina, yo estaba celoso, mi madre sufría, yo sabía que aquí, en esta rama, mi padre se sujetaba, se balanceaba, se soltaba hábilmente, y ya estaba al otro lado de la verja donde le esperaba la bella vecina... un día lo sorprendí, nos peleamos y yo le maté con el hacha, en realidad no era mi intención matarle, pero yo quería mucho a mi madre y sabía que ella sufría una barbaridad... y ahora de todo aquello ha quedado tan sólo el tronco del nogal... y mi madre seguramente también debe de haber muerto... Dije, quizá la han llevado a un campo de concentración, si es así volverá pronto... Y el asesino se levantó diciendo, ¿me acompaña? Podríamos preguntarlo... y yo dije, de acuerdo, yo sé alemán... Así que partimos en dirección a Kladno, y antes de media noche llegamos a Kročehlavy y preguntamos a un guardia, ¿dónde está la sede de la Gestapo? Y el guardia nos indicó el camino. Entonces nos encontramos ante la puerta de un edificio, se notaba que en el primer piso había mucho bullicio porque se oía el tintineo de las copas y la penetrante risa femenina; era la una de la madrugada, la hora del cambio de guardia, entonces pregunté al jefe del destacamento si sería posible hablar con el jefe de la Gestapo. Y el gritó: *Was?* ¡Vuelvan por la mañana!, pero enseguida salió por la puerta una multitud de gente desenfadada, con uniformes de las SS, se despedían, contentos y felices, seguramente acababan de asistir a una fiesta porque me recordaban a los juerguistas del hotel París a la hora de cerrar... y allí, en el último escalón, se encontraba un soldado borracho con un candelabro en la mano, llevaba el uniforme desabrochado y el pelo le caía sobre la frente, y levantaba el candelabro en señal de adiós, y cuando se fijó en nosotros, preguntó al jefe de destacamento quiénes éramos, y el jefe le dijo que queríamos hablar con él... entonces el asesino dijo, mientras yo iba traduciendo, que había vuelto a Lidice después de pasar diez años en la cárcel, y que de su pueblo no había encontrado ni una sola casa, ni tampoco a su madre, y que quería saber qué le había ocurrido a su madre. Y el jefe de la Gestapo soltó una carcajada mientras del candelabro inclinado caían como lágrimas gotas de cera que ardían... y el jefe de la Gestapo subió, gritó *Halt!* Los guardias abrieron la puerta, el jefe de la Gestapo entró y le preguntó por qué le habían caído diez años. Y el asesino respondió que había asesinado a su padre... y con el candelabro y las velas que no paraban de gotear, el jefe de la Gestapo iluminó la cara del asesino, de pronto parecía más animado, como si se alegrara de que la ironía del destino le hubiese enviado aquel hombre que asesinó a su padre y que ahora preguntaba por su madre, precisamente a él que se encontraba en la misma situación, el asesino oficial que mataba con frecuencia, bien obedeciendo órdenes, bien por convicción... Y yo que serví al emperador de Etiopía y que a menudo era testigo de cómo lo increíble se hacía realidad, veía al asesino institucional, al asesino estatal, del Reich, al asesino con el pecho cubierto de condecoraciones subiendo la escalera seguido de un asesino común, un parricida vulgar, y quise escabullirme, pero el jefe del destacamento me empujó brutalmente hacia la escalera, ¡venga, sube! Y me encontré sentado ante una mesa enorme parecida a las de los banquetes de boda o de grandes celebraciones, llenas de restos de pasteles, botellas medio o totalmente vacías; el jefe de la Gestapo, borracho como una cuba, no paraba de preguntar una y otra vez qué había pasado bajo el nogal diez años atrás, y lo que más le gustaba era constatar la férrea disciplina de la cárcel de Pankrác, donde los presos no llegaron a enterarse nunca de lo que había sucedido en el pueblo de Lidice... Y una cosa aún más increíble se convirtió en realidad aquella noche, pues yo, escondido tras la máscara de intérprete con la cara llena de heridas y cicatrices, reconocí en el jefe de la Gestapo a un invitado de mi boda: era aquel militar que no me felicitó ni estrechó mi mano, y cuando entrechoqué los talones de mis zapatos nuevos de charol y tendí mi mano con la copa para brindar con él por mi futuro, él no me hizo ningún caso, me humilló y yo no pude soportar aquella humillación, me turbé y me sonrojé hasta las entrañas, igual que aquel día en que el señor Šroubek, el dueño de un hotel, y el señor Skřivánek, el que sirvió al rey de Inglaterra, rehusaron brindar conmigo... y ahora mi mortificador está sentado aquí como un todopoderoso que puede ordenar que despierten al encargado del archivo para que traiga un grueso registro, luego él lo coloca sobre la mesa llena de manchas de salsa, lo hojea ante nosotros, ensuciando las páginas con sus dedos llenos de grasa y vete a saber de qué otra porquería, por fin encuentra lo que busca, lo lee y nos comunica que la madre del asesino está en un campo de concentración y que hasta ahora ninguna fecha ni ninguna cruz en señal de defunción figuran junto a su nombre.

Al día siguiente, cuando volví a mi puesto de trabajo, me comunicaron que me despedían, les habían notificado mi detención y era suficiente con la mera sospecha para obligarme a marcharme, allí encontré una carta de Liza, en la que me anunciaba que ella y Siegfried se habían instalado en casa del abuelo, en el Ciudad de Ámsterdam, que me reuniera con ellos y que la pequeña maleta estaba en poder de Liza. De modo que me fui, con un automóvil militar me llevaron hasta las puertas de Cheb y allí tuvimos que esperar porque anunciaban un bombardeo en las ciudades de Cheb y Aš; mientras permanecía tumbado con los soldados en una cuneta y a lo lejos oía el retumbar de un ruido sordo, parecido al de una máquina que se acercaba, de pronto, como una visión, se me apareció mi hijo, lo veía como cada día, por lo tanto hoy también se arrastraba por el suelo y clavaba rítmicamente los cinco kilos de clavos que le había comprado, uno a uno, con fuertes golpes de martillo y un gran entusiasmo, como si estuviese plantando rábanos o espinacas... Y cuando hubo terminado el bombardeo subí al coche militar, y al acercarnos a Cheb vimos a gente que venía de la ciudad, eran viejos alemanes que cantaban canciones alegres, seguramente se habían vuelto locos por lo que acaban de ver, o quizás era una curiosa costumbre alemana, cantar canciones alegres cuando ocurre una desgracia... entonces nos internamos en un remolino de polvo y de humo dorado, y a continuación entramos en las calles con hileras de casas en llamas, los socorristas sacaban cuerpos de debajo de las ruinas y las enfermeras arrodilladas vendaban cabezas y brazos, se oían gemidos y llantos por todas partes, y en aquel momento me acordé de cuando iba en carruaje por aquellas mismas calles hacia el lugar donde debía celebrarse mi ceremonia nupcial, cómo todos estaban ebrios por la victoria sobre Francia y Polonia, y ahora veía cómo las llamas mordían aquellas mismas banderas con la cruz gamada, todas ardían con un crujido como si las lenguas de fuego se las comieran, las llamas golosas devoraban la tela roja y cuando llegaban al emblema negro se curvaban hacia arriba igual que la cola de un dragón... y yo ya me encontraba ante la fachada derruida y abrasada del hotel Ciudad de Ámsterdam... y mientras la brisa se llevaba las nubes de humo y de polvo color café con leche, vi en el último piso a mi hijo sentado que cogía un clavo tras otro y con golpes potentes los clavaba en el parqué, desde la distancia distinguí su brazo derecho entre las nubes, mi hijo ya no era más que un brazo fuerte que no hacía otra cosa que clavar clavos, como si no cayeran bombas, como si nada hubiera ocurrido... Y al día siguiente, cuando ya no quedaba nadie en los refugios, Liza, mi mujer, no volvió; decían que seguramente se había quedado en algún rincón del patio, y yo pregunté si sabían algo de una pequeña maleta deteriorada, me dijeron que Liza siempre la llevaba consigo... así que cogí un pico y me pasé todo el día buscando en el patio; al día siguiente regalé a mi hijo cinco kilos de clavos, él los clavaba contento en el parqué mientras yo buscaba a mi mujer, su madre, y no fue hasta el tercer día que di con sus zapatos; Siegfried gritaba y lloraba porque no le quedaban clavos y ya nadie le proporcionaba más, por lo que tenía que limitarse a golpear con el martillo los clavos ya hundidos, mientras yo lentamente sacaba el cuerpo de Liza de entre los escombros, y cuando llegué a la mitad de su cuerpo, me percaté de que estaba encogida igual que un gusano para proteger la pequeña maleta que inmediatamente cogí y escondí, y a continuación desen-terré a mi mujer, cuya cabeza faltaba. La onda expansiva de la explosión se la había arrancado y pasé dos días más buscándola, mientras mi hijo seguía clavando, hundiendo clavos en el parqué y en mi cabeza. Al cuarto día cogí la maletita y me fui sin decir adiós, mientras a lo lejos se desvanecían los golpes de martillo y los clavos hundidos, esos golpes que más tarde seguí oyendo durante casi el resto de mi vida. Aquella misma noche la asociación para la protección de niños deficientes debía venir a buscar a mi hijo Siegfried; por lo que respecta a Liza, la enterramos en la fosa común con una cabeza ficticia, se trataba simplemente de una bufanda que enrollamos en el cuello, para que la gente no pensara cosas raras... aunque yo por encontrar la cabeza excavé el patio por completo.

¿Tenéis suficiente? Pues por hoy termino.

5
Cómo me convertí en millonario

Escuchad bien lo que ahora voy a contaros.

La maleta llena de sellos me trajo buena suerte, aunque no de inmediato. Terminada la guerra denuncié a aquel capitoste de la Gestapo, aquel que había asesinado a tantas personas: por mi suegro de Cheb supe el lugar exacto del Tirol donde se escondía y con permiso de las autoridades americanas, Zdeněk, escoltado por dos soldados, fue a por él: lo encontró cortando hierba en un prado, vestido de tirolés con pantalones y camisa de campesino, y con barba. Pero aunque yo había ayudado a detener a aquel nazi, los Sokols de Praga me mandaron a prisión, no porque me hubiera casado con una alemana, sino porque en la época en que los nazis ejecutaban a miles y miles de patriotas checos, yo, miembro cotizante del Sokol, me encontraba voluntariamente en la oficina nazi para la protección del honor y la raza alemanas, para conseguir el derecho a mantener relaciones sexuales con una aria de raza germana; pues por ello me cayó medio año... y cuando salí empecé a vender sellos: por cada uno me daban tanto dinero que habría podido cubrir diez veces el suelo de mi casa, y cuando llegué a poder cubrir cuarenta suelos me compré un hotel en las afueras de Praga, un hotel con cuarenta habitaciones... Pero ya desde la primera noche tuve la sensación de que en la buhardilla alguien clavaba clavos en el suelo con un martillo enorme de carpintero, y luego cada día imaginaba a mi hijo arrastrándose de un lado a otro clavando clavos hasta cubrir las cuarenta habitaciones, y pasados cuarenta días de mi llegada, ensordecido por los golpes, pregunté si alguien más los oía, pero nadie los oía salvo yo, de manera que cambié este hotel por otro; esta vez escogí uno con treinta habitaciones, pero allí también empezó a pasar exactamente lo mismo que en el anterior, así que me dije que el dinero conseguido con la venta de los sellos estaba maldito, usurpado a la fuerza a alguien que quizá murió a causa de aquella violencia, quizás aquel dinero pertenecía a un rabino dotado de poderes sobrenaturales porque aquel martilleo no era normal, eran golpes que un martillo me daba en la cabeza, sentía que el primer golpe me rompía el cráneo, el segundo hundía el clavo hasta la mitad y así cada día, llegó un momento en que no podía tragar nada porque los largos clavos me llegaban hasta la garganta... Pero al fin nada pudo conmigo, no perdí la calma ni abandoné mi objetivo de tener un buen hotel del que no tuviera que avergonzarme ante otro hotelero, había decidido que yo sería el mejor, que llegaría a ser tan importante como el señor Brandejs, no aspiraba a tener cubiertos de oro para cuatrocientos clientes, como él, pero sí para cien, y que en mi hotel se alojaran muchos extranjeros famosos... y empecé a construir un hotel muy diferente de los demás, entre el mío y los otros había mucha diferencia: compré una gran cantera abandonada cerca de Praga, y para empezar me dispuse a mejorar las instalaciones existentes, inspirándome un poco en lo que había visto en el hotel Plácido; mi establecimiento rodeaba una fragua enorme con el suelo de arcilla y dos chimeneas, conservé los cuatro yunques intactos y todos los martillos y tenazas colgados de la pared, y compré butacas de piel y mesas siguiendo los consejos de mi arquitecto, un lunático que ahora realizaba conmigo sus sueños de juventud, un entusiasta como yo; inmediatamente, a partir de la primera noche después de comprarla, me quedé a pasar la noche en la fragua y soñaba que pondría unas parrillas en las chimeneas donde asaría *Shish kebab* y chuletas ante los clientes; al principio oí golpes, pero muy suaves, porque clavar clavos en un suelo de arcilla era muy fácil, de modo que mi cabeza pudo descansar y me puse manos a la obra; empecé a construir las habitaciones del hotel a partir de las pequeñas divisiones existentes, semejantes a los compartimientos de una cuadra, la casa era larga y recordaba de forma vaga un campo de concentración, antiguamente aquí estaban los vestuarios y el alojamiento de los obreros de la cantera; así pues, me dediqué a transformar aquellas cabinas en treinta habitaciones bien arregladas con el suelo de baldosas barnizadas igual que las que hay en Italia y España y en los países cálidos; la primera noche era todo oídos, atento a lo que pasaría: oí los clavos resbalar en las baldosas y en mi cabeza, saltaban chispas de lo dura que era la porcelana, y puesto que todos los intentos de hundir los clavos eran en vano, los golpes desaparecieron y me di cuenta que ya estaba curado, a partir de aquella noche volví a dormir plácidamente como antes... Y las obras continuaban a tan buen ritmo que al cabo de dos meses inauguré el hotel y le puse por nombre hotel de la Cantera, sobre todo porque sentía que desde que lo tenía me había sacado una piedra muy pesada de encima. Era un verdadero hotel de primerísima clase en el interior de un bosque, y era necesario hacer las reservas con antelación; las habitaciones formaban un semicírculo alrededor de un lago azul al fondo de la cantera, y una roca de granito de cuarenta metros de altura iluminaba el conjunto; mandé que los jardineros-escaladores plantasen flores y plantas alpinas; por si fuera poco desde la cima de la roca hice colgar un cable de acero que bajaba hasta el lago, y cada noche presentaba una atracción: alquilé un acróbata que, utilizando una polea, esperaba en lo alto de la roca el momento más adecuado para dejarse caer resbalando por el cable con su vestido fluorescente, al llegar abajo, sobre el lago, soltaba la polea y se paraba un momento para, bien erguido, lanzarse con las piernas y los brazos extendidos al lago, por el que avanzaba como un pez fluorescente hacia las mesitas y las sillas. Todo era blanco, lo hice pintar todo de blanco, el blanco se convirtió en mi color preferido, y ésta era la diferencia entre los otros hoteles que conocía y el mío, en el mío todo era original, inventado, personal, aunque, para ser sinceros, el número del artista no lo inventé yo sino el mozo: una tarde subió a lo alto de la roca, se agarró a la polea, se deslizó hasta abajo y se soltó en medio del lago, los clientes chillaban de espanto y se desplomaban en las butacas de anticuario al ver aquella figura con frac que, por un momento, despareció bajo la superficie como si el lago se lo hubiera tragado... y en aquel instante yo vi claramente que un número así tenía que hacerse a diario, cada noche, con un vestido fluorescente; con eso no podía perder dinero y aunque lo perdiera, valía la pena porque nadie tenía nada parecido ni en Praga, ni en Bohemia, ni en Europa Central, ni en ninguna parte del mundo, lo supe más tarde por un escritor alojado en la Cantera... se llamaba Steinbeck, parecía un lobo de mar o un pirata, le encantaba la fragua transformada en comedor de restaurante, los fuegos, las brasas y los cocineros que asaban las chuletas y los entrecots directamente ante los clientes, de forma que de tanto mirar, se les despertaba un hambre feroz, eran como niños pequeños... pues a este escritor lo que más le gustaba eran las máquinas de picar piedra de la antigua cantera, los aparatos polvorientos que mostraban las entrañas como en una exposición de coches partidos por la mitad para que se vea el motor; al escritor aquellas máquinas abandonadas en la plataforma de la cantera le encantaban, aquellas decenas de motores estrambóticos que semejaban esculturas creadas por la imaginación de un escultor loco... Aquel escritor, Steinbeck se llamaba, pidió que le trajeran una mesita blanca y una butaca blanca para situarse ante aquellos monstruos, y allí cada tarde tomaba una botella de coñac francés y por la noche otra y así, rodeado de máquinas, miraba el paisaje llano y no muy interesante, y me di cuenta de que la presencia del escritor sobre aquel fondo de máquinas esculturales daba un aire artístico al ambiente... y aquel escritor me dijo que nunca se había alojado en un hotel como el mío, que nunca había visto nada parecido, que en América algo así podría tenerlo únicamente una estrella célebre, puede que un Gary Cooper o un Spencer Tracy, y de los escritores quizá solamente Hemingway podría permitirse algo así, y me preguntó por cuánto lo vendería y dije, por dos millones de coronas, él se quedó un rato calculando y después sacó el talonario diciendo que lo compraba y que me daba un talón de cincuenta mil dólares; yo me hice de rogar y él aumentó la cantidad a sesenta, setenta, ochenta mil dólares, y en aquel momento vi claramente que no podía vender el hotel de la Cantera ni por un millón de dólares porque representaba la consumación de mis anhelos y esfuerzos: por fin había llegado a ser el número uno entre todos los dueños de hotel, y es que de hoteles al estilo de los que tenían el señor Brandejs o el señor Šroubek había por todas partes, pero igual que el mío no había ninguno... Y un día ocurrió lo siguiente: en un coche llegaron los dueños de los hoteles más importantes de Praga, entre ellos el señor Brandejs y el señor Šroubek, que deseaban cenar, los camareros y los mozos arreglaron su mesa con mucho esmero y buen gusto, y yo, al saber que vendrían, ordené instalar algunos focos, escondidos entre los arbustos de rododendros, al pie de la roca de granito, con el fin de que resaltasen las sombras fantásticas de los ángulos afilados y para destacar las plantas y las flores alpinas, y decidí que si aquellos dueños de hotel se mostraban dispuestos a hacer las paces, si me aceptaban entre ellos, si me ofrecían ser socio del gremio de hostelería, yo olvidaría lo que había sucedido de la misma manera que deberían olvidarlo ellos. Pero no tan sólo fingieron no conocerme sino que, además, se sentaron a la mesa de tal forma que con ostentación daban la espalda a las maravillas de mi establecimiento; pero yo hice exactamente lo mismo que ellos, y me lo podía permitir porque sabía que había triunfado, pues si se sentaron dando la espalda a las exclusividades que yo ofrecía era porque se daban cuenta que yo había llegado más alto que ellos, que en mi hotel se alojaba no sólo Steinbeck, sino también Maurice Chevalier; a este último vino a verle un ejército de mujeres y Chevalier las recibía únicamente por la mañana, todavía en pijama, y sus fans y adoradoras en una ocasión se le echaron encima, lo desnudaron y le desgarraron el pijama a trocitos para que cada una pudiera llevarse uno de recuerdo, y si hubiesen podido, habrían destrozado al mismo Chevalier para llevarse trozos de su carne, cada una según su gusto, aunque apuesto lo que sea que la mayoría de ellas habrían arrancado al célebre cantante primero el corazón y después el sexo... Chevalier siempre llevaba tras él una multitud de periodistas, y las fotografías que tomaron en el hotel de la Cantera aparecieron no sólo en los periódicos del país, sino también en los extranjeros, recibí recortes de prensa del *Frankfurter Allgemeine,* del *Die Zeit* y hasta del *Herald Tribune,* donde aparecía mi hotel con una legión de mujeres alrededor de Maurice Chevalier, en medio de la plataforma, allí donde se encontraban las máquinas escultóricas rodeadas de mesas y sillas blancas, cuyo respaldo estaba forjado en forma de cepas, obra de un herrero artista... Me di cuenta de que lo que veían los dueños de hotel era tan impresionante y hermoso que superaba de lejos su imaginación, comprendí que no podían hacer las paces conmigo, que debían sentir envidia al ver que yo había comprado aquello por cuatro reales incluido todo lo que había, y que lo había dejado sin tocar nada, de forma que cualquier persona un poco entendida tenía que respetarme como artista... y sabía que había llegado a la cumbre de mis aspiraciones, que eso me convertiría en un hombre que no ha vivido en vano, y yo mismo empecé a ver mi hotel como una obra maestra, mi obra artística, porque eso es lo que veían los demás, que me abrieron los ojos, y entonces comprendí que hasta las máquinas polvorientas eran bellas esculturas, de las cuales no me habría desprendido por nada del mundo; en realidad este rincón del hotel de la Cantera constituía una especie de museo etnográfico, quizá llegaría un día en que cada una de las máquinas, cada una de las piedras, llevaría la etiqueta «objeto de interés histórico»... Sea como fuere me sentía humillado por el hecho de que los dueños de hotel no me hubiesen aceptado, que no me considerasen su igual aunque estuviera por encima de ellos; por la noche a menudo lo pensaba y lamentaba que ya no existiera el Imperio austro-húngaro, la época en que podían adjudicarse títulos aristo-cráticos; durante unas maniobras del ejército un archiduque o el mismo emperador se habría alojado en mi hotel, yo lo habría tratado a cuerpo de rey y él como recompensa me habría otorgado el título de barón... Yo no dejaba nunca de soñar, en verano hubo una gran sequía, el campo estaba sediento y la tierra se cuarteaba de forma que los niños deja-ban sus mensajes secretos en las grietas, yo seguía soñando: soñaba en el invierno, la nieve, el frío, soñaba que dejaría la superficie del lago helado bien alisada, pondría dos mesitas con dos gramófonos, uno con la trompa rosa y el otro, azul celeste, parecerían dos flores enormes, compraría discos de valses vieneses, en la fragua se estaría calentito con el fuego siempre encendido y fuera haría poner dos calderas peque-ñas llenas de leña, las colocaría una a cada extremo del lago con las llamas que iluminarían a los patinadores, compraría patines antiguos de aquellos que se colocan sobre la bota con una palomilla y los señores, en cuclillas, con el pie de la dama sobre la rodilla, les colocarían los patines, y se serviría ponche caliente... Así soñaba mientras la prensa y los parti-dos políticos discutían quién pagaría los gastos de la sequía que me había inspirado unos proyectos tan bonitos para el invierno, y cuando el Parlamento, después de vivas con-troversias entre los diputados y los miembros del gobier-no, decidió que se establecería un impuesto de sequía que pagarían los millonarios, recibí la medida con satisfacción porque tenía la esperanza de que mi nombre apareciera en los periódicos junto a los de los señores Šroubek, Brandejs y otros, la desgracia sería para mí una suerte que me trans-portaría a mis sueños, en los cuales un pequeño mozo in-significante se convertía en un hombre importante, en un millonario... Pero pasaron los meses y nadie me pedía que pagase el impuesto de los millonarios... Ya me había comprado dos gramófonos y un precioso piano mecánico y hasta un tiovivo fantástico con ciervos, renos y caballos de madera, que dispuse alrededor del lago por parejas con sus muelles originales; a los clientes les gustaron mucho estos asientos que parecían dos canapés uno frente al otro, donde las parejas se miraban cara a cara y que tanto invitaban a conversaciones íntimas; había siempre una pareja de ciervos y una pareja de caballos y los clientes se sentían como en un paseo de enamorados, mientras se columpiaban con la música del piano mecánico en aquellos preciosos animales de bosque ricamente adornados con colores vivos y con unos ojos bellísimos, y es que el tiovivo lo conseguí de un rico alemán, propietario de un gran parque de atracciones... Un día vino a verme Zdeněk, que se había convertido en un personaje importante del aparato político del distrito y puede que de la región, estaba completamente cambiado, ya no era el Zdeněk de antes, se sentó cómodamente en un caballo, se columpiaba y paseaba la vista a su alrededor, yo me senté en el caballo de al lado y me comenzó a explicar cosas en voz baja y para confirmar sus palabras, con una sucesión de movimientos lentos, rompió un documento doblado, el documento, según decía, en el cual me pedían que pagase el impuesto de la sequía, lo rompió antes de que pudiera impedírselo y entonces bajó del caballo y echó al fuego los trozos de aquel decreto, para mí tan ardientemente esperado; con una sonrisa triste se acabó el vaso de agua mineral, él que antes no tomaba nada que no fuese alcohol del fuerte, y con una sonrisa triste se alejó de mí; le esperaba una limusina negra que se lo llevó allí de donde había venido, al reino de la política, que seguramente cultivaba con convicción y que le debía de satisfacer, si por ella había dejado la juerga y los números en los cuales se desprendía de todo el dinero que tenía, como si le quemara, los actos altruistas con los que devolvía el dinero a la gente porque, según decía, aquel dinero les pertenecía...

Después los acontecimientos se precipitaron con una velocidad vertiginosa, y yo entretanto realizaba los proyectos que había soñado: tardes y noches sensacionales con patinaje sobre hielo, gramófonos y fuegos tanto en la fragua como fuera, en el lago helado; pero los clientes que venían se sentían tristes, y si estaban alegres, era una especie de alegría forzada igual que la de los alemanes en la Cestita, cuando sabían que quizás aquél era el último rato que pasaban con sus mujeres y prometidas, antes de ser llevados al frente... Y cuando mis clientes se despedían de mí, también parecía que no esperasen volverme a ver nunca más, se desprendía de sus gestos y de la manera en que me estrechaban la mano, y si volvían, lo hacían tan melancólicos y desconsolados como antes; y por más que en la Cantera estábamos aislados y los cambios no se producían bruscamente, era el mes de febrero y había tenido lugar el golpe en Praga, y todos mis clientes eran conscientes de que su mundo se acababa, se gastaban el dinero como podían, pero la alegría espontánea iba desapareciendo y a mí también se me contagió su amargura; abandoné mi costumbre de encerrarme con llave por la noche en mi habitación para, tras las cortinas corridas, desplegar los billetes de cien de las ganancias diarias que cada mañana llevaba al banco, en el que ya tenía ahorrado un millón de coronas... Y llegó la primavera, y de la misma forma que unos pocos clientes volvían a la Cestita, de mis clientes también venían sólo unos cuantos, los otros, decían, habían sido detenidos o habían huido al extranjero... y en su lugar venían otros nuevos, que gastaban dinero con más facilidad todavía, pero yo no dejaba de pensar en los antiguos, que antes venían una vez por semana; un día se presentaron dos y me dijeron que por ser millonarios al día siguiente se los llevarían a un campo de concentración, donde debían llevarse botas fuertes, calcetines, una manta y comida, y entonces yo me alegré y enseñé mi libreta de ahorros a mis clientes, uno de los cuales era fabricante de aparejos y el otro poseía un taller de prótesis dentales, para que viesen que yo también era millonario... y a continuación preparé la mochila con botas fuertes, calcetines y comida en conserva, me preparaba para cuando viniesen a buscarme, porque el fabricante de dientes artificiales decía que, por cierto, todos los dueños de hotel de Praga también habían recibido aquella convocatoria... De madrugada se marcharon con lágrimas en los ojos porque no tenían el valor de huir al extranjero, no tenían ganas de arriesgarse y se fiaban de América y de la ONU, que, decían, no permitirían algo parecido y conseguirían que todo el mundo pudiese volver a sus casas con sus familias... Yo esperé un día, dos, una semana, entonces un cliente de Praga me dijo que todos los millonarios se encontraban en San Juan de la Roca, en un antiguo convento-seminario convertido en campo de concentración después de la expulsión de los jóvenes teólogos... No me costó mucho decidirme, y con más razón aún porque aquel día vinieron del comité nacional del distrito y con muchos miramientos me comunicaron que requisaban el hotel de la Cantera y que, hasta nueva orden, podía quedarme de gerente, pero que los derechos de la propiedad pasaban a partir de ahora a manos del pueblo... Me puse hecho una fiera, estaba seguro que detrás de todo estaba Zdeněk, que otra vez había intentado hacer una buena obra; me presenté al comité, Zdeněk permanecía sentado y sin decir nada, sólo sonreía tristemente, cogió un documento de su escritorio y lo rompió ante mis ojos mientras me decía que tomaba la responsabilidad de destruir mi convocatoria para ir al campo de concentración, porque un día me dejé detener en lugar de él, se refería a aquella historia de cuando miré el reloj; yo dije que me había decepcionado, que creía que era un amigo, pero que ahora veía que él me perjudicaba, a mí, que durante toda la vida me había esforzado para ser dueño de un hotel, millonario, y ser reconocido como tal... Y me fui para llegar por la noche ante las puertas del antiguo convento-seminario, me presenté al centinela que iba armado con un fusil y le dije que yo era un millonario, el dueño del hotel de la Cantera, y que quería hablar con el comandante de un asunto muy importante. El centinela llamó a alguien por teléfono,

en un instante me dejaron pasar al despacho de otro centinela que estaba sentado ante una mesa llena de papeles con
una botella de cerveza en la mano, de la que no paraba de
beber, y cuando se la terminaba, metía la mano bajo la mesa,
de donde sacaba otra, la abría y se la tragaba como si estuviera muerto de sed... y yo le pregunté si le faltaba algún
millonario y añadí que a mí no me habían enviado ninguna
convocatoria pero que yo era millonario, él revisó sus papeles, pasó el lápiz por la lista de nombres, pero dijo que no,
que yo no era millonario, que podía volver a mi casa... y yo
le dije que debía tratarse de un error porque yo sí era un
millonario, pero me cogió por la espalda y me condujo hasta
la puerta, allí me dio un empujón y me gritó, ¡si usted no figura en mi lista significa que no es millonario! Y yo saqué la
libreta de ahorros para mostrarle que tenía un millón cien
mil coronas con diez céntimos en el banco, y dije triunfalmente: ¿y esto qué es? Él miró la libreta y yo le suplicaba, no
me eche, ¿verdad que no lo hará? De forma que él se compa-
deció de mí y proclamó que me internaba, y se apuntó todos
mis datos... Aquel antiguo seminario se parecía a una cárcel,
un cuartel o un alojamiento para estudiantes pobres, con la
diferencia de que en cada pasillo, entre las ventanas y en
cada rincón, colgaba un crucifijo o un cuadro de la vida de
los santos, y casi en cada imagen piadosa figuraban escenas
de martirio, de un horror espantoso que el pintor había re-
producido con tanto realismo, que viendo esto, cuatro o seis
millonarios en cada celda de seminarista era la gloria. Esperaba encontrarme en el reino del terror y de la maldad que
experimenté en la cárcel medio año después de la guerra,
pero el seminario de San Juan de la Roca era más bien un
embrollo. El refectorio constituía la sede de una especie de
tribunal, compuesto por algunos milicianos con brazaletes
rojos y fusiles militares, siempre molestos por las correas del
uniforme que les caían de continuo, parecía hecho a propósito que los pequeños llevasen los uniformes grandes, y a los
grandes no les entraban de pequeños que eran, de manera

que los llevaban desabrochados; el veredicto consistía en adjudicar a cada millonario un año de reclusión por cada millón, así pues, por mi millón y pico recibí dos años, el fabricante de aparejos cuatro años y a quien le pusieron más, diez años, fue al señor Šroubek, el dueño del hotel, porque tenía diez millones. Ahora bien, pronunciar el veredicto era una cosa e inscribirlo en el registro era otra bien distinta; un nuevo problema se presentaba a la hora de la retreta y es que cada noche faltaba algún millonario; íbamos a buscar cerveza al pueblo vecino, la traíamos en un cubo y nuestros guardianes la engullían en enormes cantidades, de manera que no me extrañaba que no llegasen nunca a contarnos correctamente; aunque empezasen por la tarde se pasaban horas y horas. Acabaron adoptando el método de las decenas: un guardia daba palmas, otro dejaba caer una piedra, y después de haber pasado lista por decenas hasta el último millonario, se contaban las piedras y se añadía un cero más por los millonarios que no entraban en la decena, pero era inútil, porque siempre faltaba o sobraba gente, y si alguna vez se llegaba al número correcto, entonces en la puerta se presentaban cuatro millonarios cargados de regaderas y de cubos llenos de cerveza; o sea que para no complicar la cosa los declaraban recién llegados, de forma que les repetían el juicio y acababan recibiendo el doble de años. Hay que decir también que alrededor del seminario no había ninguna valla, así que tanto los milicianos como los millonarios tomaban el atajo y entraban a través del jardín, pero ya que en el portal dos milicianos se encargaban de abrir y cerrar con llave, para justificar su ocupación se ordenó que todo el mundo pasara por el portal, así que después se veían muchas veces milicianos y millonarios que tomaban el atajo por el jardín y entonces de daban cuenta que tenían que pasar por el portal, se golpeaban la frente y volvían atrás para que los porteros no se quedasen sin trabajo. Al principio pensamos que habría problemas con la comida, pero todo se resolvió porque al comandante y a los otros milicianos les encantaba participar en las comilonas de los millonarios, así que los alimentos que les enviaban de los cuarteles se les daban directamente a los cerdos que había comprado el fabricante de prótesis; primero teníamos diez y después alcanzamos los veinte cerditos, y a todos se les ponían los dientes largos cuando hablábamos de la matanza del cerdo, entre los millonarios algunos tocineros nos prometían unas delicias celestiales, a los milicianos se les hacía la boca agua y ellos también inventaban recetas. Nuestras comidas cotidianas se parecían más a los banquetes que se ofrecían a los monjes de los antiguos seminarios más ricos, que no a las comidas de internado: todo lo conseguían los millonarios, y si a alguien se le terminaba el dinero, el comandante de los milicianos lo mandaba a casa para que trajese más, primero les acompañaba un miliciano vestido de paisano, pero más tarde era suficiente la promesa de volver para que el millonario en cuestión recibiese permiso para hacer una excursión a Praga y traer algún dinero del millón o de los millones que tenía en su cuenta corriente; sacarlo no era ningún problema porque los millonarios presentaban un certificado del comandante de los milicianos que decía que el dinero era destinado a usos de interés público. Y nosotros comíamos, y cuando no comíamos pasábamos el rato inventando nuevas recetas y menús que enseñábamos al comandante a modo de sugerencias, y es que nosotros los millonarios considerábamos a los milicianos nuestros invitados, y a la hora de las comidas nos sentábamos a la mesa todos juntos... Y desde que el millonario Tejnora fue en taxi a Praga a buscar una orquesta, un cuarteto, todos se apuntaban a ir a Praga y volver en taxi, y cuando volvían, pasada la medianoche, los milicianos que hacían de porteros estaban dormidos, de manera que nosotros mismos nos abríamos y cerrábamos la puerta, y después colgábamos la llave en su lugar... Y yo me decía, qué lástima que Zdeněk no sea millonario, aquí se encontraría como pez en el agua, porque él, que tenía tanta imaginación para echar la casa por la ventana, inspiraría a los millonarios, que se estrujaban el cerebro inventando formas de librarse del dinero... Y al cabo de un mes los millonarios estaban morenos porque tomaban el sol tumbados en el prado, en cambio los milicianos estaban pálidos de tanto vigilar la puerta y sobre todo de quedarse en el despacho redactando informes, a menudo les costaba establecer quién era quién porque varios millonarios tenían apellidos parecidos, por ejemplo Novák y Nový; además tenían que ir vestidos con aquellos uniformes que les quedaban horribles, parecían pordioseros, quien tiene un compromiso no hace lo que quiere y los milicianos estaban condenados a pasarse horas y horas en las celdas de los seminaristas redactando listas y otros documentos, escribiendo y borrando con un lápiz y una goma, y vuelta a empezar, y como no conseguían terminarlo, los millonarios acababan redactando los informes, lo hacían en un abrir y cerrar de ojos, como cuando despachaban la correspondencia en sus hoteles y restaurantes. El seminario era propietario de una granja con diez vacas, pero éstas no daban bastante para que todos pudieran desayunar a base de café con leche, así que un fabricante de barnices compró cinco más; cada mañana con el café con leche se servía una copita de ron, pero algunos no querían leche porque habían tomado algo antes de acostarse, y puesto que deseaban estar en forma para los nuevos ágapes, se servían el ron en las tazas de café con leche; eso ayudaba a digerir, decían...

Y cuando llegaban las visitas mensuales... el comandante compró cuerda de tender la ropa para marcar con ella un muro imaginario, y cuando se terminaba la cuerda, marcaba la línea que separaba los internados del mundo exterior con el tacón; entonces venían las esposas con los hijos y llevaban bolsas y mochilas llenas de toda clase de delicias, de longanizas húngaras y de latas con especialidades extranjeras, y por mucho que nosotros hiciéramos lo posible para dar cara de pena, se nos veía tan morenos y bien alimentados que no podíamos disimular, y si hubiese venido alguien que no conociera la situación, habría dicho que los visitantes eran los presos y que la cárcel estaba fuera porque daba la impresión de que sufrían más por el encarcelamiento las familias que los millonarios. Y por mucho que nos esforzábamos, tanto los millonarios como los milicianos, éramos incapaces de liquidar toda aquella comida, así pues el comandante dio permiso para que las familias viniesen de visita dos veces al mes; y si en algún momento no encontrábamos bastante dinero, los especialistas escogían los libros más preciados de la biblioteca del seminario, y siempre con el permiso y bajo las órdenes del comandante los llevábamos a vender a las librerías de viejo de Praga... y así se nos ocurrió que podríamos vender también las sábanas y la ropa de noviciado de los futuros curas de San Juan de la Roca, pero era tarde porque los millonarios auténticos ya hacía tiempo que habían descubierto su valor y habían sacado y enviado a su casa maletas llenas de preciadas sábanas y de largos camisones tejidos en la montaña, y de toallas fabulosas, docenas y docenas de las cuales habían permanecido amontonadas en los armarios de los novicios y futuros curas y que ahora estaban arrinconadas, y nosotros teníamos la ropa limpia a nuestra disposición para evitar enfermedades contagiosas... Los millonarios acabaron recibiendo el permiso para irse de vacaciones, los milicianos nos tenían plena confianza y sabían que no nos largaríamos, y en el caso de que esto ocurriese, como pasó dos veces, entonces encontraríamos a alguien de repuesto, algún pariente con ganas de descansar de la familia... y cuando los milicianos se vestían de paisano nosotros nos poníamos sus uniformes para vigilarnos a nosotros mismos, y lo que más ilusión me hacía era estar de servicio en la puerta el domingo o el sábado por la noche, cuando los milicianos salían, porque montábamos un espectáculo que ni Chaplin habría inventado para una de sus grotescas películas: jugábamos a liquidar el campo de millonarios; el comandante, el millonario Tejnora disfrazado de miliciano, proclamaba que el campo pronto se liquidaría y que los millonarios podrían volver a casa; entonces éstos se escondían y los millonarios disfrazados de milicianos les intentaban convencer explicándoles que fuera del campo se estaba muy bien, que ya no sufrirían bajo el látigo de los milicianos, que vivirían en libertad una auténtica vida de millonarios, pero ellos no querían saber nada, de forma que el millonario Tejnora disfrazado de miliciano comandante y otros millonarios disfrazados de milicianos dieron la orden de liquidar el campo por la fuerza; tuvieron que sacar de las celdas a los millonarios que tenían ocho o diez millones, es decir, ocho o diez años, y nosotros, que mirábamos el espectáculo, nos partíamos de risa cuando veíamos cómo los milicianos echaban a los millonarios por la fuerza, cómo, cuando estaban fuera, cerraban la puerta con llave, cómo los millonarios iban hasta la colina y al ver el mundo exterior querían volver al campo, golpeaban la puerta y arrodillados imploraban a los millonarios disfrazados de milicianos que les dejasen entrar, que les ofrecieran asilo... y yo también reía, pero por dentro no, porque aunque me encontraba entre los millonarios no era totalmente uno de ellos; aunque compartía la habitación con el señor Šroubek, él se mostraba frío y distante conmigo, en una ocasión le recogí la cuchara que le cayó al suelo, la cogí y se la ofrecí como años antes alcé la copa y nadie brindó conmigo, y como si no estuviera, el señor Šroubek fue a por otra cuchara para comerse la sopa, y la que yo le puse al lado del cuchillo la apartó con asco con la servilleta, y lo hizo con tanto ímpetu que la cuchara cayó al suelo y todo el mundo vio cómo después el señor Šroubek de un puntapié la enviaba bajo el armario de la ropa de los curas... Yo reía igual que los demás, pero no tenía muchas ganas, porque en cuanto empezaba a hablar de mi millón o dos o de mi hotel de la Cantera, los millonarios callaban y apartaban la vista con ostentación, nadie hacía caso de mis millones, y me di cuenta de que toleraban mi presencia entre ellos porque no tenían más remedio, pero consideraban que yo no era digno porque ellos tenían sus millones desde hacía tiempo, desde mucho antes de la guerra, mientras que yo era un nuevo rico, alguien que se había enriquecido con la guerra y que no querían ni podían considerar como un igual porque no pertenecía a su ambiente; de la misma manera que en mi sueño, por más que el archiduque me hubiese dado un título de noble, yo no habría sido barón porque los aristócratas auténticos no me habrían aceptado nunca entre ellos; un año atrás aún podía alimentar la ilusión de ser digno de ellos en tanto que propietario del hotel de la Cantera, creía que si un millonario conversaba conmigo o me tendía la mano, era por respeto, pero ahora veía que no era más que una farsa; en realidad los ricos siempre intentan tener buenas relaciones con el maître o con el dueño del hotel porque estas personas pueden hacer que coman, beban o duerman mejor, así que si los ricos piden al maître que traiga una copa y se sirva de su vino para poder brindar, es porque saben que a ellos, eso, no les cuesta nada, en cambio obligan al maître a la discreción, a mantener la boca cerrada... pero si uno de los ricos se encontrara con su maître en la calle, ni se pararía, y de entablar conversación con él, ni pensarlo...

Y cada vez era más consciente de cómo se forjaban aquellas fortunas, aquellos millones: se acumulaba dinero ahorrando en pequeñeces, el señor Brandejs cada día ordenaba servir buñuelos de patata al personal, y aquí también sabía donde estaba el dinero, por eso enviaba a su casa maletas repletas de sábanas y valiosas toallas, no es que en su casa lo necesitasen, pero su mentalidad de millonario no le permitía desaprovechar la ocasión que se le ofrecía de conseguir gratis aquellas bellas piezas de ropa de novicio... El comandante me nombró encargado de las palomas, y es que había doscientos pares de palomas mensajeras a las cuales era necesario dar agua y vezas, además de limpiar el palomar. Cada día, después de comer, cogía el carro para ir a buscar los restos de comida a la cocina... He olvidado decir que el comandante ya estaba harto de comer carne y un día empezó a echar de menos croquetas de patata, otro día crêpes con mermelada de ciruelas, con requesón y crema, y el gran sastre millonario Bárta lo aprovechó para sugerir que su mujer, que era de pueblo, se podría quedar de repostera... Ésta pues, fue la primera presencia femenina, y ya que estábamos hartos de carne, otras tres esposas de millonarios vinieron a nuestro campo a hacer de pasteleras, y después de dejar emigrar a los millonarios que tenían la doble nacionalidad austriaca o francesa quedaron libres diez celdas, así que a los millonarios se les ocurrió que se podrían alquilar una vez por semana a las visitas femeninas porque, decían, privar a los hombres casados de sus mujeres era inhumano. De manera que cada semana venían una decena de bellezas, no necesariamente esposas, en su mayoría camareras o acompañantes de bar de antes de la guerra, yo mismo reconocí a dos chicas que cada jueves se hacían visitar por los bolsistas en el hotel París, ahora ya no estaban en la flor de la juventud, pero sí todavía de buen ver... Sin embargo, yo prefería mis palomas, los doscientos pares de palomas que cada día pasadas las dos, puntualmente, venían a posarse sobre el tejado del seminario, punto estratégico con vistas a la cocina, de donde yo salía cada día con un carrito abarrotado con dos sacos de vezas, restos de verdura y otras cosas; y yo, que serví al emperador de Etiopía, daba de comer a las palomas porque nadie quería hacerlo, porque eso no era digno de manos millonarias, tenía que ir rápido, salir a las dos en punto cada día, con el último toque de campana, y si la campana, por lo que fuese, no sonaba, entonces salía cuando la sombra de la aguja caía sobre la barra que marcaba las dos de la tarde en el reloj solar de la pared de la iglesia; cuando salía, las cuatrocientas palomas volaban a mi encuentro y con ellas una gran sombra y un batir de alas, como si alguien vertiese sal o harina de un saco, y se posaban sobre el carro y las que no cabían venían a posarse sobre mis hombros y volaban a mi alrededor aleteando cerca de mis oídos, me apartaban del mundo, me sentía como dentro de un velo larguísimo que se extendía por delante y por detrás de mí, yo estaba escondido dentro de aquel velo de alas agitadas y de ochocientos ojos bonitos como arándanos; y yo, cubierto de palomas, llevaba el carrito con vezas mientras los millonarios se partían de risa al verme enterrado en la masa de pájaros; y en cuanto llegaba al patio, las palomas se ponían a picotear hasta que los sacos quedaban vacíos y las cazuelas inmaculadas; un día que llegué tarde al último toque de la campana porque el comandante probaba una sopa italiana con parmesano y yo esperaba la cazuela, las palomas irrumpieron en la cocina, las cuatrocientas palomas invadieron todo el espacio, al comandante le arrancaron la cuchara y yo salí afuera, donde las palomas me cubrieron por completo y me picotearon con sus tiernos picos, yo me protegía la cara y la cabeza con las manos e intenté huir, pero las palomas me perseguían, y de pronto caí y las palomas volaban a mi alrededor y se posaban sobre mí, me enderecé un poco y me vi a mí mismo acariciado por las palomas, y es que yo para ellas era una divinidad vivificante; me veía a mí mismo envuelto de mensajeros celestiales, sí, el mismo Dios me enviaba aquellas palomas como a un santo, a un escogido del cielo; a través de la cortina de alas de paloma oía risas, gritos y observaciones, los millonarios se reían de mí, pero yo no les hacía caso, estaba marcado por el mensaje de las palomas, por la revelación de que lo increíble se había hecho realidad otra vez, que por más hoteles o millones que tuviera, nada se podía comparar a estas caricias y a estos besos de los pequeños picos de las palomas que el mismo cielo me enviaba; igual que en los cuadros del vía crucis del claustro delante de nuestras celdas, las palomas debieron de cogerme afecto y me trasmitían el mensaje divino, que hasta aquel momento ignoraba, porque no sentía nada más que ansias de convertirme en aquello que nunca podría llegar a ser a pesar de mis dos millones, y sólo entonces conseguí no ser millonario, sino multimillonario gracias a estas pequeñas palomas, mis amigas, símbolo de la misión que posiblemente aún tenía que cumplir; me sentía Saúl, a quien, al caer del caballo, Dios se le apareció... y abrí la cortina de ochocientas alas bateando como si abriera las ramas caídas de un sauce llorón y salí de entre aquellas plumas para coger corriendo el carrito con los dos sacos de vezas y las cacerolas con los restos de verdura, las palomas se posaron sobre mí y yo, sumergido en una nube de palomas con alas batientes, poco a poco arrastré el carrito hacia el patio y por el camino tuve una visión: se me apareció Zdeněk, no el funcionario político, sino el Zdeněk de antes, el del hotel Plácido, el del día en que salimos juntos a pasear y en el bosque de abedules vimos a un hombrecillo que corría, soplaba un silbato y agitaba los brazos mientras apartaba los árboles de su alrededor y les gritaba, ¿otra vez? ¡Říha, si vuelve a repetir esto, tendrá que salir del campo! Y venga correr y silbar, y por la noche Zdeněk me explicó que aquel hombrecillo era el señor Šíba, el árbitro de fútbol, que se entrenaba entre los abedules para el partido Sparta-Slávia, amenazando a Burger y Braine con amonestarlos y a Říha con echarlo del campo; aquella misma tarde Zdeněk fue al manicomio de casos leves, llenó un autocar de locos y en lugar de llevarlos a la fiesta mayor del pueblo tal como estaba previsto, tras una parada delante de un bar para comprar un barril entero de cerveza llevó al grupo vestido con el uniforme de rayas al bosquecillo de abedules en el que el señor Šíba corría y tocaba el silbato entre los árboles: los locos, que se ambientaron enseguida, se tragaban la cerveza y recitaban a gritos los nombres célebres de los jugadores del Sparta y del Slávia, reclamaban al señor Šíba que expulsara a Braine y Říha por haber jugado con demasiada violencia, y cuando se acababa la cerveza, hasta yo veía jugadores en vez de abedules... y al cabo de un mes Zdeněk me mostró un artículo del periódico donde felicitaban al árbitro, el señor Šíba, por haber salvado el partido expulsando a Braine y Říha...

Lo imposible se convertía en realidad otra vez y el círculo se empezaba a cerrar, yo volvía a la época de mi adolescencia de pequeño mozo, sin querer retrocedía en mi historia, el curso de los acontecimientos me empujaba a enfrentarme a mí mismo, a ver mi vida en un espejo, a verme un día con Zdeněk, otro con mi abuela al lado de la ventana abierta esperando que alguien lanzara, desde los baños de Carlos, una pieza de ropa interior que se quedaba un momento crucificada sobre el fondo negro de las aguas, para después caer sobre la rueda del molino, y luego mi abuela la sacaba con un gancho para lavarla, zurcirla y venderla a algún obrero de la construcción... Aquel día nos anunciaron que al cabo de una semana se liquidaría el campo de concentración para millonarios, que los jóvenes serían enviados a hacer trabajos forzados y los viejos podrían volver a casa; de manera que decidimos organizar la última cena: ya que necesitábamos dinero, al fabricante de prótesis y a mí nos dieron permiso para ir a buscarlo a la casa de campo en la que el fabricante lo tenía escondido... ¡Qué experiencia! Llegamos al anochecer, subimos por la escalera de mano y entramos por la ventana de la buhardilla; con una linterna escudriñamos maleta por maleta y baúl por baúl buscando el dinero, porque el fabricante no se acordaba de dónde lo había escondido, y cuando abrí la última maleta, ¡qué susto!, ¡qué horror!, estaba llena de dientes y de prótesis, de encías rosadas con dos hileras de dientes blancos, aquellas bocas parecían plantas carnívoras, algunas cerradas, otras abiertas como si bostezaran, y entonces me caí de espaldas y las dentaduras cayeron sobre mí, en las manos y en la cara sentía los besos glaciales de aquellas bocas, estaba en el suelo temblando, enterrado bajo el montón de dentaduras, no podía ni gritar de lo horrorizado que estaba, me puse boca abajo, y a cuatro patas, igual que un animal, como una araña, huí... y allí mismo, en el fondo de aquella maleta, estaba escondido el dinero, el fabricante lo recogió, volvió a guardar las bocas y fuimos hacia la estación... Tenía que ir a Praga, a mi apartamento, a buscar mi mejor frac, y sobre todo la banda celeste y la Orden que me había dispensado el emperador de Etiopía, para lucirlas en la última cena; los preparativos que hacíamos para esta cena, los ramos de flores y de esparraguera que habíamos comprado, me recordaban los banquetes de boda del hotel París; los señores Šroubek y Brandejs se pasaron toda la tarde adornando la mesa del refectorio, al señor Brandejs le dolía no poder disponer de los cubiertos de oro; invitamos a los milicianos junto con el comandante; el comandante de milicianos era un buen hombre, el día anterior habíamos tropezado con él fuera del pueblo y nos preguntó dónde íbamos, el señor Brandejs le dijo: venga con nosotros, vamos a bailar, anímese, pero él negó con la cabeza y se alejó con su fusil, que llevaba como si fuera una caña de pescar, el fusil le molestaba, no iba en absoluto con su carácter, y él no paraba de soñar en volver a las minas en cuanto se hubiese liquidado nuestro campo de millonarios... Y volví a hacer de camarero, me puse el frac, pero no igual que antes, ahora me sentía disfrazado porque mentalmente me encontraba en otro sitio, me puse la Orden y la banda sin ningún orgullo, no estiraba el cuello para parecer más alto, me era indiferente, tampoco intentaba demostrar nada a los dueños de hotel, no me importaba que no me aceptaran, estaba taciturno y observaba el banquete desde fuera, no ponía ningún interés en servir; aunque los señores Šroubek y Brandejs, también con frac, trabajaban conmigo, ya no lamentaba haber perdido el hotel de la Cantera... Y no era sólo yo quien no estaba a gusto, sino todos, el banquete era tan triste como la última cena, tal como se representaba en las pinturas y en el cuadro que colgaba aquí en el refectorio y que cubría toda la pared; mientras comíamos el primer plato, embutidos de ave, y lo regábamos con vino blanco del sur de Moravia, primero sólo yo y al cabo de un rato todos teníamos la mirada fija en el cuadro de la última cena, y empezábamos a parecernos a los apóstoles, mientras comíamos ternera *à la Stroganoff*, el ambiente se volvió melancólico, todo me hacía pensar en las bodas de Caná pero al revés, porque cuanto más bebían los millonarios, más sobrios estaban, como si el vino se hubiera convertido en agua, y a la hora del café y del coñac reinaba un silencio sepulcral, el silencio se contagió incluso a los milicianos instalados en la antigua mesa de profesores del seminario, ellos también estaban tristes porque sabían que se acercaba el momento de nuestra separación, el punto final de un período agradable que algunos habrían deseado que se prolongara hasta el infinito... y de pronto se oyó el repique de la campana del convento, que llamaba a los millonarios a la última misa, la misa de medianoche; un monje cojo, el único de los treinta que quedó después de la abolición del convento, la celebraba para los pocos creyentes que había entre los millonarios; de pronto el viejo monje dejó de lado el cáliz con el que bendecía a los creyentes para sentarse al órgano y tocar y cantar el himno de nuestro santo patrón... el retumbar del órgano y el canto «San Wenceslao, patrón de Bohemia» llenaron el refectorio, levantamos la mirada hacia la pintura de la última cena, los creyentes y los no creyentes, porque aquello armonizaba con nuestro estado de ánimo triste y nostálgico, y nos levantamos, primero uno a uno y al final todos, para atravesar el patio corriendo y entrar por la puerta abierta a la luz amarilla de las velas... En la capilla no nos arrodillábamos, sino que literalmente caíamos boca abajo, heridos por algo más fuerte que nosotros, más fuerte que el dinero, por algo que estaba ahí y que había esperado durante milenios... «San Wenceslao, no nos dejes perecer, ni a nosotros ni a nuestros descendientes», cantábamos... Yo estaba arrodillado y no reconocía aquellas caras desnudas de la máscara del dinero, que ahora irradiaban todo lo que de sublime, bello, noble hay en el hombre... y el monje ya no parecía un viejo cojo, al contrario, con la sotana blanca era un ángel inclinado bajo el peso de sus alas de plomo... y sobre nosotros, arrodillados o postrados en el suelo, el monje alzó el cáliz, nos bendijo y elevándolo pasó entre nosotros para atravesar el patio con la sotana, que en la oscuridad irradiaba luz como el vestido fluorescente del artista de la cuerda del hotel de la Cantera, al que, al final, se tragaban las aguas del lago, del mismo modo que el monje después de habernos bendecido se tragó la sagrada hostia... Y la campana ya daba las doce y nosotros empezamos a despedirnos, pasábamos por el portal abierto, los milicianos encabezados por el comandante nos estrechaban cordialmente la mano a cada uno de nosotros, todos eran mineros de la región de Kladno, y nosotros nos mezclábamos con la oscuridad y avanzábamos hacia la estación porque el campo de concentración había sido liquidado y teníamos que regresar cada uno a su casa, independientemente de los millones que habíamos tenido... Durante el viaje no me pude quitar las palomas de la cabeza, al día siguiente a las dos me esperarían y yo no estaría... Así, con la cabeza llena de palomas me iba a casa, pero no a Praga, sino al hotel de la Cantera; subía por un sendero desde donde, a través del bosque, debía verse el hotel iluminado, pero no se veía nada más que una oscuridad más negra que la boca de un lobo... Al lado de las esculturas lo entendí, pero me quedé impasible: la Cantera estaba cerrada, una gran cadena colgaba del portal. Di la vuelta a la verja y por una roca cubierta de flores alpinas resbalé al corazón de la Cantera. Todo estaba hecho un desastre, las sillas sucias y tumbadas por el suelo... Giré el tirador de la puerta de la fragua, estaba abierta; del interior del restaurante no quedaba ni rastro, debían de haberlo trasladado a otro sitio; en el hogar quedaba algo de brasa aún caliente; faltaban todos los enseres de cocina, en su lugar había unas cuantas tazas vulgares de café; debían de haberlo convertido en una especie de baños porque había toallas y bañadores colgados en un alambre... A cada paso y casi con alegría me daba cuenta de la decadencia de lo que había sido la vieja Cantera, por la cual el mismo Steinbeck quería darme un talón de cincuenta, sesenta, ochenta mil dólares, yo no la vendí e hice bien, me colmaba de alegría el hecho de que si yo no podía ser el dueño, el hotel de la Cantera se perdiera... La única cosa que antes no estaba y que encontré hermosa era un maniquí de mujer desnudo, colgado horizontalmente del techo, que seguramente provenía de un escaparate de ropa... En el hotel faltaban las alfombras del pasillo y los pequeños farolillos de cada puerta; giré el tirador y vi que la habitación estaba vacía, ¡perfecto!, prefería que fuera así, que sin mí la Cantera desapareciese, a partir de ahora sólo existiría en los recuerdos de mis antiguos clientes, sí, reviviría en sueños, en el ensueño, el hotel de la Cantera sería el escenario de las citas con las chicas más bonitas o de los sueños aventureros, en los que los más intrépidos de mis clientes se lanzarían al lago desde cuarenta metros de altura...

Cuando me fui estaba muy contento... En Praga encontré una notificación según la cual podía escoger entre una de dos posibilidades: o ir a la cárcel y en este caso presentarme en Pankrác, o bien realizar trabajos forzados en un bosque, el lugar concreto dependía de mi elección, de mis preferencias, con la condición de que estuviera situado en una región fronteriza, completamente despoblada después de la expulsión de los alemanes de los Sudetes. Aquella misma tarde fui a la oficina indicada y me inscribí en la primera brigada forestal que me propusieron. Alegre, volví a casa y me puse todavía más contento cuando vi que tenía gastada la suela del talón donde guardaba los sellos que me quedaban de mi mujer Liza, que los había cogido en Lemberg y Lvov, después del incendio del gueto y del exterminio de sus habitantes. Ahora paseaba por Praga sin corbata, sin ganas de parecer más alto, ya no escogía los hoteles de la plaza Wenceslao y de las avenidas centrales que me gustaría comprar, sonreía pensando en mí mismo, me decía, no sin malicia, que me merecía lo que me había ocurrido; a partir de ahora haría sólo lo que me diera la gana, ya no llevaría el yugo de la responsabilidad de tener que decir a cada paso, buenos días señor, buenas tardes señora, servidor, adiós señores, ya no tenía que vigilar al personal o, si yo mismo formaba parte del personal, vigilar que no me viera el dueño cuando quería encender un cigarrillo o coger un trozo de carne de la nevera, ¡nunca más!, y me ilusionaba marcharme lejos al día siguiente, lejos de todo el mundo, y aunque encontraría a alguien, estaría rodeado de aquello que a mí, igual que a todos los que trabajan con luz artificial, más me ilusionaba: la naturaleza; siempre me imaginé que un día viviría en plena naturaleza, si no era antes, al jubilarme vería lo que es un bosque y qué aspecto tiene el sol, y el sol me iluminaría cada día durante el resto de mi vida con tanta intensidad que tendría que protegerme con un sombrero, yo, que durante tantos años de servir envidiaba a los porteros y caldereros que al menos una vez al día salían a la calle y echaban la cabeza hacia atrás para ver el cielo y las nubes desde las fosas de las calles de Praga, a partir de ahora podría saber la hora según la naturaleza y no según el reloj... Y yo que tantas veces vi cómo lo increíble se hacía realidad cada vez creía más en mi buena estrella, la que quizá me había guiado sólo para demostrarme que siempre queda algún lugar en el que se esconde algo sorprendente, yo, con la luz de aquella estrella ante mis ojos, creía firmemente en ella, creía cada vez más, ya creía cuando llegué a ser millonario y ahora, cuando acababa de caer del cielo a la tierra, donde me arrastraba a cuatro patas, me daba cuenta de que mi estrella brillaba más que nunca y que podía verle el corazón; quizá para poder contemplar su corazón era necesario que mi mirada fuera más humilde, por todas las experiencias y todos los apuros que había vivido; sí, era eso, para poder conocer y ver el fondo de las cosas, tenía que volverme humilde. Al día siguiente el tren me dejó en Kraslice, la última estación, y aún tuve que andar por el bosque; después de caminar diez kilómetros ya estaba a punto de desesperarme, pero de pronto vi una antigua casa forestal desvencijada y al verla creí que me volvía loco de alegría y emoción: la casa forestal, abandonada por los alemanes, era exactamente lo que un hombre de ciudad se imagina cuando oye el término «casa forestal». Sentado en un pequeño banco de madera arrimado a la pared por la que trepaba una viña virgen que nadie podaba, oí el tic-tac de un auténtico reloj de la Selva Negra, oí el ruido de su engranaje de madera y el rumor de la cadena movida por el péndulo mientras miraba el paisaje que se veía entre dos colinas, un paisaje en el que los campos habían sido abandonados; paseando por allí comprobé que aún se distinguían los antiguos campos de patatas, de centeno o de cebada pero todo estaba lleno de malas hierbas, como en los pueblos por los que pasaba; en el rótulo del último pueblo vi que se llamaba Otro Mundo, y efectivamente daba la sensación de ser el otro mundo: ruinas por todas partes, las vallas cubiertas de ramas sin cortar, de grosellas casi maduras, más de una vez tuve ganas de entrar en las casas, pero siempre me quedaba en la puerta, horrorizado, todo estaba destrozado y parecía que alguien se hubiera divertido practicando boxeo con los muebles, las sillas estaban tiradas por el suelo... y las vigas con marcas de golpes de hacha, los baúles también; en uno de los pueblos las vacas volvían a casa, era al mediodía, las seguí mientras subían por un camino ancho flanqueado por viejos tilos, y es que me intrigaba una torre barroca, formaba parte de un castillo que apareció ante mí al fondo del camino de los tilos, un castillo magnífico con adornos en forma de cuadros grabados en el hormigón, creo que era del Renacimiento; las vacas entraron por la puerta arrancada, yo las seguí, se debían de haber perdido, me decía, pero no, el castillo había sido transformado en establo; las vacas habían escogido su domicilio en una gran sala con una enorme araña de cristal y bellísimos frescos con escenas pastorales ambientadas en Grecia o vete a saber dónde, quizás en Tierra Santa, porque las figuras de las mujeres y de los hombres no iban abrigadas para nuestro clima, sino que llevaban la ropa con la que los pintores acostumbran a vestir a Jesucristo y sus contemporáneos; entre ventana y ventana colgaban grandes espejos antiguos donde las vacas se contemplaban largamente y con gran placer; mientras bajaba por aquella espléndida escalera tuve que ir con cuidado para esquivar los excrementos de vaca, me dije que lo increíble se había convertido en realidad y me felicité por haber podido testimoniar aquella imagen de desolación que yo sabía ver con ojos más penetrantes que cualquier otra persona: aquel desastre en que habían convertido el castillo me horrorizaba, pero también lo observaba con interés; en el fondo todo el mundo tiene miedo de la desgracia y del crimen y se protege como puede, pero cuando ocurre algún crimen o accidente, la gente rodea el cadáver para observar a placer la cabeza con el hacha hundida o a la vieja atropellada por el tranvía; y en lugar de huir, me deleitaba testimoniando aquella locura y aquella monstruosidad y hasta me parecía que no tenía suficiente, que el mundo y yo podíamos recibir todavía una nueva dosis de sufrimiento y desgracia... Cuando llevaba un buen rato sentado ante la casa forestal, llegaron dos personas, seguramente las que vivían allí, con ellas tenía que convivir durante un año o más; les dije quién era y quién me había enviado y el hombre de la barba gris y un solo ojo me dijo, o más bien masculló, que era profesor universitario de literatura francesa y señaló a la chica guapa que estaba a su lado, yo me di cuenta enseguida de que era una de aquellas que esperaban en uno de los callejones tras la Torre de la Pólvora o quizás una de las chicas que se hacían visitar por los bolsistas en nuestro hotel, sólo viendo sus movimientos adiviné claramente qué formas tenía su cuerpo desnudo, el vello de las axilas y del bajo vientre, me pareció buena señal que después de tantos años esta chica, esta pelirroja, hubiese despertado en mí el deseo de desnudarla lentamente, al menos en la imaginación ya que no en la realidad... Y me dijo que la habían enviado allí castigada porque le gustaba pasarse las noches bailando, que se llamaba Marcela y que era una obrera cualificada de la casa Maršner en la chocolatería Orión. Llevaba unos pantalones de hombre sucios de resina y hojas de abeto, el pelo lo tenía también pegajoso de resina y cubierto de hojas... Ella y el profesor llevaban botas de agua de las que sobresalía un trapo, él también estaba pegajoso y sucio de resina de abeto y de pino, los dos olían a leña. Y entramos en la casa forestal, yo iba tras ellos y pensé que nunca había visto algo parecido, ni en las casas abandonadas de los campesinos alemanes en las que alguien había buscado a hachazos un tesoro en los armarios y baúles... La mesa estaba repleta de colillas y cerillas, y el suelo también, como si alguien hubiese tirado la porquería de la mesa al suelo. El profesor me dijo que yo dormiría en el primer piso, me acompañó y abrió la puerta con el pie, con la bota de agua... Me encontraba en una habitación de casa de campo muy bonita, de madera, con dos ventanitas acariciadas por las ramas de parra, abrí la puerta para salir al balcón, también de madera, podía pasear alrededor de la casa, podía mirar a los cuatro puntos cardinales, siempre acariciado por las ramas de parra... me senté sobre el baúl reventado con las manos sobre las rodillas y de la alegría que sentí, de pronto, me apeteció hacer algo... abrí mi pequeña maleta y en honor de lo que acababa de ver y de lo que seguramente me esperaba me puse la banda celeste sobre el pecho, clavé la medalla dorada en el extremo inferior, y así vestido bajé a la sala; el profesor estaba sentado con las piernas sobre la mesa, fumaba, y la chica se peinaba mientras escuchaba lo que le decía el profesor; él la trataba de señorita y decía esta palabra con tanta insistencia que temblaba, creo que le reprochaba algo... Y ya que empezaba a no importarme nada y a la vez todo me importaba mucho, hice una entrada teatral y con las manos un poco levantadas paseé por la habitación mostrándome desde todos los ángulos, igual que en un desfile de moda. Al terminar me senté y les pregunté si tenía que ir a trabajar con ellos por la tarde... y el profesor se rió, tenía unos ojos bellos, simulaba no haberse fijado en mi condecoración y contestó, dentro de una hora tenemos que trabajar, y continuó la conversación con la señorita, le enseñaba palabras francesas, *la table, une chaise, la maison*, ella lo repetía y ponía el acento donde no debía ponerlo, y él le decía amablemente: estúpida, ya verás la paliza que te daré con el cinturón, pero no con el cuero, sino con la hebilla... Y le repetía con paciencia y ternura las palabras francesas, parecía que acariciara con los ojos y con la voz a aquella moza de la chocolatería Orión-Maršner, y otra vez la chica volvía a pronunciar mal las palabras, seguramente se empeñaba en hacerlo, sabía pronunciarlas bien, pero se negaba a estudiar para volver a oír los tiernos insultos, mosquita muerta, tontita... Al ver el montaje pensé que lo mejor sería dejarlos solos, y cuando salía el profesor me dijo, ¡gracias!, y yo asomé la cabeza por la puerta y contesté, pasándome la mano por la banda celeste, yo serví al emperador de Etiopía... Menos mal que me dejaron un par de botas de agua porque el paisaje estaba siempre mojado, por la mañana era tal la cantidad de niebla que podía rasgarse como una cortina, y caía en forma de rosarios, era suficiente con tocar ligeramente una rama para que el rocío goteara igual que un collar roto. Desde el primer día mi trabajo me pareció fantástico: me llevaron al pie de un abeto, un árbol magnífico, cubierto hasta la mitad del tronco de ramas de pino y de abeto, nosotros debíamos cortar más ramas para amontonarlas encima, y entonces vinieron dos leñadores con una sierra de mano; el profesor me dijo que aquél no era un abeto corriente, sino uno de los que resuenan, y a modo de prueba sacó de la bolsa un diapasón, lo golpeó contra el árbol y, en efecto, el instrumento sonó maravillosamente... emitía sonidos en círculos concéntricos de todos los colores, y poniendo el oído sobre el tronco, oía tonalidades celestiales... y mientras el profesor y yo abrazábamos el árbol para disfrutar de aquel concierto, la chica permanecía sentada sobre un tronco y fumaba no con cara de indiferencia o aburrimiento, sino de asco y de irritación, levantando los ojos hacia el cielo para elevar una queja por las personas tan aburridas con las que le había tocado vivir, ¡Dios mío!, y cuando los leñadores se arrodillaron para cortar el árbol, yo me subí sobre el montón de ramas para oír cómo la sierra lo mordía: el tronco resonaba más que un poste telegráfico y de sus entrañas llegaban quejas y gemidos porque lo mutilaban, porque le cortaban el cuerpo... y el profesor me dijo que descendiera, resbalé hacia abajo y al cabo de un instante el abeto se inclinó, vaciló un poco y después cayó, las lamentaciones subían desde las raíces, mientras el lecho de ramas le abría sus brazos para suavizar la caída y, explicaba el profesor, impedir que se rompiera: aquel abeto pertenecía a una especie rarísima y era necesario conservar a toda costa aquella música de las esferas que vibraba dentro de la madera; entonces llegó el turno de limpiarle el cuerpo, cortarle las ramas y aserrarlo a trozos según un plan exacto para, por fin, llevarlo a la fábrica de instrumentos musicales, donde lo recortarían en planchas delgadas, placas que conservaban la música, y forjar violines y otros instrumentos de cuerda... Yo ya llevaba más de un mes allí, preparando el lecho de ramas de pino para que el árbol cayera como en una cama, igual que la madre envuelve al niño en un edredón, teníamos que ir con mucho cuidado para que no se rompiesen las tonalidades encerradas entre las fibras del tronco acústico; y al volver a casa tenía el honor de oír la retahíla de insultos con los que el profesor nos colmaba, no sólo a la chica, sino a mí también, según él los dos éramos unos imbéciles, unos holgazanes y unas hienas que le fastidiábamos sobremanera, y en cuanto nos hubo insultado a placer se dispuso a enseñarnos francés. Y mientras yo encendía las lámparas de petróleo y preparaba la cena en una rústica cocina económica de baldosas, me deleitaba oyendo las bonitas palabras que, sistemáticamente de forma incorrecta, emitía la boca de aquella chica que habían enviado aquí desde la chocolatería porque, según confesaba ella misma, le gustaba divertirse, le encantaba pasar cada noche con un chico distinto, y todo lo que nos explicó no difería en absoluto de lo que ya había oído decir de las chicas de la calle, la única diferencia era que a ésta le gustaba hacerlo, lo hacía gratis y por amor, por el placer del momento y por la ilusión de que alguien la amase un rato, quizás incluso una noche entera, y tenía suficiente para ser feliz, en cambio aquí tenía que trabajar y además estudiar francés, no porque le gustara, sino porque se aburría y porque no había nadie con quien pudiera matar el tiempo de otra forma durante aquellos largos atardeceres... Y al siguiente mes el profesor empezó a darnos lecciones de literatura francesa del siglo XX y este cambio nos alegró muchísimo, tanto a ella como a mí. Marcela mostró interés y el profesor se pasaba los largos atardeceres hablando de los surrealistas, de Robert Desnos, de Alfred Jarry, de Georges Ribemont-Dessaignes y de sus bellas admiradoras... Un día trajo un libro, *Domaine publique* se titulaba, cada noche nos leía un poema que después traducía, y al día siguiente mientras trabajábamos intentábamos analizarlo; al principio parecía algo complicado, pero poco a poco, interpretando una imagen tras otra, acabábamos captando el sentido de los versos; yo primero sólo escuchaba, después empecé a leer poemas, aquellos poemas tan difíciles que nunca me habían gustado, los leía y acababa comprendiéndolos, de manera que a menudo daba la explicación y el profesor me decía, ¿cómo lo sabes, burro, imbécil rematado? Y yo experimentaba la misma sensación que un gatito cuando le acarician el lomo, de lo halagado que me sentía, y es que si el profesor me insultaba era porque empezaba a apreciarme, y me insultaba igual que a Marcela, con la cual, por cierto, en horas de trabajo hablaba sólo en francés. Un día fui a llevar madera acústica a la fábrica de instrumentos de cuerda, con el dinero que me dieron compré las provisiones, una botella de coñac y un ramo de claveles, pero entonces cayó un chaparrón, así pues me escondí primero bajo un árbol y después en una cabaña que parecía ser el lavabo de la fábrica, la lluvia caía sobre el tejado de aquel lavabo, pero no, en realidad no era un lavabo, sino una antigua garita de centinela, totalmente revestida con placas de madera para evitar las corrientes de aire; se me ocurrió dar unos golpecitos a las placas que revestían la garita, y cuando dejó de llover me precipité hacia la fábrica de instrumentos de cuerda;

me echaron dos veces y a la tercera conseguí hablar con el director, el cual me siguió a través del almacén en ruinas hasta la garita, ¡sí, efectivamente!, lo adiviné, diez placas magníficas que hacía décadas alguien utilizó para revestir la garita contra las corrientes de aire; ¿y cómo sabía usted que se trataba de madera de resonancia como la que se utiliza para fabricar instrumentos musicales?, se sorprendía el director... Yo serví al emperador de Etiopía, dije, y el director se puso a reír, me golpeaba la espalda y entre risas decía, ¡vaya personaje más divertido!... y yo también sonreía, debía de haber cambiado tanto que ya nadie creía que hubiese podido servir al emperador de Etiopía...

Pero esto no me preocupaba, yo ya no me tomaba en serio a mí mismo, me reía de mí mismo, ya era autosuficiente hasta el punto que la gente empezaba a molestarme, sentía que podía comunicarme sólo conmigo mismo, que yo era mi compañía más grata, mi alter ego era mi inspirador y educador personal, con el que cada vez me gustaba más entablar conversación. Quizá todo esto lo desencadenaban en cierto modo las lecciones del profesor de literatura francesa y de estética que, blasfemando igual que un carretero, nos llenaba la cabeza con lo que a él más le interesaba; los atardeceres eran largos y ya en la cama abríamos la puerta porque hasta que el sueño no le vencía, el profesor nos contaba el cómo y el porqué de la estética, de la ética, de la filosofía, y trataba a los filósofos, incluso a Jesucristo, de pandilla de granujas, bergantes y asesinos, y decía que si no hubiesen existido, la humanidad no se habría perdido nada, esta humanidad que él consideraba una raza bendita y malvada... Posiblemente fue el profesor quien me metió en la cabeza la idea de que más valía aislarse del mundo y por las noches quedarme mirando solo las estrellas... Un día, tomé una decisión, me levanté, les di la mano en señal de agradecimiento y me fui a Praga porque ya había superado casi en medio año la condena; el profesor y la chica hablaban entre ellos sólo en francés, siempre tenían algo qué decirse, el profesor no hacía otra cosa que prepararse para dar lecciones a la chica, que estaba cada día más guapa; el profesor hasta soñaba con las lecciones y hablaba en sueños, se esforzaba para sorprenderla con más y más detalles porque, según observé, él se había enamorado de ella en este rincón de mundo, y ya que yo había servido al emperador de Etiopía, me di cuenta de que aquella chica era su destino, su fatalidad, porque en el momento en que hubiera aprendido todo lo que le podía enseñar, lo dejaría, lo dejaría a su pesar... y hasta ella llegó a citar, en aquel contexto o quizás en otro, la frase de Aristóteles, el cual, acusado de haber saqueado a Platón, dijo que también el potro le da una patada a la yegua después de haberle sorbido toda la leche. Y fue exactamente así. Después de haber arreglado los trámites referentes a mi próximo trabajo, que por cierto sería el último, lo sabía bien porque me conocía y porque había servido al emperador de Etiopía, me dirigía a la estación y Marcela vino a mi encuentro, pensativa, con el pelo discretamente recogido en una coleta atada con un lazo violeta, avanzaba distraída, indiferente a las miradas de los peatones y a la mía, y la que antes fue una moza obrera de la chocolatería Orión-Maršner ahora llevaba un libro bajo el brazo... *Histoire du Surréalisme*, leí al volver la cabeza... y sonreí retomando mi camino, ante mis ojos tenía a aquella chica vulgar y rebelde que hablaba con el profesor con acento de los barrios periféricos, a quien aquel buen profesor inculcó el saber y las maneras de una dama culta... Ahora Marcela se acercaba a mí, una sección de la biblioteca universitaria pasaba cerca de un bárbaro, y en aquel momento yo ya sabía con seguridad que aquella chica no sería feliz, pero que su vida sería tristemente bella, y que para un hombre una vida con ella sería el sufrimiento y la felicidad al mismo tiempo... Marcela, la chica de la chocolatería Orión-Maršner, se me aparecía a menudo tal como la encontré por la calle, con el libro bajo el brazo, pensaba en aquel libro, cuántas cosas habrán surgido de sus páginas para instalarse en su cabeza pensativa e indócil, una cabeza con ojos que se habían vuelto bellísimos desde hacía un año, gracias al profesor la chica se convirtió en una belleza con un libro; me imaginaba que sus dedos, piadosamente y con gran respeto, abrían el libro, cómo aquellas manos, que se lavaba antes de cogerlo, lo tomaban y sus dedos limpios acariciaban las páginas como si fuera la sagrada forma, y es que su manera de llevar el libro denotaba una especie de respeto sagrado, la joven pensativa que caminaba a mi encuentro parecía un abeto resonador, su belleza era interior y aquel secreto encanto resonaba desde dentro para quien sabía tocarla con el diapasón de una mirada capaz de verla tal como era ahora, en lo que se había convertido, aquella en quien se había transformado, como si se hubiera dejado arrastrar hacia el otro lado, el de la belleza escondida de las cosas. El recuerdo de la chica de la chocolatería despertaba en mí el deseo de adornar su cabeza con pétalos de peonías y de otras flores, o de ramitas de abeto, de pino y de laurel, yo que siempre miraba sólo la parte inferior del cuerpo femenino, las piernas y el vientre, en el caso de esta chica alcé los ojos y percibí el deseo hacia la belleza del cuello y de las manos que abrían un libro, hacia los ojos, de los cuales irradiaba toda la belleza que la chica había adquirido en el proceso de transformación, toda la belleza que se extendía por su cara, que se escondía en cada pliegue de los párpados, en cada movimiento de los ojos, en la manera de arrugar la nariz, en la leve sonrisa, en la cara humanizada hasta el último rincón por las palabras y las frases en francés, más tarde por las conversaciones y al final por la penetración en textos complicados, de una belleza exquisita, de poetas inspirados que descubrían la magia de la condición humana... y así pude ser testimonio una vez más de cómo lo increíble se había convertido en realidad. Durante el viaje en el tren pensaba en aquella chica de la chocolatería Orión-Maršner, cuya cabeza coroné mentalmente con todas las flores del culto mariano, soñaba y sonreía, colgaba su imagen en las paredes de las estaciones, de los vagones en marcha o de los que estaban estacionados en vía muerta, yo mismo me convertía en ella, me cogía de la mano y me acercaba a mí mismo como si fuera ella, y al pasear la vista por las caras de los viajeros vi que nadie sabía leer en mi aspecto lo que pasaba en mi interior... Pensaba en ella al llegar a la última estación del tren y después, en el autobús que me llevó a través de un bonito paisaje parecido a aquel en el que preparaba el lecho a los abetos resonadores, no me quitaba de la cabeza la imagen de la chica de la fábrica Orión-Maršner, me imaginaba cómo sus antiguos amigos la llamarían e intentarían comportarse con ella con la misma familiaridad que antes de irse a la brigada del bosque, acostumbrados a verla expresarse sólo con el vientre y las piernas, con la parte inferior del cuerpo situada por debajo de la fina goma de sus bragas, y no comprendían que a partir de ahora ella prefería expresarse con la parte superior de la goma. Por fin bajé del autobús en Srní y me presenté en la oficina local de carreteras como peón caminero enviado por un período de un año a la alta montaña, donde nadie podía vivir... Después de comer, me dieron un carro con un caballito y un perro lobo y me recomendaron que me comprara una cabra; emprendí el camino con el equipaje dentro del carro, tras el que avanzaba la cabra atada con una cuerda; el perro lobo se hizo amigo mío enseguida, agradecido por el trozo de longaniza que le compré; me encaminé hacia arriba por una carretera entre abetos y pinos enormes y clapas de árboles jóvenes y parcelas, cuyas verjas de tablones se deshacían como el bizcocho y se transformaban poco a poco en el humus que daba vida a las ramas salvajes de las zarzas y las frambuesas; yo caminaba al ritmo del caballo, que subía y bajaba rítmicamente la cabeza, quizás era un caballo que venía de las minas porque tenía los ojos bellos de las criaturas que trabajan de día en el subsuelo, unos ojos tan bellos los había visto en los caldereros y los mineros que salían por un momento de las cuevas iluminadas con bombillas o faroles de minero para ver el cielo, y para estos ojos cualquier cielo era esplendoroso. El paisaje era cada vez más desértico; siempre que encontraba una casa de empleados forestales alemanes abandonada, me paraba al lado, hundido hasta el pecho en las ortigas y las frambuesas salvajes, para mirar las pequeñas cocinas y los comedores minúsculos, en casi todas las casas había bombillas, y siguiendo los hilos eléctricos hasta el riachuelo descubrí una pequeña central eléctrica con turbinas en miniatura hechas por las manos de la gente del pueblo, las mismas que cortaban los árboles de esta región, porque los leñadores que vivían aquí habían tenido que irse... Que tuvieran que irse los ricos que hacían política, aquellos hombres arrogantes, engreídos y pretenciosos henchidos de superioridad, eso lo entendía, pero me resultaba incomprensible que se hubieran tenido que marchar los pobres leñadores que nadie vino a reemplazar, que no tenían nada, solamente un pequeño huerto y el duro trabajo en el bosque, que seguramente eran humildes porque no tenían tiempo de ser orgullosos y soberbios y porque el tipo de vida que llevaban, la misma que ahora me esperaba a mí, les enseñaba modestia y humildad. Y entonces se me ocurrió una cosa: saqué de la maleta la caja en la que tenía guardada la condecoración y al cabo de un rato volví a emprender el camino adornado con la banda de color azul celeste encima de la chaqueta de pana y con la estrella que lucía sobre la banda, y vestido así avanzaba al ritmo del cuello del caballo que cada dos por tres volvía la cabeza para mirarme la banda celeste y relinchaba, la cabra balaba y el perro lobo ladraba alegremente, saltaba hasta tocar la banda; ya llegábamos a otra casa abandonada, me paré para desatar a la cabra y mirar la casita, era una taberna, un antiguo restaurante perdido en el bosque, con un comedor enorme y ventanas pequeñas donde todo se conservaba tal cual, las jarras de medio litro de los estantes polvorientos y un barril abierto sobre un caballete... Cuando salí de allí me pareció ver unos ojos, era la gata de la casa, contestó a mis gritos maullando, intenté tentarla con un trozo de longaniza y me di cuenta de

que la gata deseaba que la acariciaran, pero por la larga soledad y la falta de costumbre de notar el olor humano retrocedía, de manera que dejé la longaniza en el suelo y la gata
se la comió con deleite, pero cuando yo acercaba la mano
para acariciarla, saltaba hacia atrás, se hinchaba, se erizaba
y gruñía... Salí a la luz del día, la cabra bebió un poco de
agua del riachuelo, llené un cubo para abrevar al caballo,
nos pusimos en marcha; en la primera curva del camino me
volví para contemplar el paisaje, igual que antes cuando dejaba pasar una mujer bonita para después volverme y admi-
rarla desde atrás, y vi que la gata de la taberna nos seguía, lo
que me pareció un buen augurio, de tal manera que di
un chasquido con el látigo y grité de júbilo, el pecho se me
llenó de una inmensa alegría y de pronto me puse a cantar,
al principio tímidamente, porque en toda mi vida nunca
había cantado, durante décadas nunca me apeteció entonar
una canción... y ahora cantaba, inventaba palabras y frases
para llenar las lagunas olvidadas de las tonadas... y el perro
lobo se sentó y se puso a aullar, le di un trozo de longaniza,
me rozó las piernas y yo continuaba cantando, en realidad
no cantaba, sino que emitía gritos, aullidos, sí, de hecho no
hacía otra cosa que aullar igual que un perro, estos aullidos
eran un abrir y echar por tierra cajones llenos de papeles
viejos y de cartas antiguas y postales amarillentas, desde los
labios volaban al viento trozos de antiguos carteles super-
puestos, trozos arrancados al azar con textos incoherentes
que mezclaban anuncios de exposiciones de pintura y de partidos de fútbol, programas de orquestinas de pueblo y de conciertos de música clásica, todas aquellas cosas que se habían
sedimentado en mí como el humo y el alquitrán en los pulmones de un fumador. No paraba de cantar, cantaba tal
como me salía y cantando me sentía como los tubos de cerveza que el tabernero limpia con vapor y un buen chorro de
agua, igual que las paredes de una habitación de las que se
arrancan capas y más capas de empapelado que más de una
generación ha pegado una encima de la otra... Y cantando

avanzaba entre la naturaleza donde nadie me podía oír, no veía más que montañas cubiertas de bosque que poco a poco se iba tragando lo que quedaba del hombre y de su trabajo, los huertos se convertían en campos de piedras, la hierba y la maleza invadían las casas desmanteladas por las ramas salvajes del sauce, y es que cuando se trata de levantar vigas y suelos de cemento el sauce tiene más fuerza que una grúa hidráulica. Y por el camino flanqueado de grava llegué a una especie de caserío. Lo miré atentamente y me dije, aquí estaré bien, empedrando esta carretera que nadie toma y seguramente nunca nadie tomará, pero no obstante era necesario mantenerla por si en verano había que transportar leña. Y de pronto oí un gemido, un largo lamento de violín y luego un hipo melodioso, seguí oyendo aquella voz sin darme cuenta que el pequeño caballo que yo ya había desenganchado me seguía con el arreo al cuello, junto con la cabra y el perro; me acerqué a tres personas, gitanos, a quienes tenía que relevar y que me ofrecieron un espectáculo maravilloso; lo increíble se volvía a convertir en realidad: la vieja gitana estaba en cuclillas al lado del fuego, como todos los nómadas, y con un pequeño palo removía algo dentro de la marmita suspendida por las asas entre dos piedras, con el codo en la rodilla y la mano en la frente, por la que le caía la cuerda de la trenza como una brizna de noche… un viejo gitano estaba sentado en la carretera con las piernas abiertas y con unos potentes golpes de martillo la empedraba con grava que tenía amontonada al lado, sobre él se inclinaba un joven con unos pantalones negros acampanados bien ceñidos a la cintura, y tocaba al violín una apasionada cantinela gitana que seguramente le llegaba hasta el fondo del alma al viejo, porque no paraba de gemir lánguidamente y presa de la emoción de la música se arrancó un puñado de cabello y lo tiró al fuego; después continuó dando golpes a las piedras, mientras su hijo o sobrino tocaba el violín y la vieja preparaba la cena. Y entonces vi con claridad lo que me esperaba en este lugar: quedarme solo, sin que nadie tocase el violín para mí, completamente solo, sólo con el caballo, la cabra, el perro y la gata que por cierto no dejaba de seguirnos, guardando una respetuosa distancia...

Entonces tosí, la viejecita se volvió y me miró como quién mira al sol... el anciano dejó de trabajar y el joven dejó de lado el violín y me hizo una reverencia... les expliqué lo que hacía yo allí y los abuelos se levantaron, me hicieron una reverencia y me estrecharon la mano diciendo que ya lo tenían todo a punto para marcharse; me fijé que entre los matojos había uno de aquellos carros ligeros con ruedas altas atrás, que acostumbran a tener los gitanos, y me dijeron que yo era la primera persona que veían en un mes... dije, ¡caramba!, pero no me lo creí... y el joven cogió del carro el estuche del violín, lo abrió y con mucho cuidado, igual que una madre cuando pone a su hijo en la cuna, metió el violín, con movimientos lentos lo cubrió con un trapo de pana bordado con sus iniciales y unas notas musicales... primero con la mirada y después con los dedos acarició el violín y el trapo, saltó al pescante del carro, el viejo caminero se subió también y dejó sitio a su lado para la anciana, y juntos fueron hasta la puerta de la casa, donde bajaron para recoger mantas y edredones, algunas ollas y una marmita, yo les sugerí que se quedasen todavía una noche, pero ellos se daban prisa para irse y ver gente después de tanto tiempo... ¿Qué tal se está aquí en invierno?, pregunté. El viejo contestó, mal, nos comimos la cabra, más tarde el perro y después el gato, y alzó el brazo con tres dedos levantados para hacer el juramento, aquí, durante tres meses no vino ni un alma... y la nieve nos enterró... la viejecita repetía llorando, la nieve nos enterró... y acabaron sumidos en el llanto; el joven sacó el violín y empezó a tocar una melodía desoladora mientras el buen hombre tiraba de las riendas para que el caballo se pusiese en marcha, el joven, en pie sobre el carro con las piernas separadas, tocaba un romance gitano con movimientos lánguidos, los abuelos gitanos lloraban y gemían, movían la cabeza de arriba abajo diciendo adiós, y en sus caras llenas de arrugas y sufrimiento, en sus gestos de compasión leía que me veían retirado del mundo y aislado de la vida, enterrado... Cuando llegaron a la cima de una colina el viejo se levantó, se arrancó otro puñado de cabello, el carro ya desaparecía tras la montaña y sólo se vio la mano que lanzaba el puñado al aire, seguramente en señal de la más profunda compasión hacia mí... Entré en la casa, la antigua posada, para ver dónde me tocaba vivir, di la vuelta por toda la vivienda, por el establo, por la bodega y por el pajar sin darme cuenta de que el caballo, la cabra, el perro y la gata me seguían... Entonces me volví y los miré y ellos a mí también, yo sabía que temían que les abandonara, sonreí y los acaricié uno a uno, la gata también tenía ganas, pero su timidez pudo más y retrocedió de un salto...

El camino que debía mantener en buen estado a base de piedra picada, picada por mí, claro, este camino tan parecido a mi vida, estaba invadido por la maleza, y únicamente la parte en la que estaba trabajando con mis manos tenía un aspecto cuidado. A causa de los aguaceros y de las lluvias torrenciales, a menudo el terreno se deslizaba y la arcilla mezclada con arena y piedras estropeaba lo que yo acababa de limpiar; a pesar de ello yo no blasfemaba, no me enfadaba, no maldecía el destino, pacientemente volvía a ponerme al trabajo, en verano pasaba días enteros recogiendo aquella tierra con una pala y llevándomela en un carretón, no para mejorar el camino sino para poder salir con el carro y el caballo. Una vez un chaparrón hizo desaparecer un tramo del camino y tardé casi una semana en llegar al lugar donde estaba trabajando antes, una semana de trabajo duro, pero tener un objetivo me ayudaba a no sentir cansancio. Y cuando al cabo de una semana pasaba por el camino con el carro, miraba mi trabajo con orgullo y me parecía que no era obra mía, que el camino hubiera estado siempre allí, nadie se creería que lo había hecho yo y con menos razón me habría felicitado por aquellas sesenta horas de trabajo, de las que sólo el perro, la cabra, el caballo y la gata eran testigos mudos. Pero a mí esto no me importaba, yo ya no buscaba las felicitaciones, ya no me interesaba cómo me veían los demás, nada de esto me preocupaba, ahora no pensaba más que en mantener el camino en el mismo estado en que lo encontré, por más trabajo que ello significara. Y con el tiempo veía más similitud entre el mantenimiento de este camino y el mantenimiento de mi vida, que en retrospectiva me pareció que no era mía, sino de otro, como si toda mi existencia hasta ahora hubiera sido una novela escrita por alguien, un libro del cual sólo yo tenía la clave, yo era el único testigo de mi vida, aunque la maleza invadía también el principio y el fin de este camino. Y si mantenía el otro camino transitable con una pala y un carretón, este camino, el de mi vida, lo conservaba nítido con los recuerdo, para que mi pensamiento pudiera llegar hasta el principio... Después de trabajar de peón caminero aún afilaba la hoz para ir a cortar hierba, que dejaba secar al lado del camino, y cuando hacía buen tiempo, llevaba el heno al pajar, así me preparaba para el invierno, que, según decían, aquí duraba casi seis meses... Una vez por semana enganchaba el caballo y salía de compras al pueblo; al volver la cabeza, después de haber llovido, en el camino se veía el rastro de las ruedas del carro y las pezuñas del caballo, teníamos que atravesar dos pueblos abandonados para llegar a una carretera llena de huellas de camiones, y junto a la cuneta, de bicicletas y motos, los medios de transporte de los leñadores y de los guardias fronterizos que tomaban esta carretera para ir al trabajo. Después de comprar en el colmado unas latas, una longaniza y una barra de pan, me dejaba caer en la taberna del pueblo; el tabernero y toda la gente venían a sentarse a mi mesa y me preguntaban si me gustaba vivir solo en aquel lugar. Y yo, animado, les describía las bellezas naturales que ellos no sabían ver aunque les rodeaban, me dejaba llevar por el entusiasmo de un excursionista exaltado, de un veraneante de ciudad que cuando llega a un pueblo se extasía estúpidamente hablando de la belleza de los bosques o de la niebla que cubre la cima de las montañas, como enloquecido y presa del frenesí romántico declara que le gustaría quedarse en la naturaleza para siempre... me reafirmaba en mi éxtasis, fuera de mí explicaba a la gente del pueblo que existía otro aspecto de la belleza natural, la soledad, las horas, días y semanas en que no para de diluviar, los meses en los que oscurece temprano y te pasas los atardeceres sentado al lado de la estufa, y cuando crees que son las diez de la noche, en realidad sólo son las seis y media de la tarde, te empieza a gustar hablar contigo mismo o con el caballo, con el perro, con la cabra o con la gata, pero sobre todo contigo mismo, primero empiezas a recordar en silencio y ver escenas del pasado igual que en una película muda, más adelante te diriges a ti mismo, te pides consejos, te haces preguntas, te interrogas y te acusas como un juez y a continuación te defiendes, y de esta manera, charlando contigo mismo, llegas al tema importante, el del sentido de la vida, no de la pasada, sino de la que vendrá, y te preguntas qué relación hay entre el camino que has hecho y el que te queda por hacer, te preguntas si eres capaz de llegar a la tranquilidad mental que tendrás que proteger del deseo de huir de la soledad, de huir de las preguntas y cuestiones fundamentales, y al final te preguntas si tienes suficiente fuerza de voluntad y coraje para hacerte aquella clase de preguntas... Y así yo, peón caminero, me pasaba las tardes del sábado en la taberna, y cuanto más tiempo pasaba allí más me entregaba a la gente, más pensaba en mi caballo, que me esperaba en la calle, y en la tremenda soledad de mi casa, me daba cuenta de que la gente no hacía más que oscurecer lo que yo quería ver y conocer porque ellos no pretendían nada más que divertirse un poco, igual que yo antes buscaba la diversión, y todo el mundo se empeñaba en obviar aquellas preguntas básicas, aunque yo ya sabía que tarde o temprano habrían de claudicar y hacérselas, si es que tenían suerte y disponían de tiempo antes de morir... En aquella taberna me di cuenta de que la esencia de la vida consiste en hacerse preguntas sobre la muerte, sobre el propio comportamiento cuando nos llegue la hora; interrogarse así significa entablar con uno mismo una conversación desde la perspectiva de la eternidad y del infinito, enfrentarse a los modos de morir; iniciaba una reflexión sumida en la belleza, una reflexión sobre la belleza, y es que la experiencia de saborear la absurdidad del propio camino, el cual siempre se acaba prematuramente, de deleitarse con el conocimiento de la ineluctabilidad del propio deceso, eso te llena de amargura y por consiguiente de belleza. Ya que de todas formas en la taberna todos se reían de mí, pregunté a cada persona dónde quería que le enterrasen. Primero todos se asustaban, pero a continuación reían hasta llorar y me devolvían la pregunta: ¿dónde quería que me enterrasen?, si es que tenía la suerte de que me encontraran a tiempo, porque al penúltimo caminero no lo encontraron hasta la primavera, totalmente comido por las musarañas, los ratones y los zorros, de forma que enterraron apenas un paquete de huesos como los que venden en el mercado para el caldo. Y yo me exalté hablando de mi tumba: si muriera aquí, que me enterrasen, aunque fuera sólo un hueso sin carne, el cráneo en el cementerio de la colina, exactamente allí donde se dividen las vertientes, para que la lluvia pudiese dispersar una mitad de mis restos hacia Bohemia, al Moldava y después al Elba, que me llevaría al mar del Norte, y la otra más allá de las alambradas de la frontera, al Danubio, que me llevaría al mar Negro, y así, después de mi muerte, me convertiría en un ciudadano del mundo porque a través de dos mares llegaría hasta el océano Atlántico... y la gente de la taberna se quedaba inmóvil y no apartaba la vista de mí... y al final yo me levanté para contestar las preguntas, y aquel fue el punto culminante, todo el pueblo esperaba con ilusión poder preguntarme, pongamos que usted no muera aquí, sino en Praga, ¿y qué pasaría si se lo comieran los lobos? Y yo les explicaba, tal como nos lo había enseñado el profesor de literatura francesa a Marcela y a mí, que el hombre era indestructible, su alma y su cuerpo tan sólo se metamorfoseaban; una vez, Marcela y él analizaban un poema de un tal Sandburg en que el poeta se preguntaba de qué se compone el hombre y acababa por concluir que el cuerpo del hombre contiene el fósforo para fabricar diez cajas de cerillas, suficiente hierro para forjar un clavo en el que colgarse y bastante agua para preparar diez litros de sopa de tripas... Conté todo esto a la gente del pueblo y ellos tenían miedo, de mí también tenían miedo, y cuando pensaban en las cosas que les esperaban hacían muecas horribles... y preferían que les explicara alguna cosa sobre su muerte; así que una noche un grupo fuimos al cementerio de la colina y yo les enseñé los lugares vacíos en la divisoria y les expliqué que si los enterraban allí, una mitad de ellos llegaría al mar del Norte y la otra al mar Negro, y añadía que era muy importante colocar el ataúd perpendicular a la divisoria, como si fuera una caja en la cresta de un tejado. Mientras volvía a casa con las provisiones me divertía repitiéndome lo que había hecho o dicho correctamente, y tan sólo me parecía correcto aquello que me divertía, no me refería a la manera de divertirse de los niños o los borrachos, sino a la manera que me había enseñado el profesor de literatura francesa, la diversión como necesidad metafísica, si alguna cosa te divierte es que es algo válido, atajo de inútiles, burros e imbéciles, nos insultaba para que le hiciéramos caso, para que llegásemos hasta donde él quería, para que la poesía, las cosas y los acontecimientos bellos resultasen para nosotros una diversión, y es que la belleza, así lo decía, causa siempre un impacto y tiene un alcance procedente del universo trascendente, es decir, de la eternidad y del infinito... Pues en mi nuevo hogar, una antigua posada que al mismo tiempo servía de sala de baile, llegué a un punto en que las ganas de tener compañía me hacían perder la cabeza, entonces fui al pueblo a buscar unos espejos: me regalaron unos grandes y antiguos, y es que, decían, querían librarse de ellos porque en los espejos aparecían los espectros de los alemanes expulsados; los envolví con mantas y papel de periódico y me los llevé a casa, donde me pasé el día siguiente clavando clavos en la pared y colgándolos... y desde aquel día ya nunca más me sentí solo, volvía del trabajo con la ilusión de encontrarme a mí mismo, de ir al encuentro de mí mismo, de poder hacer una reverencia a mi imagen en el espejo y desearme buenas tardes; hasta la hora de acostarme estaba acompañado, éramos dos, daba lo mismo que nos moviéramos igual porque, por otro lado, los interrogatorios a los que me sometía ganaban en realidad... y cuando me acercaba a la puerta, mi doble en el espejo se iba en dirección contraria, aunque era sólo yo el que se iba... no acababa de entenderlo del todo, ¿por qué, cuando salía, ya no me veía y por qué, al volver la cabeza, veía de nuevo mi cara pero nunca mi espalda? Para poder verla necesitaba colocar otro espejo, me dije... Poco a poco empezaba a tener una sensación táctil de las cosas invisibles que no obstante existían, y lo increíble se volvía a convertir en realidad; cada sábado cuando regresaba con las provisiones y el sueldo, me paraba al lado del cementerio, bajaba hasta el riachuelo, que recogía y se llevaba finos hilos de agua que corrían hacia las orillas, en esta región el agua brotaba por cualquier grieta de la roca, por minúscula que fuera; yo me lavaba la cara y me parecía ver que los jugos de los difuntos fluían hacia aquí, que esta tierra fértil los destilaba, capaz de convertir cadáveres tanto en clavos en los cuales me podía colgar como en agua cristalina con la cual me mojaba la cara, y quizá dentro de muchos años alguien se lavaría la cara con la metamorfosis de mi cuerpo o encendería el fuego con una cerilla del fósforo de mi cuerpo... y cada vez que pasaba por allí no podía evitar beber unos sorbos de agua del riachuelo que salía del cementerio, la saboreaba igual que un catador de vinos que en un sorbo de riesling sabe distinguir el humo de la locomotora que pasa entre las viñas del humo de la hoguera que los vendimiadores encienden cada día para calentarse la comida y la merienda, de este modo saboreaba a los difuntos enterrados hacía tiempo en el cementerio, de igual forma que sabía descubrir el olor de los alemanes en los espejos que los campesinos me regalaron para librarse de ellos, porque todavía conservaban la huella de sus propietarios alemanes expulsados, y cada día me contemplaba largo rato en los espejos y en el agua de los difuntos, y me topaba con chicas que llevaban vestidos bávaros y con familias alemanas que se movían entre muebles típicamente alemanes... Y los campesinos, los mismos que me dieron los espejos a cambio de dejarles entrever lo que les esperaba en el cementerio, justo antes del día de Todos los Santos fusilaron mi perro lobo; yo le había enseñado, no, en realidad el perro aprendió por sí solo a ir a comprar, cogía las asas de la bolsa y el papelito con la lista de cosas que yo le escribía y se iba corriendo para volver al cabo de dos horas con la compra hecha... de manera que en lugar de ir yo con el carro y el caballo enviaba al perro con la bolsa... y un día que los campesinos llevaban tiempo esperándome en vano, cuando vieron al perro que hacía la compra por mí, le pegaron un tiro para obligarme a volver a nuestras tertulias en la taberna... Lloré mucho, durante una semana estuve muy afligido por mi perro lobo, después enganché el caballo y puesto que había caído la primera nevada, fui a buscar las provisiones para el invierno; perdonaba a los campesinos porque sabía que lo habían hecho por añoranza hacia mí, ya no se reían de mí y si se reían era en otro sentido, más elevado por decirlo de algún modo; en la taberna me contaron que ya no podían vivir sin mí, sin mí nada les ilusionaba, deseaban que nos les abandonara nunca, mis visitas semanales se habían convertido en imprescindibles porque la iglesia más cercana quedaba lejos y de todas formas yo hablaba mejor que el cura... Mi perro lobo con los pulmones reventados tuvo fuerzas para llegar a casa con la compra, aún pude acariciarlo y darle un terrón de azúcar como recompensa, pero el perro no se lo pudo comer, colocó su cabeza en mi regazo y así se fue muriendo poco a poco; el caballo se inclinaba sobre él desde detrás de mí, lo olfateaba, después se acercaron la cabra y la gata que acostumbraba a dormir con el perro y que no se dejaba acariciar nunca, aunque creo que de todos mis animales la gata era la que más me quería; cuando estaba tumbada, yo le hablaba y ella se retorcía y me miraba llena de agradecimiento y sacaba las uñas de placer como si le acariciara el cuello o la barriga, pero en el momento en que alargaba la mano para hacerlo de verdad, por la fuerza de su timidez salvaje retrocedía lejos del alcance de mis dedos... La gata se acercó y se acurrucó igual que un gusano contra el perro, le acerqué la mano, la gata tenía los ojos fijos en los del perro, intenté acariciarla, ella me miró como si le hubiera hecho algo horrible, cerró los ojos y metió la cabeza entre el pelo de su compañero muerto para no ver aquello que la horrorizaba y a la vez anhelaba...

Un atardecer me dirigía a la fuente a buscar agua, sumido en mis pensamientos, y mientras subía sentí primero la mirada de alguien fija en mí y después vi que apoyado con la mano en un árbol estaba Zdeněk, el famoso antiguo maître, mi compañero de trabajo en el hotel Plácido, que me observaba con atención... Y yo que serví al emperador de Etiopía supe que sencillamente había venido a verme y nada más, no sólo no quería, sino que no necesitaba hablar conmigo, tenía ganas de observar cómo me había integrado a este universo de soledad, y es que yo sabía que Zdeněk, aunque vivía rodeado de multitudes, en el fondo estaba tan solo como yo... Y yo cargaba agua de la fuente, los animalitos me contemplaban y yo continuaba notando que Zdeněk seguía cada uno de mis movimientos, así que me esforzaba en simular que no me percataba de su mirada, aún sabiendo que Zdeněk sabía que yo sabía de su presencia en el bosque. Entonces me agaché para coger las asas de los cubos, me quedé un rato agachado para darle tiempo a

Zdeněk de hacer algo, yo era capaz de oír el más mínimo ruido o movimiento a cientos de metros a mí alrededor, de esta forma le preguntaba a Zdeněk si quería hablarme, pero él no sentía ninguna necesidad de ello, tenía suficiente con verme, saber que yo todavía estaba en este mundo, sencillamente me añoraba, de la misma manera que a menudo yo le añoraba y le recordaba. Levanté los dos cubos para bajar hacia la casa, el caballo, la cabra y la gata me seguían en fila india, el agua de los cubos me mojaba las botas de goma y yo sabía que cuando dejara los cubos en el umbral y me volviera, Zdeněk ya no estaría, se habría marchado contento y satisfecho hacia el coche oficial que le esperaba en algún lugar para llevarle de nuevo a sus obligaciones, que seguramente eran más duras de soportar que mi huida a la soledad; mientras caminaba pensaba en aquello que el profesor de literatura francesa decía a Marcela, que el hombre válido y auténtico es tan sólo aquél que sabe retirarse y vivir el anonimato, que sabe desnudarse de la falsa identidad; dejé los cubos en la puerta, me volví y en efecto Zdeněk ya no estaba. Y a mí me parecía muy bien esta manera de franquear la distancia que nos separaba físicamente y de comunicarnos en silencio, explicarnos nuestra filosofía personal y confesarnos lo más íntimo que teníamos en el corazón. Aquel día empezó a nevar con fuerza, caían copos grandes como sellos de correos, era una nevada plácida que por la noche se convirtió en un temporal. Una fuente de agua nítida y siempre fresca alimentaba el abrevadero de piedra de la bodega; el establo al lado de la cocina, al fondo del pasillo, calentaba la cocina mejor que una calefacción central, gracias al estiércol de caballo que me habían aconsejado dejar tal cual. Durante tres días contemplé la nieve caer, como el murmullo de las pequeñas mariposas o de pétalos que cayeran del cielo. Mi camino quedaba poco a poco sepultado bajo la nieve, al tercer día ya era indistinguible en el paisaje, así que nadie podría decir dónde estaba. Al cabo de tres días decidí sacar el viejo trineo, encontré también unos cascabeles que hacía sonar cada hora como una campana, y su tintineo me alegraba, me dibujaba ante los ojos la imagen de mí mismo con el caballo enganchado, los dos flotando sobre el camino del cual nos separaba un grueso tapiz de nieve, aquel edredón, aquella alfombra gruesa y blanca, aquel colchón hinchable que cubría el paisaje... Estaba tan ocupado arreglando el trineo que no me fijé en que la nieve se estaba amontonando, primero hasta llegar bajo la ventana, después hasta media ventana... y cuando vi aquella cantidad de nieve me horroricé, me parecía que mi casita con los animales colgaba del cielo con una cadena, igual que el arca bíblica que, totalmente llena, permanecía aislada del mundo, como aquellos espejos abandonados y a la vez llenos de imágenes, como mi camino, enterrado bajo la nieve del tiempo y lleno de recuerdos, recuerdos a flor de piel que fluían igual que la sangre por las venas... Me preocupó pensar que si ahora moría, todo aquello increíble que se había convertido en realidad se perdería; saber expresarse bien os eleva a la categoría de ser humano, decía el profesor de literatura francesa, yo empecé a empeñarme en escribir todo lo que me había pasado para que los demás pudieran leerlo, dibujar ante mí todas aquellas imágenes y ordenarlas, una tras otra, en el largo rosario de mi vida, a la cual me aferré, mirando con ojos incrédulos la nieve que caía sin parar y que ya se amontonaba hasta media casa... Cada noche, sentado ante el espejo, mientras la gata golpeaba con la cabeza mi reflejo, creyendo que era yo, contemplaba mis manos, fuera el temporal de nieve rugía como las aguas de un diluvio, reposaba los ojos en mis manos, las levantaba como si me rindiera a mí mismo, observaba las manos y los dedos agitados, ante mí veía el invierno; pensaba en los próximos días y me veía sacando la nieve para encontrar el camino del pueblo, quizá los campesinos también buscarían el camino de mi casa... y me dije que de día buscaría el camino hacia el pueblo y de noche escribiría, buscaría el camino hacia atrás y sacaría la nieve que había enterrado mi vida pasada… y escribiendo intentaría cuestionarme aún más a fondo.

En Nochebuena una fina capa de nieve cubrió el camino que había buscado y limpiado laboriosamente durante casi un mes; parecía una especie de cuneta entre dos muros de nieve altos hasta el pecho, y llegaba a la mitad del camino de la taberna del pueblo, en la que yo había estado por última vez en Todos los Santos. La nieve brillaba en la noche igual que las lentejuelas en un vestido de fiesta y yo me puse a adornar el árbol de Navidad y a preparar pastelitos navideños. Cuando lo tuve todo listo, fui al establo para traer el caballo y la cabra junto al árbol salpicado de velas encendidas; la gata se calentaba al lado de la estufa en el mostrador de cinc; después de tanto tiempo saqué el frac de la maleta para ponérmelo; los dedos torpes apenas podían abrochar los finos botones de la camisa y a las manos llenas de callos les costaba anudar el lazo blanco. Saqué y di lustre a los zapatos de charol, que databan de la época del hotel Plácido, y la estrella colgada en el extremo inferior de la banda celeste que me cubría el pecho lucía más que el árbol iluminado; el caballo y la cabra me miraban fijamente, se habían asustado de tal manera que tuve que calmarles con unas caricias. La cena ya estaba lista, una lata de *gulash* con patatas; la cabra recibió un premio, añadí unos trozos de manzana a su pienso, el caballo, ya acostumbrado a comer conmigo los domingos, permanecía quieto en un extremo de la larga mesa de madera de roble y comía trozos de manzana; a propósito del caballo, el animal tenía la idea fija de que yo, un día, me iría y lo abandonaría, por lo que me seguía a todas partes; la cabra seguía al caballo porque estaba acostumbrada a ello y la gata, que dependía de la leche de la cabra, corría hacia donde veía balancearse su ubre, en este orden íbamos a trabajar; también cuando me encerraba en el lavabo, los animales hacían guardia ante la puerta pendientes de que no me escapara… Cuando llevaba tan sólo una semana aquí y ya que continuaba añorando a la chica de la chocolatería Orión, un día decidí ir a verla para saber si todavía acudía a la fábrica de chocolate con libros bajo el brazo; cogí lo imprescindible y antes del amanecer me encaminé hacia el pueblo para tomar el autobús, cuando llegó y ya tenía un pie en el estribo, vi que por el camino de mi casa trotaba el caballo y la cabra cerraba la marcha; los animales corrían directos hacia mí y en sus ojos leí la súplica de que no les abandonase, me rodearon y en aquel momento apareció incluso la gata salvaje, que saltó sobre el banco donde se colocan las lecheras; dejé que el autobús se fuera sin mí para volver a casa con los animales, que desde aquel día no sólo no dejaron de vigilarme, sino que además, para animarme, la gata brincaba como un gatito joven, la cabra saltaba sobre las patas traseras intentando golpearme con la cabeza y el caballo que no sabía hacer nada de vez en cuando me cogía la mano con la boca suave y me miraba con ojos asustados… Después de la cena de Nochebuena, como siempre, el caballo se acurrucó con dulces suspiros al lado de la estufa, la cabra a su lado, mientras yo forjaba el rosario de imágenes; al principio todo era un poco confuso, algunas imágenes resultaban inútiles, pero cuando me lancé, llenaba una página tras otra, evocaba las imágenes más rápido de lo que podía escribir, y tanto me excitaba con la secuencia de cuadros que no tenía ni ganas de dormir, ni sabía si soplaba el viento o si las heladas rompían las piedras durante las claras noches de luna; los días los dedicaba a limpiar el camino y mientras trabajaba pensaba en el camino de la noche, daba vueltas y más vueltas a lo que escribiría, así que luego no hacía más que anotar, copiar lo que ya había redactado mentalmente durante el día; mis animales también esperaban la noche porque a ellos les gusta la tranquilidad, por la noche suspiraban con dulzura y yo también; echaba leña a la estufa y el fuego rugía, el viento aullaba en la chimenea y yo escribía… En Nochebuena, a las doce, vi luces bajo la ventana, dejé la pluma para salir de la casa y entonces lo increíble se hizo realidad: algunos campesinos con un quitanieves habían llegado hasta aquí abriéndose camino a través de los aludes... aquellos desgraciados que no hacían otra cosa que charlar en la taberna vinieron a verme en trineo, los mismos que al echarme en falta habían matado de un tiro a mi perro lobo... les invité a la posada, a mi domicilio, cuando estuvieron dentro me di cuenta de que me miraban extrañados... ¿De dónde has sacado este disfraz? ¿Quién te lo ha dado? ¿Por qué te has vestido así? Sentaros, señores, ahora vosotros sois mis clientes, porque yo fui camarero, dije, pero era como predicar en el desierto porque ellos estaban tan sorprendidos que parecían arrepentirse de haber venido... ¿Y qué es esto, esta banda y esta condecoración? Hace muchos años que me las dieron, dije, porque yo soy el que sirvió al emperador de Etiopía... ¿Y a quién sirves ahora?, preguntaban. Ahora, mis clientes son estos, ya veis, y señalé el caballo y la cabra, que, en pie, querían salir, golpeaban la puerta con la cabeza, abrí y ellos se dirigieron uno tras otro al establo. Pero estos ignorantes de pueblo estaban tan extrañados al verme con el frac, la banda celeste y la medalla brillante que al cabo de poco rato me desearon feliz Navidad y salieron a la calle, y para dorarme la píldora me invitaron a la comida de San Esteban... y yo veía sus espaldas en los espejos, lentamente fueron desapareciendo todas las luces en la noche, ya no se oía ni el tintineo de los cascabeles ni el ruido del quitanieves, yo me quedé ante el espejo y cuanto más me contemplaba, más miedo me daba a mí mismo, como si fuera otro, alguien que se había vuelto loco... Soplé sobre mi doble, me acerqué tanto que llegué a besarme en aquel cristal frío, y al final me puse a limpiar con la manga la imagen empañada, hasta que volví a aparecer, con un farol encendido en la mano como una copa en alto para brindar. Y la puerta se abrió silenciosamente y me quedé atónito... entró el caballo, detrás la cabra, la gata saltó al mostrador de cinc al lado de la estufa... y yo estaba contento, los campesinos me habían venido a ver a pesar de la barrera de nieve y se habían asustado al verme así, lo cual estaba muy bien porque yo debía de ser una persona muy rara, yo que era alumno del señor Skřivánek, el maître que sirvió al rey de Inglaterra, yo que tuve el honor de servir al emperador de Etiopía, el cual me distinguió para siempre concediéndome esta medalla, esta condecoración que me dio la fuerza para escribir para los lectores esta historia… de cómo lo increíble se hizo realidad. ¿Tenéis suficiente?

Pues ahora sí que termino de verdad.

Nota de la traductora

Hrabal afirma que escribió esta novela en tres semanas de verano, sentado en la terraza de su casa de campo, donde el sol le cegaba tanto que no podía ver bien el texto en su máquina de escribir. Para evitar los posibles arreglos de ese texto espontáneo por parte de los editores posteriores, hemos traducido la novela a partir de su primera edición, aparecida en 1982 en una editorial clandestina, Jazzová sekce-Jazzpetit, patrocinada por la Unesco. Ésa era la voluntad de Hrabal, tal como se la comunicó a la traductora poco antes de morir.

Índice